우리는
거대한
차이 속에
살고 있다

이 도서의 국립중앙도서관 출판예정도서목록(CIP)은 서지정보유통지원시스템 홈페이지(http://seoji.nl.go.
kr)와 국가자료공동목록시스템(http://www.nl.go.kr/kolisnet)에서 이용하실 수 있습니다.
(CIP제어번호: CIP2016011031)

작가 위화가 보고 겪은 격변의 중국

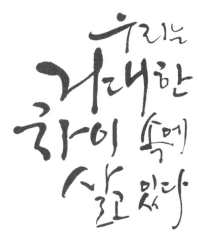

우리는 거대한 차이 속에 살고 있다

위화 지음 | 이욱연 옮김

문학동네

| 일러두기 |

* 원서의 첫 글 「기억이 돌아왔다—个记忆回来了」는 위화의 이전 산문집 『사람의 목소리는 빛보다 멀리
  간다』(중국 내 미출간)와 내용이 겹치는 까닭에 이 책에는 실리지 않았다. 대신 한국어판에는 「20여
  년 전 티베트에 갔었다」와 「쥐루로 675호」 두 편이 추가되었다.
* 이 책에서 '差距'는 대부분 '차이'로 번역했으나, 문맥에 따라 격차로 번역하기도 했다.
* 중국어에서 고유명사와 일반명사가 결합된 단어의 경우, 고유명사는 중국어 발음으로, 일반명사는
  우리말로 표기했다. 단, 표준국어대사전에 등재된 '톈안먼(天安門)'은 예외로 했다.
  예) 창안제(長安街)→창안가, 쥐루루(巨鹿路)→쥐루로, 런민르바오(人民日報)→런민일보
* 티베트어는 한자 표기의 우리식 독음을 따랐다.
  예) 손챈감포(松贊干布)→송찬간포
* 본문의 첨자는 모두 옮긴이주이다.

부록

우리는 거대한 차이 속에 살고 있다

최근 40여 년 동안 중국인의 심리 변화는 사회 변화만큼이나 대단했다. 사회의 모습이 완전히 달라지고 난 뒤에도 우리는 스스로를 알아볼 수 있을까?

심리적으로 완전히 건강한 사람은 하나도 없을 것이고, 있다 한들 적어도 평생토록 건강할 수는 없을 것이다. 정신과 의사라도 예외는 아닐 터이다. 사실 우리는 정도는 다르겠지만 다들 초조함에 시달리고 있으며, 아직 일어나지 않은 일을 걱정하고 두려워한다. 이러한 심리는 우리 생활 태도와 사고방식에 많건 적건 영향을 미친다. 1997년의 일이다. 나는 홍콩에서 여권을 잃어버렸고, 갖은 고생을 다한 끝에야 베이징으로 돌아올 수 있었다. 여권을 잃어버리는 것은 자기 신분을 잃어버리는 것이나 진배없다. 그뒤로 3, 4년 동안 외국에 있을 때마다 다시 여권을 잃어버리는 꿈을 꾸었고, 온몸이 식은땀에 젖은 채 깨어나서야 팬히 놀랐다는 것을 알았다. 그것뿐만이 아니다. 강연을 하든, 아름다운 경치를 구경하든 네다섯 시간마다 신경질적으로 주머니에 여권이 들어 있는지 더듬었다. 지금도 출국 전에 짐을 꾸릴 때면 무슨 옷을 입어야 여권을 안전하게 보관할 수 있을지를 먼저 고려하고, 그런 다음에 다른 것을 생각한다. 홍콩에서 여권을 잃어버리고 난 뒤 10년이란 시간 동안 은 외국에 나가기만 하면 초조감, 여권을 또 잃어버릴까 두려워하는 초조감이 들곤 했고, 이는 나의 증명을 또다시 잃어버릴지도 모른다는 두려움이기도 했다.

나의 일은 이야기를 하는 것이다. 『노트르담의 꼽추』에 나오는 집시의 화법을 빌리자면 나는 남의 이야기를 남에게 해주고는 또다시 남에게 돈을 내라고 하는 사람이다.

30여 년 전, 문화대혁명文化大革命, 문혁 후반기 때였다. 난 아직 중학생이었다. 당시에는 남학생과 여학생이 서로 말을 나누지 않았다. 아무리 말을 하고 싶어도 차마 그러지를 못했다. 상대방을 사모하더라도 그저 몰래 눈으로만 쳐다볼 따름이었다. 간혹 담이 큰 남학생이 여학생에게 슬쩍 쪽지를 건네더라도, 사랑을 분명히 드러내는 말은 차마 못 쓰고 죄다 엉뚱한 말뿐이었다. 상대방에게 지우개나 연필을 주겠다는 따위의 내용으로 사랑의 정보를 전달한 것이다. 쪽지를 받은 여학생은 그녀석이 무엇을 바라는지를 바로 알았고, 여학생의 일반적인 반응은 긴장과 두려움이었다. 쪽지가 알려지기라도 하면 여학생은 자기가 무슨 잘못이라도 한 것처럼 몹시 부끄러워했다.

30여 년이 지난 오늘, 중학생들의 연애는 심리 차원에서는 합법이 되었고, 여론 차원에서는 공개적인 일이 되었다. 요즘 여학생은 교복을 입고 낙태 수술을 받는다. 언론에 이런 뉴스가 나온 적이 있다. 한 여중생이 교복을 입고 병원에 가서 낙태 수술을 받는데 의사가 수술 전에 가족 서명을 하라고 하자 교복을 입은 남자 중학생 네 명이 에워싸고는 서로 앞을 다투면서 먼저 서명을 하려고 했다는 것이다.

무엇이 우리를 이렇게 한 극단에서 또다른 극단으로 가게 한 것일까? 모르겠다. 내가 아는 것은 그저 중국이 최근 30년 동안 괄목할 만한 경제 기적을 이루었고 이제 세계 2대 경제국이 되었지만, 이런 영광의 숫자 뒤에는 사람들을 불안하게 하는 통계가 있고 1인당 연평균 소득은 여전히 세계 90위와 100위 사이에 있다는 사실이다. 이 둘은 균형을 이루어야 하는 경제지표지만 오늘날 중국에서는 이처럼 균형이 맞지 않는다.

상하이나 베이징, 항저우, 광저우처럼 경제가 발전한 지역에 하늘을 찌르는 고층빌딩이 물결치고 상점과 대형마트, 호텔에 사람들이 넘칠 때, 서부의 빈곤한 낙후 지역은 여전히 썰렁하다. 하루 수입 1달러 이하를 기준으로 삼는 유엔 빈곤 지수로 본다면 중국의 빈곤 인구는 1억 이상이다.

중국은 땅이 넓고 인구가 많고 경제가 불균등하게 발전한 국가다. 80년대 중반부터 연해 지역 도시 사람들에게는 코카콜라를 마시는 게 보편화되었다. 하지만 90년대 중반 후난湖南 산골에서 도시로 일하러 갔던 사람에게는 설 귀향길에 들고 가는 가족들 선물이 코카콜라였다. 그곳 시골 사람들은 코카콜라를 본 적이 없어서였다.

사회생활의 불균등은 마음속 갈망에도 불균등을 가져오기 마련이다. 90년대 후반, 중국중앙방송CCTV은 6월 1일 어린이날을 맞아 중국 각지의 아이들에게 어린이날 가장 받고 싶은 선물이 무엇인지를 물었다. 베이징의 한 사내아이는 터무니없이 장난감 비행기가 아닌 진짜 보잉 비행기를 받고 싶다고 했다. 시베이西北 지방의 여자아이는 수줍게 말했다. 자기는 흰 운동화를 갖고 싶다고.

나이가 같은 중국 아이 두 명이 꾸는 꿈에 이렇게 거대한 차이가 난다는 사실이 우리를 놀라게 한다. 시베이 지방의 여자아이에게 그녀가 갖고픈 평범한 흰 운동화는 베이징 사내아이가 갖고 싶어하는 보잉 비행기만큼이나 아득하다.

이것이 오늘날 우리의 삶, 불균등한 삶이다. 지역 간의 불균등, 경제 발전의 불균등, 개인적 삶의 불균등이 나중에 마음의 불균등이 되었고, 끝내는 꿈의 불균등으로 이어졌다. 꿈은 모든 사람이 태어나면서부터 원래 지니고 있는 재산이고, 모든 사람의 마지막 희망이기도 하다. 모든 것을 잃어도 꿈만 있으면 다시 일어설 수 있다. 하지만 지금은 꿈조차 균형을 잃었다.

베이징과 시베이 지역 두 아이의 꿈의 차이는 양극단을 보여준다. 내가 앞서 지적했던 첫번째 사례의 차이처럼 엄청나다. 30여 년 전의 여학생과 오늘의 여학생은 또다른 두 극단이다. 전자가 보여주는 것은 현실 속 격차고, 후자가 보여주는 것은 역사 속 격차다.

나는 『형제』 후기에서 이렇게 썼다. "서구인들은 400년을 살아야 이런 두 천양지차의 시대를 겪을 수 있다. 그런데 중국인은 이를 경험하는 데 고작 40년이 걸렸다."

내가 『형제』에서 쓴 것은 이러한 거대한 차이다. 상권의 문혁 시대와 하권의 현재 시대 사이의 차이, 이것은 역사적 격차다. 반면에 리광터우李光頭와 쑹강宋鋼 사이의 차이는 현실 속 격차다. 역사적 격차는 유럽인이라면 400년에 걸쳐 겪었을 파란만장한 변화를 중국인은 불과 40년만에 겪도록 했고, 현실 속 격차는 동시대의 중국인이 서로 다른 시대를 살게끔 분열시켰다. 앞에서 말한 베이징의 사내아이와 시베이 지방의 여자아이의 경우와 비슷하다. 이 둘은 같은 시대를 사는 아이들이지만, 그들 꿈의 차이는, 한 아이는 오늘날의 유럽에 살고 다른 아이는 400년 전의 유럽에 사는 것처럼 어리둥절하게 느껴진다.

이것이 바로 우리 삶이다. 우리는 현실과 역사라는 이중의 거대한 격차 속에 살고 있다. 우리는 모두 환자라고 할 수 있고, 모두 건강하다고도 할 수 있다. 왜냐하면 우리는 두 극단 속에 살고 있기 때문이다. 오늘과 과거를 비교해도 그러하고, 오늘과 오늘을 비교해도 역시 그러하다.

30년 전에 이야기하는 직업에 막 발을 디뎠을 때, 노르웨이 작가 입센의 말을 읽었다. 그는 말했다. "모든 사람은 그가 속한 사회에 책임이 있다. 그 사회의 병폐에 대해서도 역시 그러하다."

그래서 나는 이야기를 하는 사람이기보다는 차라리 치료법을 찾는 사람이라 하겠다. 나는 한 사람의 환자이기 때문이다.

하나의 나라, 두 개의 세계

윤리 도덕이나 인생철학의 차원에서 60년간 중국 사회의 변천을 살펴본다면, 가정의 가치 추락 및 개인주의의 대두를 역사적 경계선으로 삼을 수 있을 것이다. 한 나라에 전혀 다른 두 개의 세계가 출현한 것이다.

과거 중국은 사회생활에서 개인 공간이 없었다. 개인이 자아를 추구하는 유일한 방식은 집단 운동에 투신하는 것이었다. 대약진운동이나 문혁 등이 그러했다. 주목할 것은 그런 뜨거운 집단 운동에서 개인의 자아 추구는 반드시 당시 사회규범이나 정치적 기준과 완벽하게 일치해야 했고, 조금이라도 편차가 있으면 성가시거나 재수 없는 일을 불러왔다는 점이다. 당시 유행한 비유에 따르자면 우리 모두는 한 방울 물이었고, 사회주의라는 큰 강, 큰 물결 속에서 모였다.

그 시대에 개인의 진정한 공간은 오직 가정에서만 존재했다. 다시 말해 독립이라는 차원에서 개인의 자아 추구는 오직 가정생활에서만 표출될 수 있었다. 그렇기 때문에 당시의 사회적 유대는 개인과 개인의 연결이 아닌 가정과 가정의 연결로 이루어졌다. 가정은 당시 사회생활의 가장 작은 단위였다고 할 수 있다.

이는 중국인들에게 가정 가치관이 왜 그렇게 중요했는지, 부부가 서로에게 충실하지 못한 것이 왜 그렇게 대역무도한 죄로 여겨졌는지를 말해준다. 당시 사회윤리에 따라 불륜을 저지른 사람은 갖가지 치욕을 겪어야 했다. 머리를 반쪽만 깎아서 거리에 끌고 다니기도 했고, 심지어는 불량배라고 형을 살리기도 했다. 문혁 기간 동안 잔혹한 정치투쟁 때문에 부부간에 서로 고발하고, 부자지간에도 반목하는 일이 많이 있었지만, 그런 사례는 몇몇 소수 가정에서 일어났을 뿐이고 대다수 가정은 전례 없이 단결하였다. 외부 환경이 극도로 억압적인 상황에서 사람들은 가정 내부의 생활을 무척 소중하게 생각했다. 개인에게 남은 것이라곤 오직 작은 그것뿐이었기 때문이다.

개혁개방 이후, 경제가 빠르게 발전하면서 중국에는 천지가 새로 개벽하는 변화가 일어났다. 변화는 중국의 모든 곳에 스며들었다. 사유 방식과 생활 방식, 세계관과 가치관도 천치가 개벽하듯이 변했다. 그래서 과거의 윤리 도덕은 점차 사그라들고 이익과 금전의 인생철학이 혁명의 인생철학을 대체했다. 예전에 "사회주의의 풀을 뜯어먹을지언정 자본주의의 싹은 먹지 않겠다"는 유명한 구호가 있었다. 오늘날 중국에서는 어떤 것이 자본주의적인 것이고, 어떤 것이 사회주의적인 것인지 분간하기 어려워졌고, 내 생각에 지금 중국에서 그 '풀'과 '싹'이란 이미 같은 식물이다.

오직 이익만을 추구하는 사회에서, 오랫동안 억압되었던 개인주의가 갑자기 대두하면서 필연적으로 가정의 가치관에 충격을 주었다. 사실 개인의 가치를 강조하는 것과 가정의 가치를 수호하는 것은 원래 모순되지 않는다. 문제는 우리의 발전이 너무 빨랐고, 짧은 30여 년 사이에 우리가 하나의 극단에서 또다른 극단으로 걸어왔으며, 인간 본성 억압의 시대에서 인간 본성 방종의 시대로, 정치 제일의 시대에서 물질 지상주의 시대로 왔다는 데 있다. 과거에는, 오랫동안 사회가 속박되어 있었기에 사람들은 그저 집에서만 약간의 자유를 느낄 수 있었다. 오늘날 사회적 속박이 사라지고 나자 사람들이 그토록 소중하게 생각했던 가정의 가치는 갑자기 대수롭지 않게 되었다. 요즘은 불륜이 갈수록 퍼져나가, 이제는 무슨 부끄러운 일도 아니게 되었다.

누구나 자신의 무대가 있고, 자기를 충분히 보여줄 수 있게 된 지금, 옛날 의미의 가정은 완전히 바뀌었다. 혹은 현재의 가정은 더이상 과거처럼 많은 사회적 기능을 짊어지지 않게 되었다고 할 수도 있다. 많은 이들은 아버지 세대처럼 가정을 소중하게 생각하지 않는다. 사회생활에서 자신들의 가치를 더 많이 실현하고, 지금 가정에서는 실현하는 게 별로 없기 때문이다.

과거 30여 년 동안 우리는 고삐 풀린 야생마가 미친 듯이 달리는 형상으로 발전해왔다. 우리 모두는 뒤에서 땀을 흘리며 추격했고, 추격하는 발걸음은 늘 발전의 속도를 따라잡지 못했다. 이후 10년을 전망하면서 나는 생각한다, 아니, 희망한다고 말해야겠다. 우리의 발전 속도를 늦추어야 한다. 이 고삐 풀린 야생마도 틀림없이 지쳤을 것이다. 발걸음을 늦추어야 한다.

그래야 우리는 개인의 가치와 가정의 가치 사이에서 균형을 찾을 수
있다.

추모일

오늘은 원촨汶川 지진의 첫 추모일이다. 오후 2시 28분 내가 사는 아파트 아래 길거리에 사람들이 경건하게 멈추어 섰고, 차들도 길게 늘어섰다. 긴 나팔 소리가 들렸고 텔레비전에서 한동안 기적 소리가 길게 울렸다.

묵념이 끝나고 예전에 내가 쓴 「여름 태풍」을 다시 읽었다. 이 소설은 1989년 여름에 쓰기 시작해 1990년 겨울에 완성했다.

옛 친구를 다시 만난 것처럼 친근하면서도 낯선 느낌이 동시에 다가왔다. 1976년에 났던 탕산唐山 지진을 다룬 소설로, 이야기의 배경이 된 곳은 탕산에서 천 리 밖에 있는 남부의 작은 마을이다. 5월 12일 오후 원촨에서 지진이 났을 때, 천 리 밖 베이징에 있는 집도 흔들리는 것 같았고, 집이 안정을 찾고 나서도 샹들리에는 계속 흔들리는 것 같았다. 영향이란 게 바로 이런 것이구나 하는 생각이 들었다. 「여름 태풍」에서

구체적인 장소를 드러내지는 않았지만, 소설 속 감성은 모두 내가 열여섯 살 때 지냈던 저장 성浙江省 하이옌海鹽에서 온 것이다. 지금 나는 마흔여덟 살 원촨 지진 때의 감성으로 열여섯 살 탕산 지진 때의 감성을 다시 불러낸 것이다. 영향이란 이런 것이어서, 시간도 제약할 수 없고, 공간도 제약할 수 없으며, 없는 곳이 없고 또한 수시로 나타난다.

「여름 태풍」은 지진 이야기라기보다는 지진의 공포에 관한 이야기다. 그 이야기는 내가 겪은 여러 기억을 불러일으켰다. 1976년 탕산에 지진이 난 뒤 내가 살고 있던 하이옌에서도 지진이 일어났다. 사람들은 속속 운동장이나 공터, 길거리에서 노숙을 했다. 그해 여름, 사람들은 탕산에서 일어난 지진이 이내 하이옌에서도 일어날 것이라고 여겼다. 소설에서 묘사한 것처럼 당시에는 정보가 폐쇄되어 있어서 그저 길에 떠도는 소문에 기댈 뿐이었다. 유일하게 권위를 지닌 소리는 현縣 방송국의 방송이었지만 우리 현 방송국 예보는 이웃 현의 방송을 따라서 어제는 지진이 없다고 했다가는 오늘은 강력한 지진이 일어날 것이라고 했다. 사람들은 현 방송국 때문에 시달렸다. 가장 권위 있는 목소리가 도리어 가장 큰 소문의 중심이 된 것이다. 그 이야기는 바로 그런 상태를 다룬 것으로, 사람들은 몸도 마음도 지쳐서 나중에는 흐리멍덩해졌다.

추모일이 지나고 나면, 공포와 슬픔은 기억이 될 것이다.

올림픽과 빌 게이츠 지렛대

　베이징 올림픽 개막 10여 일 전, 한 지방 신문이 놀랄 만한 뉴스를 쏟아냈다. 세계 제일가는 갑부인 빌 게이츠가 올림픽을 보려고 1억 위안을 들여서 워터 큐브 수영장에서 180미터도 떨어지지 않은 곳에 있는 '공중 사합원空中四合院. 사합원은 사각형 형태의 베이징 전통 주택 양식으로, 당시 베이징 올림픽 수영장 인근 한 호텔이 최고층에 고가의 사합원을 만들어 화제가 됐다'을 빌렸다는 것이다. 새로 지은 건물의 세일즈 담당 여성을 인터뷰한 보도가 나갔고, 그는 빌 게이츠가 큰돈을 썼다고 소개하고는 새로 지은 그 빌딩이 얼마나 멋지고 고귀한지에 대해 더 많이 소개했다.

　뉴스가 나오자 중국의 주요 언론과 군소 언론도 바로 이를 보도했고, 내 생각에 적어도 1억 명 이상은 베이징에 새로 생긴 그 건물을 알게 된 것 같다. 나중에 이 소식이 미국에도 전해졌고, 빌 앤드 멜린다 게이츠 재단은 중국 언론에 정식으로 편지를 보내 해당 보도는 사실이 아니라고 밝혔다. 며칠 뒤 중국 마이크로소프트 이사장 장야친張亞勤 선생이 기자회견을 열어, 그 허위 기사는 부동산 개발업자가 올림픽과 빌 게이츠를 이용해 투기 붐을 조성하려는 의도에서 나온 것임을 암시했다. 몇몇 언론이 추궁하자 부동산 개발업자는 그 보도는 자신들이 낸 게 아니라 언론이 스스로 만들어낸 것이라고 했다. 하지만 처음 그 뉴스를 보도한 언론은 세일즈 담당 여성과의 인터뷰에서 그 소식을 들었다는 입장을 고수했다. 다른 언론들은 계산하기에 바빴다. 빌 게이츠가 1억 위안으로 공중 사합원을 빌렸다면 대여료가 1제곱미터당 50만 위안이 넘는데 이는 황당한 금액이며, 그 공중 사합원을 차라리 구입한다고 해도 1제곱미터에 50만 위안을 넘을 수 없다고 했다.

지금 중국 언론에는 이와 유사한 가짜 뉴스들이 넘쳐나고 있다. 가짜 뉴스를 만들어낸 사람을 추적해 법적 책임을 묻는 사람이 없기 때문이다. 그런 가짜 뉴스를 퍼뜨리는 것은 사기 행위다. 하지만 중국에서 사람들은 이를 그저 '홀유忽悠'라고 생각한다. 홀유라는 말은 번역하기가 쉽지 않다. 사기를 뜻하기도 하고, 뭔가를 띄워준다는 의미도 있다. 약간 오락적인 의미도 있으니, 어쨌든 진지하게 대할 필요가 없는 것이다. 나는 오히려 지렛대란 말이 더 낫다고 본다. 올림픽과 빌 게이츠를 지렛대 삼아서 소수만 알던 건물을 하룻밤 사이에 수많은 사람들이 알도록 만든 것이다.

지렛대효과란 월 가의 신사 숙녀들에게는 통화 정책, 또는 투자의 수익과 손실을 뜻할 뿐이지만, 대단한 중국인들은 지렛대를 일상생활에 끌어들였고, 지금은 중국 어디든 그런 지렛대효과가 작동하지 않는 곳이 없다. 예를 들어 중국 출판사와 저자들은 미국 할리우드를 지렛대로 삼는 것을 좋아해서 방금 출판된 중국어 소설이 아직 영어로 번역도 되지 않았는데, 할리우드에서 3억 달러를 투자해 영화를 찍기로 했다고 언론에 선전한다. 3억 달러나 투자한 할리우드 영화는 들어본 적이 없다며 내가 속으로 궁금해하고 있을 때면, 지렛대효과는 벌써 8억 달러가 되어 있다. 지렛대의 작용으로 정말 베스트셀러가 된 두 소설이 있었다. 두 소설 모두 할리우드에서 8억 달러를 투자해서 영화를 찍는다고 밝혔다. 3억 달러를 투자한다고 한 소설은 베스트셀러가 되지 못했다. 지렛대를 잘 이용하지 못한 까닭일 터다.

지렛대란 무엇인가? 중국에 이런 속담이 있다. 담이 크면 배불러 죽고, 담이 작으면 배고파 죽는다.

가장 조용한 여름

베이징 올림픽이 다가오면서 베이징으로의 비행이 훨씬 쾌적해졌다. 승객이 감소했기 때문인데, 나로선 조금 놀라웠다. 사실 6월 말에 도쿄에서 베이징까지 아나ANA 항공을 타고 올 때 그런 현상을 이미 느꼈는데, 승객이 절반뿐이었던 것이다. 나흘 전, 남부 지방에 가려고 인터넷으로 비행기 표를 살 때 다시 한 번 놀랐다. 비행기 표 가격이 원가의 20, 30퍼센트였다. 지금 비행기를 타면 훨씬 더 쾌적할 터인데, 문제는 비행기 이륙 시간이 정확하지 않다는 것이다. 7월 말에 항저우에서 베이징으로 돌아오는 비행기는 게이트가 닫히고 족히 다섯 시간은 지나고 나서야 이륙했다. 공중 관제 때문이라고 했다. 베이징에 도착하고 항저우 친구에게 전화가 와서 내가 방금 비행기에서 내렸다고 했더니 그가 웃으며 말했다. "두 시간도 타지 않는 표로 일곱 시간이나 탔으니, 돈 벌었네." 농담이지만, 중국인의 전통적 가치관을 제법 담고 있기도 하다.

다른 친구 하나는 나보다 하루 늦게 상하이에서 베이징으로 돌아왔는데 비행기에서 일고여덟 시간을 보냈다. 그 친구가 탄 비행기는 대형 기종이었고, 넓은 일등석 자리에 네 명밖에 없었다. 그 친구 앞에 앉은 승객은 좌석을 젖혀 평평하게 하고서 다섯 시간을 쿨쿨 잤다. 비행기가 이륙할 무렵 승무원이 슬며시 깨우며 의자를 똑바로 하라고 하자, 그 친구가 잠결에 어리둥절해하면서 사우나인 줄 알고 곧장 이렇게 말했다고 한다. "아아, 계산서요." 이 역시 중국에서만 있는 일이다. 일등석 단골손님 중에는 야간 사우나 단골손님인 이들이 많다.

7년 전 베이징 올림픽 개최권을 따내고 온 나라가 기뻐하던 모습이 눈에 선하다. 7년 동안 중국은 갖가지 올림픽 준비에 막대한 열정을 쏟았고, 모든 중국인이 한껏 기대하면서 지난 7년을 보냈다. 다들 2008년 8월이면 베이징에는 사람들이 넘쳐나고, 차들이 꼬리에 꼬리를 물고, 거리는 역 대합실처럼 사람으로 붐비고, 세계 각지에서, 또 중국 각지에서 사람들이 잇달아 베이징으로 올 것이라고 생각했다. 비행기 표는 제값을 내도 사기 힘들 것이며, 호텔은 만원이고 방값은 치솟을 테니 자기 집을 외국이나 타지에서 온 관광객들에게 빌려주겠다는 아름다운 생각도 했다. 그런 사람들은 한 달 방값이 보통 때 1년치 방값을 넘을 것이라고 믿었고, 어떤 집주인들은 위약금도 아깝지 않다면서 원래 세 들어 있던 사람을 내쫓고 두 팔 벌려 돈을 더 많이 쓸 관광객을 맞을 준비를 하기도 했다.

그때 미국 영화감독 스필버그가 갑자기 베이징 올림픽 개막식 예술 고문직을 사퇴하자 중국이 다르푸르 학살 사태 해결에 미온적인 태도를 보인다는 이유로

스티븐 스필버그 감독이 해외 예술 고문직을 사퇴했다 많은 중국인이 처음으로 세계에 다르푸르라는 곳이 있다는 것을 알게 되었다. 그곳에서 무슨 일이 일어났는지 중국인 대부분은 신경쓸 틈이 없었다. 비난의 목소리를 스필버그에게 쏟아내면서도, 미꾸라지는 큰 물결을 일으키지 못하는 법이기에 스필버그의 행동은 신경쓸 필요 없다고 생각했다.

사실 다르푸르 종족 갈등은 2003년부터 폭발했다. 서구 언론에서는 토착민 25만 명이 살해되고 200만 명이 고향을 등졌다고 보도했다. 나는 개인적으로 이 숫자를 믿기 어렵다. 다르푸르의 1제곱킬로미터당 거주 인구가 7명이 될 리가 없고, 그처럼 인구가 적은 지역에서 20만 명을 살해했다는 통계에는 분명 의문이 든다. 하지만 서구 언론이 이구동성으로 그렇게 말하는 바람에 이 숫자는 서구에서 기정사실이 되어버렸다.

지나친 방목으로 다르푸르 지역이 사막화되기도 했지만 다르푸르 위기의 근본 원인은 풍부한 석유와 광물자원을 차지하려는 다툼에 있다. 인도주의 차원의 위기가 폭발하자 외국 회사들은 속속 다르푸르를 떠났고 중국석유 같은 거대한 중국 기업이 기회를 틈타 들어갔다. 여기에 중국과 수단 사이의 오랜 관계가 작용해, 중국은 서구 언론에서 속죄양이 되었다. 다르푸르의 인도주의 차원의 위기는 서구에서는 벌써 여러 해 전에 이슈가 되었지만, 중국 언론에서는 관련 소식을 거의 찾아볼 수 없었다. 사실 스필버그는 오랫동안 사퇴 압박을 받아왔다. 그러나 그가 돌연 사퇴하자 평범한 중국 사람들은 그제야 다르푸르를 알게 되었다. 베이징 올림픽은 자연스럽게 몇몇 서구 인권기구의 공격 목표가 되었고, 베이징 올림픽 기간 동안 15만여 명에 달하는 다르푸르 대표단을 꾸려 8월에 베이징에서 일련의 항의 활동을 전개하겠다는 계획이 발표됐다.

중국인들이 다르푸르 문제의 심각성을 깨닫기 시작하던 무렵인 3월 중순에 라싸에서 소요가 터졌다. 4월에는 파리에서 올림픽 성화 봉송중에 성화를 빼앗겼고, 이에 샌프란시스코에서는 봉송 경로를 바꾸기도 했다. 같은 4월, 티베트 청년회 회장은 이탈리아 코리에레 델라 세라 Corriere Della Sera 신문 인터뷰에서 베이징 올림픽 기간 동안 자살 테러를 일으킬 것이라고 공개적으로 천명했다.

중국인들은 문득 올림픽 기간 동안 안전의 중요성을 더욱 깊이 깨달았다. 이전에는 테러란 미국이나 유럽, 혹은 중동이나 남아시아에서나 일어나는 일일 뿐이라고 생각하는 중국인이 많았다. 그런데 이제 테러의 발길이 갑자기 우리 쪽으로 다가오고 있다고 느낀 것이다. 7월 21일 쿤밍에서 일어난 버스 폭발 사건, 8월 4일 카스에서 일어난 경찰 습격 사건이 그런 신호였다. 테러는 외국산만이 아니라 국내산일 수도 있다.

타지에 있는 내 몇몇 친구들은 올림픽 기간에 베이징에 오려던 계획을 취소했고, 몇몇 베이징 친구들은 가족을 데리고 타지로 휴가를 갔다. 올림픽 기간 동안의 안전을 생각해 중국은 보안 조치를 강화하고 동시에 비자 발급도 통제했다. 서구 언론은 중국이 '비자 요새'를 구축했다고 비판했다. 중국인들은 스필버그의 고충을 이해해야 하고, 서구는 중국의 고충을 이해해야 한다.

올림픽 기간 동안 하늘의 비행기에는 승객이 많지 않고 지상의 호텔에 인적이 드문 것은 어떤 나라, 어떤 도시도 바라지 않을 것이다. 하지만 안전을 위해 이렇게 할 수밖에 없다. 올림픽 기간 동안 뜻하지 않은 사상자가 생긴다면 중국의 불행이자 세계의 불행이다. 국내외 여행사들이 앞을 다투어 비행기 표와 호텔 예약을 취소했다. 나는 내가 탄 베이징행 비행기에 승객이 적다는 인상을 받았으며 그후에는 호텔 입실률이 최근 몇 년 만에 가장 낮다는 것도 알게 되었다. 오염 물질을 야기하는 공장도 임시로 문을 닫았고, 건축 공사장도 임시로 작업을 멈추었으며, 많은 농민공農民工. 농촌에서 도시로 온 노동자들이 귀향을 택했다. 베이징의 공기 질을 관리하기 위해 자동차 운행을 제한하는 정책도 7월 20일부터 시행되었다.

최근 이틀 동안 베이징 거리를 걸으면서 예전 여름보다 차량이 눈에 띄게 줄고 행인들도 눈에 띄게 줄어든 게 느껴졌다. 7년 동안 중국인들이 기대한 올림픽이 열리는 거리의 모습은 분명 이런 것이 아니었다. 아마도 베이징에서 7년 만에 가장 조용한 여름을 보냈다는 생각이 든다.

7일간의 일기

토요일, 9월 26일

오늘도 전기드릴로 구멍을 뚫는 진동 소리와 쇠망치 두드리는 소리에
잠이 깼다. 그 격렬한 소리는 우리집 위층에서 나는 것인데, 거의 두 달
가량 계속되고 있다. 어떤 때는 아파트 전체가 흔들리는 느낌이다.

내가 사는 아파트는 2000년에 입주했는데, 우리 윗집은 인테리어를
다시 하고 있다. 끊임없이 인테리어를 바꾸는 것은 중국 도시에서는 늘
보는 일이라 신기하지도 않다. 이곳은 인테리어에 열광하는 나라여서
다. 이 아파트는 베이징의 번잡한 북 싼환로北三環路 옆에 우뚝 서 있다.
북 싼환로 방향으로 난 두 방 창문은 이중창으로, 오랫동안 소음이 들
어오지 못하게 늘 닫아놓았다. 그런데 최근 두 달 동안 나는 매일 이 두
방의 이중창을 열고 북 싼환로의 꼬리를 물고 이어지는 차량의 소음을

진정으로 반기며 맞아들였다. 그 소음이 위층에서 나는 소리를 완화해 줄 수 있어서였다. 전기드릴과 쇠망치의 날카로운 소리를 심장이 도저히 견딜 수 없을 것 같았는데, 소리가 뒤섞인 뒤로는 귀만 견디기 힘들었다. 심장을 보호하기 위해 귀를 희생할 수밖에 없는 노릇이니, 이것이야말로 두 가지 손해를 비교해본 뒤 손해가 덜한 것을 택한다는 말 그대로였다.

컴퓨터를 켜고 인터넷에 접속해 나라가 목전에 앞둔 최대 규모의 인테리어가 어떻게 진행되고 있는지를 찾아보았다. 건국 60주년을 앞둔 각종 준비 작업을 말하는 것이다. 인터넷 사이트마다 경사스러운 빨간색이 나를 반기고, 열어본 거의 모든 페이지에 국기 아이콘이 박혀 있다. 지난 60여 년을 회고하고 축복하는 말들이 페이지에서 가장 눈에 잘 띄는 자리에 걸려 있는데, 두 달 동안이나 그 자리에 걸려 있었다. 우리 윗집이 인테리어를 하는 기간과 비슷하게 길었다.

톈안먼天安門 광장은 벌써 새롭게 단장했고, 열병閱兵과 행진 연습도 마쳤다. 뉴스는 날씨에 관심을 보이기 시작했고 기상 전문가들은 모여서 10월 1일의 기상 동향을 논의하는데, 나쁜 날씨의 영향은 기본적으로 배제했다. 베이징 기상청은 열병과 행진, 저녁 불꽃놀이에 초점을 맞추어 자세히 예보할 것이라고 밝혔다. 보안과 안전도 오늘 뉴스의 주요 관심사다. 테러 습격을 방지하는 것뿐 아니라 몰린 인파가 서로 밟히는 것을 방지하는 것도 보안의 범위에 속한다는 새로운 내용이 나왔다. 10월 1일 그날 무수한 사람들이 창안가長安街와 톈안먼 광장으로 갈 것이다.

며칠 전 우연히 뉴스를 찾아보다가 베이징 시 경찰의 발표를 보았다.

국경절 보안을 위한 '천둥소리 행동'에서 9800여 건의 각종 형사사건을 해결했고, 범죄 연루 혐의로 6500여 명을 체포했으며, 360여 개 범죄 집단을 일망타진했다는 것이다. 속으로 생각했다. 60주년이 아니었더라면 붙잡힌 범죄 용의자들 중 일부는 계속 돌아다니지 않았을까?

서구 기자 한 사람이 내게 전화를 걸어 60주년이 어떤 의미인지 물었다. 그에게 말했다. 내게 60주년이란 59주년보다 한 해가 늘었다는 의미라고.

일요일, 9월 27일

아내가 말했다. "오늘은 전기 드릴 소리가 안 들리는 것 같아." 나도 드릴 소리는 못 듣고 망치 두드리는 소리만 들은 것 같다. 생활하기 좋아진 것 같지만 그래도 낙관할 수는 없다. 최근 두 달 동안 몇 번 갑자기 드릴 소리가 사라지고 쇠망치 소리도 줄어들어 마음 푹 놓고 조용한 생활을 맞으려던 찰나, 그 두려운 드릴과 쇠망치 소리가 앞을 다투며 쿵쾅쿵쾅 다시 돌아왔다. 그래서 아내에게 말했다. "벽페인트칠 냄새가 나야 드릴과 망치의 임무가 끝났다는 뜻이야."

멀리 저장 본가에 사시는 아버지께 전화가 왔다. 아버지는 1948년에 중국 공산당에 가입하셨던 원조 혁명가로, 60주년 대경축을 앞두고 여러 가지 영광을 누리셨다. 기쁨에 넘쳐 말하시길, 성省 정부에서 상장을 수여했고, 시 정부에서는 트로피를 수여했으며, 현 정부에서는 이불을 한 채 주었다는 것이다. 내가 10월 5일에 독일에 가는 것을 알고는 전화로 경고하셨다. "독일 가거든 중국에 대해 나쁜 이야기는 하지 말거라."

월요일, 9월 28일

위층 드릴이 다시 울렸다. 아내에게 말했다. "난 다시 돌아올 줄 알았지." 두 달 동안 시달리고 나자 내 짜증도 체념으로 바뀌었다. 내가 말을 이었다. "집을 수리하는 게 아니야. 드릴하고 망치로 벽에서 보물을 찾는 거야."

오늘 베이징 지하철 4호선이 개통했는데, 이것은 내 생활에 긍정적 의미가 있다. 런민人民 대학 역이 바로 우리 아파트 아래이기 때문이다. CCTV도 오늘 오랫동안 준비해온 HD 텔레비전 프로그램을 내보내 전 국민이 성대한 국경절 기념식을 텔레비전으로 또렷하게 볼 수 있게 했다.

이 두 가지 소식은 60주년 경축을 위한 인테리어가 끝났다는 것을 뜻한다. 중국에는 전통이 있다. 중대한 공사나 프로젝트는 모두 중대한 기념일 전에 서둘러 완성한다는 것이다. 하지만 위층 드릴과 망치는 지칠 줄을 모르고 여전히 울리고 있으니 기이하다. 나라의 인테리어는 모두 끝났는데 가정의 인테리어는 아직도 진행중이다.

화요일, 9월 29일

무겁고, 탁하고, 일정하게 윙윙거리는 소리가 위층에서 온종일 울렸다. 내 지식과 경험을 총동원해도 무슨 기계를 쓰는지 도무지 판단할 수가 없었다. 윙윙 소리가 온 아파트를 안마하고 있는 것 같았다. 점심을 먹고 낮잠을 한숨 잤다.

수요일, 9월 30일

톈안먼 광장이 오늘 오후에 봉쇄되었다. 내일 30만여 명에 이르는 기념식 참가 군중이 50여 개 보안 검색대 입구를 통해 광장에 들어가며, 모든 대열이 지정된 위치에 도착하는 시간의 오차는 10초 이내다. 수학자와 컴퓨터 전문가들이 정확하게 짜서 나온 것이라고 한다.
사람들은 인터넷에서 내일 후진타오가 탈 열병차의 차 번호가 무엇일지를 추측하며 논쟁을 벌이고 있다.

목요일, 10월 1일

오늘 베이징 하늘은 바다처럼 짙푸르고, 하얀 뜬구름은 길게 일렁이는 파도 같다. 후진타오는 인민복을 입었다. 과거 시절의 분위기를 풍기는 것 같다. '京 V 02009' 번호의 국산 훙치紅旗 열병차를 타고 위풍당당하게 삼군을 사열했다.

그뒤 분열식이 시작됐고, 언론은 이를 묘사했다. 영민하고 용맹스러운 해병, 위풍당당한 육군, 당찬 여군, 용감한 무술경찰. 핵미사일, 궤도미사일, 순항미사일, 방공미사일, 탱크, 수륙양용 전차, 장갑차, 무인기, 로켓포 대열이 위풍당당하게 지나갔다. 선도기 제대가 색색의 연기를 내뿜으며 비행한 뒤 초계기와 J-11전투기, 폭격기, J-10, JH-7A, 공중급유기 제대, 여조종사 비행기도 톈안먼 상공을 날았다. 그뒤, 군중 행진 대열이 화려하게 장식한 60대 차량으로 또다른 대오를 이루며 톈안먼 성문 앞을 당당하게 지나갔다. 행진 대열은 마오쩌둥, 덩샤오핑, 장쩌민, 후진타오의 거대한 초상을 들고 있었다. 언론은 들떠서 네 지도자들이 처음으로 톈안먼 광장에 모였다고 보도했다.

우리 언론은 천편일률적인 찬양과 자부심을 쏟아냈다. 조국은 강대하고 번영하며, 인민들은 안정된 생활을 누리면서 즐겁게 일한다고. 이와 동시에 정부 사이트인 런민왕人民網 '강국논단'에서는 다른 목소리도 나왔다. 누군가 행진 대열에 실업 대군 대표단과 부패 관료 대표단도 추가해야 한다고 건의한 것이다. 그런가 하면 이런 한탄도 나왔다. "살아가기 어렵도다! 가난한 사람에게는 경축일도 없다." 조국에 하소연하는 사람도 있었다. "조국이여, 그대를 사랑하기 너무 어렵다고 말할 수밖에! 우리에게는 하소연하고픈 억울한 일이 너무 많고, 우리 삶은 너무 여의찮으며, 우리 자존심은 너무 많은 상처를 입었기 때문이다."

많은 네티즌이 조국에 축복을 표하기도 했다. 인터넷의 서로 다른 두 여론을 보며, 어떤 사람은 네티즌 대표단도 톈안먼으로 가야 한다고 장난스럽게 건의하기도 했다. "이 대표단은 좌우 둘로 나눈다. 왼쪽은 좌파 네티즌이 참여하고, 일률적으로 왼발은 큰걸음으로 걷고 오른발은 바른걸음으로 행진한다. 오른쪽은 우파 네티즌이 참여하고, 일률적으로 오른발은 큰걸음하고 왼발은 바른걸음으로 행진한다. 선명한 입장을 드러내기 위해 좌우 양측 네티즌은 모두 팔은 흔들지 않는다. 만일의 사태를 방지하기 위해 이 행진단의 좌우 양쪽 접점에서 전투경찰이 폭동 제압용 투명 방패를 들고 행진단을 격리시킨다. 이렇게 해도 양측 네티즌이 불시에 상대방에게 침을 뱉을 수 있으니까……"

금요일, 10월 2일

페인트 냄새가 났다. 화장실 배기구를 타고 올라온 것이다. 그제야 오늘은 소리가 나지 않는다는 걸 깨달았다. 속으로 생각했다. 정상적인 생활이 마침내 돌아왔다고.

비디오 영화

1988년 어느 날이었을 것이다. 그때 나는 루쉰문학원에 다니고 있었다. 베이징 동쪽 스리바오十里堡에서 서쪽 쌍위수雙楡樹까지 와서는 좁고 느린 엘리베이터를 타고 올라가 손가락 뼈마디로 우빈吳濱의 문을 두드렸다. 당시 우빈은 『도시의 독백城市獨白』이란 소설을 발표하고, 왕쉬王朔 그룹과 함께 하이마海馬 영상 창작 회사를 차려 기염을 토할 때였다. 지금은 당시에 버스를 몇 번 갈아탔는지도 잊었고, 동에서 서로 베이징 성을 가로질러 간 것이 가을인지 겨울인지도 잊었다. 다만 나 혼자였다는 것, 그리고 그때 수염을 기르고 있었고 머리는 귀를 가렸다는 것만 기억한다. 엘리베이터보다 얼마 넓지 않은 거실에 오후부터 한밤중까지 앉아 있었다. 우빈과 그의 아내 류샤劉霞가 무슨 말을 했는지도 잊었고, 10여 년 전에 헤어진 이 부부가 그때 내게 어떤 먹을 것을 해주었는지도 잊었다. 오직 기억나는 것은 그때 아직까지도 마음에 남아 있는 비디오 영화를 보았다는 것이다. 잉마르 베리만의 〈산딸기〉였다.

이것이 80년대에 대한 내 아름다운 기억의 시작이다. 비디오 영화 덕에 이후 두 해 동안 내 생활은 아름다웠다. 나는 거의 매주 주웨이朱偉가 사는 바이자좡白家莊에 갔다. 당시 주웨이는 『런민문학人民文學』의 저명한 편집자였고, 나중에는 싼롄 서점三聯書店으로 가서 차례로 『필하모닉愛樂』과 『싼롄 생활주간三聯生活週刊』의 편집 주간을 맡았다. 바이자좡은 루쉰 문학원이 있는 스리바오에서 5킬로미터도 되지 않았다. 주웨이를 알고 나서는 비디오 영화를 보러 더이상 먼 쌍위수까지 가고 싶지 않았다. 길에서 우연히 만난 류샤가 왜 자기와 우빈을 보러 오지 않느냐고 물었을 때, 나는 너무 멀어서 그렇다고 했다. 그런 뒤 내가 그녀에게 물었다. "그러는 너희는 왜 나한테 안 오는데?" 류샤가 나와 똑같이 대답했다. 너무 멀어서라고.

그때 나는 루쉰문학원 4층에 살았고, 전화는 계단 바로 옆에 있었다. 주웨이는 전화를 하면 늘 똑같은 말 한마디였다. "좋은 영화가 있어." 그때 그의 목소리는 언제나 신비로웠으며 흥분을 불러일으켰다. 저녁이 되고 나와 주웨이가 그의 집 카펫에 쭈그리고 앉아서 그가 낮에 빌려온 테이프를 비디오에 넣으면, 우리 눈은 마치 스타를 쫓아다니는 팬들이 그리던 스타를 만난 것처럼 텔레비전 화면을 뚫어져라 쳐다보았다. 요즘 유행하는 말로 하자면 나와 주웨이는 당시 비디오 영화의 '광팬'이었다. 우리 두 사람이 잉마르 베리만, 페데리코 펠리니, 미켈란젤로 안토니오니, 장뤼크 고다르 등 모더니즘 영화를 얼마나 많이 보았는지 모른다. 그 영화들은 여러 번 복사되다보니 갈수록 흐릿해졌고, 대부분의 영화는 자막도 없었다. 우리는 나오는 인물들이 무슨 말을 하는

지도 몰랐고 망가진 테이프가 돌아가는 흐릿한 화면에는 늘 반짝이는 비가 내렸다. 그래도 우리는 온 신경을 집중해서 줄거리를 짐작했고 어떤 장면을 두고서는 감탄을 금치 못했다. 아직도 기억나는 게, 영화 속에서 한 남자가 심드렁하게 구석에 있는 소파에 앉아 화면 속 자기 자신과 여자가 섹스하는 것을 보고 있는 장면에서 우리는 소리를 질렀다. "최고다!" 영화에서 사람들이 격렬하게 총격전을 하지만 다른 사람들은 아무 일 없다는 듯이 산보를 하고 조용하게 의자에 앉아 책을 볼 때 우리는 소리를 질렀다. "짱이다!" 거페이格非가 베이징에 와서 주웨이네 카펫에 쭈그리고 앉게 되면, 비디오 영화를 보는 사람이 셋이 되었고, "최고다!" 소리 지르는 사람도 셋이 되었다.

바로 그 집에서 나는 처음으로 쑤퉁蘇童을 만났다. 89년 말이었다. 주웨이가 전화를 걸어 쑤퉁이 왔다고 했다. 내가 주웨이 집에 들어서자 쑤퉁이 소파에서 일어나 활기차게 손을 내밀었던 것으로 기억한다. 얼마 전 쑤퉁이 푸단 대학에서 강연하는 것을 인터넷으로 보았는데, 우리가 처음 만나던 때를 이야기했다. 그는 나를 처음 보았을 때 길거리에서 같이 놀던 아이를 만난 것 같은 느낌이었다고 말했다. 돌이켜보면 나도 그런 느낌이었다. 쑤퉁과 처음 만났을 때 나는 스물아홉 살이었고 그는 스물여섯 살이었지만 우리는 마치 함께 자란 사람들 같았다.

내 기억으로는, 처음 본 비디오 영화가 잉마르 베리만의 〈산딸기〉다. 유소년 시절에 혁명모범극 여덟 편을 질리도록 보았고, 〈지뢰 전투地雷戰〉, 〈지하 전투地道戰〉도 질리도록 보았다. 알바니아 영화 〈죽어도 굴복하지 않으리〉와 〈용감한 사람들〉도 있었고, 북한 영화 〈꽃 파는 처녀〉와 〈꽃 피는 마을〉도 있었다. 앞의 것은 울다가 눈이 붓게 했고, 뒤의 것은 웃다가 배가 아프게 했다. 문혁 후기에 루마니아 영화가 들어왔다. 〈다뉴브 강의 잔물결〉은 내가 소년 시절에 허튼 생각을 시작하게끔 했다. 처음으로 영화에서 남자가 여자를 껴안는 것을 본 것이다. 물론 그들이 부부이긴 했지만. 남자가 갑판에서 아내를 안으면서 "당신을 물에 던질 거야"라고 하던 대사는 당시 남자아이들의 유행이었고, 소년 시절 이 대사를 말할 때마다 내 가슴속에서는 달콤한 동경이 슬며시 솟구치곤 했다.

문혁이 끝난 뒤, 금지됐던 많은 영화들이 공개 상영되었고, 그때가 내가 영화를 가장 많이 본 때였다. 문혁 10년 동안에는 거듭 반복해서 혁명모범극을 보고, 〈지뢰 전투〉와 〈지하 전투〉를 보고, 알바니아 영화와 북한 영화를 보았다. 문혁이 끝난 뒤에는 거의 2, 3일에 한 편씩 전에 본 적이 없는 영화를 보았다. 그뒤 일본 영화가 들어오고, 유럽 영화도 들어왔다. 〈그대여, 분노의 강을 건너라〉는 세 번을 보았고, 〈파리 대탈출〉은 두 번 보았다. 내가 영화를 얼마나 보았는지 모르겠다. 하지만 1988년 처음 비디오 영화 〈산딸기〉를 보았을 때 나는 놀랐고, 처음으로 영화에서 이렇게도 표현할 수 있다는 것을 알았다. 아니, 이 세계에 이런 영화가 있다는 것을 처음으로 알았다. 그날 깊은 밤 우빈의 집을 나설 때는 시내버스도 진즉에 끊겨서 혼자서 베이징의 적막한 거리를 걸었다. 뜨거운 피가 끓는 듯해서 20여 킬로미터를 걸어서 스리바오의 루쉰문학원으로 돌아왔다. 그날 밤, 아니 새벽이었겠지만, 비디오 영화 〈산딸기〉가 내게 준 느낌은 이러했다. 내가 마침내 진정한 영화를 보았구나.

자무엘 피셔에게 이야기를 들려주다

"나는 어부예요." 자무엘 피셔가 말했다. "위 선생, 내게 중국에서 고기 잡는 이야기를 해주시겠소?"

그때 나는 바트이슐Bad Ischl 강가에 앉아 강물 너머 정지된 듯한 집들과 집들 뒤로 물결치는 산굽이를 바라보고 있었다. 여름날 오후 산굽이를 비추던 햇살이 우리 쪽으로 왔을 때 볕은 내가 있는 곳만 비추고, 자무엘 피셔 쪽은 볕 한 줄기 들지 않았다. 그는 완전히 그늘 속에 앉아 있었다. 우리 사이에 놓인 작고 둥근 테이블에 명암의 경계선이 생겼다. 내 쪽은 황금색이고, 자무엘 피셔 쪽은 푸른 잿빛이었다.

내가 말했다. "피셔 선생, 우리 모습이 마치 사진 두 장을 합쳐놓은 것 같은 느낌입니다. 한 장은 컬러이고, 한 장은 흑백사진이군요."

그가 고개를 끄덕이며 말했다. "나도 느꼈어요. 당신은 컬러 속에 있고, 나는 흑백 속에 있네요."

나는 선크림을 얼굴에 바르고는 그에게 건넸다. 그가 손목시계를 흔들면서 필요 없다는 표시를 했다. 그가 조용히 푸른 잿빛 속에 앉아 있는 것을 보고는 속으로 정말 선크림이 필요하지 않겠다고 생각했다. 나는 선글라스를 쓰고 태양 쪽을 바라보았다. 파란 하늘에 흰 구름 한 조각 없었다. 태양을 가리는 구름이라곤 전혀 없는데, 왜 우리가 있는 곳에 명암의 구분이 지는 걸까? 나는 혼자 중얼거렸다. "정말 이상하네."

자무엘 피셔가 내 생각을 읽었는지 담담히 웃었다. "위 선생, 아직 젊으시네요. 나 같은 나이가 되면 이상한 게 아무것도 없게 돼요."

"저도 이제 젊지 않아요." 내가 말했다.

자무엘 피셔가 조용히 손가락을 흔들며 말했다. "내가 당신만한 나이였을 때 입센하고 호프만이 내 귓가에서 말다툼을 했었죠."

"피셔 선생," 내가 말했다. "괜찮으시다면, 연세를 말씀해주실 수 있나요?"

"기억을 못해요." 자무엘 피셔가 말했다. "150살 생일날 일도 잊어버렸어요."

"하지만 피셔 출판사S. Fischer에서 제 책을 낸 건 기억하시지요?" 내가 말했다.

"그건 얼마 전 일이라 기억하죠." 자무엘 피셔가 말을 이었다. "하지만 발메스Jaime Balmes, 1810~1848. 스페인 장로회 목사·철학자인가 코프스키가 한 말은 잊었어요. 미안하지만, 난 당신 책을 안 읽어봤어요."

"괜찮습니다." 내가 말했다. "발메스와 코프스키는 읽었어요."

"내게 고기 잡는 이야기를 해 줘요." 자무엘 피셔가 말했다.

내가 말했다. "5년 동안 치과의사를 해서 이 뽑는 이야기는 해줄 수 있는데요."

"아니요, 됐어요!" 자무엘 피셔가 말했다. "이 뽑는 얘기를 하면, 내이가 아파요. 발메스나 코프스키는 좋아할 거야. 난 고기 잡는 이야기가 좋아요."

"혹시" 내가 그의 말을 받아 말했다. "토마스 만하고 카프카라면 고기 잡는 이야기를 해줄 수 있겠네요."

"그 사람들은," 자무엘 피셔가 허허 웃더니, "그 사람들은 나하고 카드나 하려고 하지…… 왜 그런지 알아요? 자기들은 지더라도 나한테 돈을 안 주고, 나는 이겨도 그 사람들에게 돈을 주어야 하거든."

자무엘 피셔가 내게 물었다. "카드 좋아해요?"

내가 말했다. "가끔요."

"언제?"

"발메스나 코프스키와 같이 있을 때요. 나는 지더라도 돈을 안 내고, 그 사람들은 이겨도 내게 돈을 주어야 하지요."

자무엘 피셔가 허허 웃더니 말했다. "작가란 다 같은 물건들이야."

놀랍게도 자무엘 피셔가 유창하게 중국어를 하고 있다는 것을 발견했다. 게다가 조금도 외국인의 말투가 아니었다. 그의 얼굴을 보고 있지 않았다면 중국인하고 이야기하고 있다고 느꼈을 것이다. 내가 말했다. "피셔 선생, 중국어를 정말 잘하십니다. 어디서 배우셨어요?"

"중국어요?" 자무엘 피셔가 고개를 흔들며 말했다. "한 번도 배운 적이 없어요. 보기는 했지. 중국어는 참 신비한 언어예요."

"지금 중국어로 말하고 계시잖아요?" 내가 말했다.

"난 쭉 독일어를 하는데." 자무엘 피셔가 진지하게 나를 쳐다보았다.

"위 선생, 독일어 참 잘하네요. 프랑크푸르트 토박이 같아요."

"아녜요!" 내가 소리쳤다. "나는 쭉 중국어를 하는데요. 독일어를 전혀 할 줄 몰라요."

바트이슐에서 그 오후에, 기이한 일이 일어나고 있었다. 자무엘 피셔가 하는 독일어가 내게 오면 중국어가 되었고, 내가 하는 중국어가 그에게 가면 독일어가 되었다. 한 번도 겪어보지 못한 경험이었다. 꿈속에서도 그런 적이 없었다.

"정말 이상하네요." 내가 감탄했다. "내가 중국어를 하면 당신은 독일어로 듣고, 당신이 독일어를 하면 나는 중국어로 듣네요."

"당신들 세계 사람들은 늘 아무것도 아닌 일에 난리지요." 자무엘 피셔가 손가락 뼈마디로 가만가만 원탁의 푸른 잿빛 쪽을 가볍게 두드리며 그 이야기는 끝났다는 것을 알렸다. 그런 뒤 그가 다시 말했다. "나는 어부예요. 내게 고기 잡는 이야기를 들려주겠소?"

"그러지요." 내가 동의했다.

나는 우선 자무엘 피셔에게, 내가 말하는 것은 어부가 고기 잡는 이야기도 아니고 치과의사가 고기 잡는 이야기도 아닌, 중국 아이가 고기 잡는 이야기라고 설명했다.

문혁 때였다. 나는 중국 남부의 한 작은 읍내에서 자랐는데, 우리 동네 가운데로 조그만 냇물이 흘러갔다. 냇물에서는 고기 잡는 이야기는 없고, 배가 오가던 이야기뿐이다. 고기 잡는 이야기는 마을 저수지에서 시작된다. 당시 우리집은 병원 아파트로 이사를 가지 않고 작은 골목 끝집에 살았다. 여름날 아침 위층에서 창문을 열면 끝없이 펼쳐진 들판이 눈에 들어왔고, 그 사이에 군데군데 흩어져 있는 저수지들이 햇빛

아래서 마치 들판의 눈
[注]
처럼 반짝거렸다. 우리 동네 주위 들판에는 저수지가 많았다. 여름에는 늘 비가 내리지 않아서 가문 벼논에 저수지 물을 댔다.

내 기억 속 유년의 여름날은 덥고 아무 할 일이 없었다. 양수기로 물을 뿜는 소리가 들리면 사람 마음을 흥분시키는 때가 된 것이다. 반바지에 러닝셔츠만 입은 우리 남자아이들은 양수기 소리가 나는 곳으로 달려가서 물이 빠지는 저수지에 둘러앉아 저수지 물이 배수관을 따라 인근 논으로 흘러가는 것을 구경했다. 그럴 때면 저수지가 가라앉는 것 같았고, 수면이 점점 낮아지면 물속 물고기들이 뛰어오르기 시작했다. 우리는 둑에서 기뻐 날뛰었고, 물고기와 함께 뛰어올랐다. 저수지 물이 점점 바닥을 드러내고 저수지 바닥의 개펄이 드러나면 고기들은 남은 물속에서 뛰어오르려고 애를 썼다. 우리 사내아이들은 입고 있던 러닝셔츠를 벗어 위를 꼭 묶어 포대 자루로 만들고는 저수지 개펄 속에 들어가 고기를 한 마리 한 마리씩 잡아서 러닝셔츠로 만든 포대 자루에 넣었다. 물고기가 죽어라고 몸부림을 치면서 우리 손에서 자꾸 미끄러져나갔고, 우리는 다시 하나하나 고기를 잡았다…… 그것은 고기를 잡는 게 아니었다. 줍는 것이었다.

나와 형은 각자 러닝셔츠 포대에 가득 든 고기를 들고 집에 돌아와서는 바로 물 항아리에 넣는 것이 아니라 끈 두 가닥을 찾아서 물고기 입을 뚫고 끈을 꿰어서 아가미 밖으로 나오게 했다. 그러고는 온통 고기 비늘투성이인 러닝셔츠를 다시 입고서, 나는 끈에 꿴 물고기를 몸에 찼고 우리 형은 손에 들었다. 우리 둘은 거들먹거리며 부모님이 일하시는 병원으로 갔다. 우리는 으스댔고, 우리들 러닝셔츠에 묻은 고기비늘은 햇빛에 반짝였다. 별이 반짝이는 옷 같았다. 몸에 차고 있는 고기가 열 마리 남짓 되었는데, 몸에 탄띠를 차고 있는 듯한 느낌이었다. 길을 걷는 내내 내 손은 총을 휘갈기는 동작을 했고, 입에서는 '두두두두' 소리가 그치지 않았다. 고기 몇 마리가 아직도 퍼덕이며 꼬리로 내 몸을 때렸고, 나는 하는 수 없이 잠시 멈추어 입으로 '두두두' 총을 휘갈기는 소리를 내면서 그들에게 명령했다. "꼼짝 마라, 수갑을 받고 투항하라!" 형은 상대적으로 진중했다. 길거리 사람들이 놀라서 와아 소리를 내는 것을 보고서 형은 고개를 치켜세우고 성큼성큼 걸으면서 우쭐거리는 표정을 지었다.

그 가난하던 시절에 사람들은 일 년에 고기 한 번, 생선 한 번 먹기가 쉽지 않았다. 두 사내아이가 서른 마리쯤 되는 크고 작은 고기를 몸에 걸치고 또 손에 들고 가는 것을 보고 행인들은 마냥 부러워하며 다들 다가와서 어디서 잡았느냐고 물었다. 내 입은 '두두두' 총을 휘갈기는 소리를 내느라 바빴고 형이 사람들에게 대답해주었다. 사람들은 그 저수지에 아직도 고기가 있느냐고 다급하게 물었고, 형은 얼굴에 사악한 웃음을 가득 띤 채 아직도 고기가 많다고 사람들을 속였다. 그들 중 몇 사람은 저수지가 있는 방향으로 달음질을 쳤지만 그들을 맞은 것은 저수지의 개펄뿐이었다.

우리 뽐내기 여정의 목적지는 병원이었다. 아버지는 수술실에서 바빴고, 우리는 어머니가 있는 내과 진료실로 들어갔다. 환자에게 처방전을 내던 어머니는 고기를 가득 들고 들어오는 우리를 보고서는 당연히 싱글벙글했다. 그러면서 우리 러닝셔츠가 온통 물고기 비늘 천지인 것을 나무라며 빨래하려면 성가시겠다고 말씀하셨다. 어머니 맞은편에 앉아 있던 의사는 딸만 하나였는데, 잔뜩 풀이 죽어서 자기도 아들이 있으면 얼마나 좋겠냐고 했다. 아들은 고기도 많이 잡아다 주지만 자기 딸은 그저 고기를 먹을 줄만 안다는 것이다. 어머니가 형더러 고기를 몇 마리 드리라고 하자 형은 끈을 풀어 통 크게 다섯 마리를 꺼내 주었다. 그녀는 얼굴이 이내 환해져서 듣기 좋은 말을 쏟아내며 우리 형을 칭찬했다. 자기 딸이 크면 우리 형에게 시집보내야겠다고 해서 형은 얼굴이 완전히 빨개졌고, 손으로 나를 가리키며 말했다. "쟤한테 시집보내세요, 쟤한테……"

자무엘 피셔가 내 고기 잡은 이야기를 듣고서 기쁘게 웃으며 말했다. "나도 어렸을 때 가뭄이 들면 바닥을 드러내는 강 개펄에서 고기를 잡았는데…… 둘이서 고기를 줄에 엮어서 거리를 돌아다니는 모습은, 내가 들어도 재미있네요."

멀리 눈을 돌리자, 태양이 한 산봉우리에서 다른 산봉우리로 이동한 게 느껴졌다. 하지만 나와 자무엘 피셔 사이에 있는 조그만 둥근 탁자에 그인 명암 분계선은 조금도 변화가 없었다. 자무엘 피셔가 있는 곳은 여전히 그렇게 조용했다. 사람들은 그곳에서 소리 없이 움직이고, 옛날 스타일의 자동차도 소리 없이 오갔다. 하지만 내가 있는 곳은 시끌벅적했고, 사람 소리, 자동차 소리가 귀에 끊이지 않았다. 자전거를 탄 사람 몇몇이 하마터면 내게 부딪힐 뻔했고, 그들은 방향을 틀어 내게서 멀어져갔다. 한 줄기 한 줄기 바람이 불어오는 것 같았다. 그 바람은 어떤 때는 내가 있는 곳에서 불었고, 어떤 때는 그가 있는 곳에서 불었다. 내가 있는 곳의 바람은 뜨거운 공기가 이글거렸고, 꽃향기와 소갈비 냄새가 섞여 있었다. 그가 있는 곳의 바람은 아주 시원했고, 깨끗한 냄새뿐이었다.

자무엘 피셔가 말했다. "위 선생, 고기 잡는 이야기 하나 더 들려주세요."

나는 선글라스를 벗고 손으로 얼굴에 온통 맺힌 땀방울을 닦았다. 옆에 있는 자무엘 피셔를 찬찬히 들여다보았다. 얼굴에 땀 한 방울 없었다. 나는 선글라스를 끼고 생각을 다시 유년 시절로 되돌렸다.

중국에는 현縣마다 인민 무장대가 있다. 군대 편제이지만, 이들 군인이 주로 하는 일은 민병民兵을 훈련시키는 것이다. 인민 무장대의 군인은 그때 무척 가난했는데, 입이 심심할 때는 저수지에 와서 고기를 잡곤 했다. 그들은 고기 잡는 방법이 단순무식해서 저수지에 수류탄을 던져서 고기가 죽거나 정신을 잃고 수면에 떠오르면 그물로 건졌다.

우리 아이들은 인민 무장대의 몇몇 군인이 손에 수류탄 두 개와 마대자루를 들고, 어깨에 그물을 단 긴 장대를 멘 것을 보면 고기 잡으러 간다는 걸 알았다. 우리는 뒤를 바짝 따라가 그들이 자리잡은 저수지 뒤쪽으로 갔다. 차마 너무 가까이 갈 수가 없었다. 우리에게 수류탄은 너무 큰 경외의 대상이었다. 몇몇 군인도 저수지에서 20여 미터가량 떨어진 곳에 서 있었고, 그중 군인 한 명이 수류탄을 들고 저수지 가까이 가서 안전핀을 뽑아 저수지에 던지고는 바로 땅에 엎드렸다. 폭발음이 나고 저수지 물이 분수처럼 솟구쳤다. 우리가 저수지가로 달려갔을 때 저수지 물고기들이 모두 물 위로 떠올랐다. 왜 군인들은 수류탄을 두 개 들고 온 것일까? 사실 수류탄 하나면 충분했고, 다른 수류탄 하나는 오직 우리 같은 아이들 상대용이었다. 우리가 저수지로 뛰어들어 고기를 잡으려고 하자 군인 한 명이 수류탄을 들고 크게 소리치며 바로 수류탄을 저수지에 던질 것이라고 우리를 겁주었고, 우리는 놀란 나머지 돌아서 도망쳤다. 그런 뒤, 그들은 태연하게 그물로 물고기를 건졌다.

"수류탄으로 물고기를 잡는 것은 이전 독일군도 그랬지." 자무엘 피셔가 웃으며 말했다. 그가 집게손가락을 들면서 말했다. "이야기를 하나 더 들려주시오. 위 선생. 마지막으로 하나만."

마지막으로 무슨 이야기를 할까? 나는 바트이슐 강가의 파란 물결이 일렁이는 것을 바라보며 중국 유년 시절의 이런저런 기억에서 생각의 실마리를 찾았다. 몇 분이 지나고 나니, 전력국電力局 노동자들이 고기 잡는 이야기가 떠올랐다. 그 사람들은 고기를 잡는 방식이 아주 성대했다. 그물과 고기를 담을 마대를 들고 소형 발전기를 실은 수레를 끌면서 거들먹거리며 돌아다녔다. 사람들은 보자마자 이자들이 무엇을 하러 가는지 알았다. 들판에 있는 저수지에 도착하자마자 수레에 실려 있던 발전기에 시동을 걸었고, '통통' 소리가 나는 가운데 전선 두 가닥을 물속에 넣었다. 저수지 물에 바로 물결이 일었고, 잠시 후 물고기가 하나하나 떠올랐다. 그 모습이 꽃이 만발하는 것처럼 장관이었다.

전력국 노동자들과 무장대 군인들은 한통속이었다. 아이들이 물에 들어가서 고기를 잡지 못하게 하려고 노동자 하나가 그물로 고기를 건질 때, 다른 노동자는 손에 전선 두 가닥을 들고 물가에 서서 우리가 손을 물에 뻗으려고 하면 바로 전선을 물에 집어넣어 전기 충격을 맛보게 했다. 하지만 전기의 위세는 수류탄보다 한참 못해서 우리 중에 용감한 아이 몇이 물가에 단단히 서서 노동자들이 그물을 물에 던져 고기를 잡을라치면 재빨리 고기를 잡았다.

두 가닥 전선을 잡고 있는 노동자는 아주 난감했다. 아이들에게 전기

를 흐르게 하면 자기 동료에게도 전기가 흐르기 마련이었다. 그는 거짓
동작으로 아이들을 혼란시키기 시작했다. 그물을 물에 던질 때 가짜로
전선을 물에 넣은 척했고, 아이들은 놀라서 얼른 손을 뺐다. 그물로 고
기를 건지던 노동자는 하하 웃으면서 속임수 동작을 했다. 그물을 물에
던진 뒤 바로 건지면, 전선을 들고 있던 노동자가 이를 알아차리고는
바로 전선을 물에 넣었다. 용감한 아이 몇 명이 몇 번 전기에 감전되었
다. 감전되어 온몸을 부들부들 떨고 날카로운 소리를 지르면서 물 밖으
로 뛰쳐나왔다. 나중에는 이 아이들도 속임수를 알아차렸다. 세 쪽 모
두가 속임수를 쓰느라 난리였다. 아이들은 속임수로 물에 손을 뻗는 척
하면서 전선을 들고 있는 노동자를 헛갈리게 해 괜히 전선을 저수지 속
에 넣게 속였다. 한번은 그물로 고기를 건지는 노동자가 도리어 감전되
어 손에 들고 있던 대나무가 튕겨나가고 땅에 엉덩방아를 찧었다. 그
노동자는 일어나서 두 손에 전선을 들고 있던 노동자에게 입에 거품을
물고 욕을 퍼부었고, 전선을 들고 있던 노동자는 미안하다면서 사정을
설명했다. 그때 우리들은 기회를 놓치지 않고 다들 물로 뛰어들어 고기
를 잡아 둑으로 던졌다……

자무엘 피셔가 하하 크게 웃었다. 그는 바트이슐 강가에서 그날 오후
그렇게 즐겁게 웃었고 낭랑한 웃음은 2분도 넘게 계속되었다. 그런 뒤
그가 오른손을 뻗으며 말했다. "당신 이야기 고맙습니다. 즐거운 오후
였어요."

나는 자무엘 피셔와 악수를 했다. 그의 손을 잡지 않았지만 손을 잡
은 느낌이었다. 내가 말했다. "저도 즐거웠습니다."

우리 둘은 동시에 일어섰다. 자무엘 피셔가 내게 말했다. "위 선생,

당신은 내가 만난 중국인 가운데 독일어를 가장 잘하네요."

내가 그에게 말했다. "피셔 선생, 나도 많은 독일인 중국학자를 알지만 당신 중국어가 그 사람들보다 더 낫습니다."

우리는 손을 흔들며 작별했다. 자무엘 피셔는 드넓은 흑백사진 속으로 걸어갔고, 나는 드넓은 컬러사진 속으로 걸어갔다.

(주: 피셔S. Fischer는 독일에서 가장 유명한 출판사 중 하나다. 본문에서 언급한 입센, 호프만, 토마스 만, 카프카 등이 다 이 출판사 작가였다. 'Fischer'는 어부라는 뜻이고, 출판사 로고는 어부가 힘을 쓰며 그물을 끄는 모습이다. 이 글은 피셔 출판사 창립 120주년을 축하하기 위해 쓴 글이다.)

1987년 『수확』 제5호

1987년 가을 『수확收穫』 5호를 받아서 펼쳐 보는데 내 이름이 보였고, 잘 모르는 이름도 보였다. 『수확』은 매 호가 유명 작가들의 모음집이다. 그런데 이번 호에서는 갑자기 낯선 작가들을 독자에게 선보였고, 그들 작품의 서사 스타일 역시 독자들에게 낯설었다.

그때는 문학잡지들이 다음해 잡지 구독 신청을 받던 시기로, 이듬해 발행량을 좌우하는 중요한 시기여서 다른 잡지는 다들 유명 작가들의 신작을 실어 발행량을 늘리려고 하였다. 그런데 이 중요한 순간에 『수확』은 정체도 확실치 않은 일군의 이름들을 한데 모은 것이다.

그 호 『수확』은 나중에 아방가르드 문학先鋒文學 특집으로 불렸다. 다른 문학지 편집자들은 암암리에 『수확』이 사고를 쳤다고 했다. 사고를 쳤다는 말은 서사 형식을 가리키는 것인 동시에 정치적 위험을 가리키는 것이기도 했다. 『수확』은 계속해서 사고를 쳤다. 1987년 제6호에 다시 아방가르드 문학 특집을 냈고, 1988년 제5호와 제6호도 아방가르드 문학 특집이었다. 마위안馬原, 쑤퉁, 거페이格非, 예자오옌葉兆言, 쑨간루孫甘露, 훙펑洪峰 등의 작품이 아방가르드 특집 면을 차지했고, 거기에 나도 들어 있었다.

당시 거페이가 화둥華東 사범대 교수로 있어서 우리가 원고를 들고 상하이에 가면 『수확』은 우리를 화둥 사범대 게스트하우스에 묵게 했다. 나와 쑤퉁 둘이 그곳에 가장 많이 묵었을 것이다.

낮이면 우린 버스를 타고 『수확』 편집부로 갔다. 리샤오린李小林과 샤오위안민肖元敏은 여성이었고, 부양할 가족이 있었다. 여성 편집자들은 우리와 같이 어울리기가 불편했지만, 청융신程永新은 독신남이어서 그이가 우리를 데리고 『수확』 편집부 인근 모든 조그만 식당들을 훑고 다니며 밥을 먹었다. 당시 왕샤오밍王曉明은 『수확』에 일이 있어 들렀다가 몇 번 거페이와 쑤퉁, 나하고 앉아서 뜬구름 잡는 이야기를 나누기도 했다. 그가 다른 사람에게 말하길, 그 세 사람이 종일 『수확』에 죽치고 있는데, 마치 『수확』이 그네들 집 같았다고.

밤이면 청융신은 우리와 함께 화둥 사범대 게스트하우스로 돌아와서 우리들 방에서 밤새워 이야기를 나누었다. 밤이 깊어 배가 고파지면 우리는 일어나 먹을 것을 찾으러 나갔다. 그 당시 화둥 사범대는 밤 11시면 문을 잠가버렸다. 우리는 흔들거리는 철제 난간 문을 타고 넘어서 밖으로 나가 배부르게 먹고서 다시 문을 넘어서 들어왔다. 처음 넘을 때는 동작이 형편없었지만 나중으로 갈수록 가볍게 뛰어넘었다.

『수확』은 중국 문학계에서 대단한 위치를 차지하고 있어서, 『수확』에 소설을 발표하면 큰 관심을 받기 마련이었다. 미국 작가들이 『뉴요커』

에 소설을 발표하는 것과 비슷했다. 다른 점이 있다면 『뉴요커』의 소설
가들은 다들 문학의 총아寵兒들이지만, 『수확』의 아방가르드 작가들은
당시 문학의 기아棄兒들이었다는 점이다. 여러 해가 지난 뒤 누군가 내
게 물었다. 왜 당신은 4분의 3이 넘는 소설을 『수확』에 발표했나요? 내
가 대답했다. 다른 문학잡지들은 나를 문밖으로 밀어내며 거절했는데,
『수확』은 나를 받아주었다고.

　다른 문학잡지들이 나를 거절한 이유는 내가 쓴 게 소설이 아니라는
거였다. 물론 쑤퉁과 거페이가 쓴 것도 소설이 아니었다.

　당시 중국 대륙 문학은 문혁의 어두운 그림자에서 벗어난 지 얼마 되
지 않아, 작가들의 용감성은 주로 제재 측면에서 발휘되었고, 서사 형
식 면에서는 그러지 못했다. 『수확』에 실린 우리 아방가르드 작가들은
당시 소설 서사 형식이 단조롭다는 것에 불만을 가졌고, 서사의 다양성
을 추구하기 시작하였다. 우리는 창작을 할 때, 서사가 진행되며 출현
하는 여러 가지 가능성을 모색하려고 했다. 그 결과 당시 많은 문학잡
지들은 우선 우리가 당의 말을 듣지 않는데다 정치적으로 옳지 못하다
고 여겼으며, 다음으로는 우리가 소설을 쓰는 것이 아니라 문학을 가지
고 장난한다고 생각했다.

　『수확』도 당의 말을 듣지 않았고 우리가 소설을 쓰고 있다고 여겼다.
당시 『수확』은 서사가 변화해야 할 시대가 도래했다고 여겼고, 그래서
깃발을 치켜들고서 네 호에 걸쳐 아방가르드 문학 특집호를 낸 것이다.
『종산鐘山』『화성花城』『베이징 문학北京文學』 등 몇몇 잡지도 그런 변화를
느꼈지만, 그들 잡지는 『수확』처럼 높이 깃발을 들지 않았고, 다만 드문
드문 아방가르드 소설을 몇 편 발표했다. 왜 그러했는가? 간단하다. 그

들에게는 바진巴金이 없었다.

1980년대 중국 문학의 운명은 순탄치 않았다고 할 수 있다. 정신의 오염을 제거하고 자산계급 자유화에 반대하는 정치 운동이 이제 겨우 여유를 찾은 문학 환경을 다시 계엄 같은 긴장 상태로 몰아넣었다. 아방가르드 소설은 자산계급 자유화의 산물로 여겨졌고 일부 문학잡지는 아방가르드 소설을 발표했다는 이유로 상부로부터 심한 비판을 받았다. 그들은 이렇게 억울함을 표출했다. 왜 『수확』은 그런 소설을 발표해도 되고, 우리는 안 되는 거냐? 그들에게 돌아온 것은 웃기는 대답이었다. 『수확』은 통일전선 대상이다.

바진은 덕망이 높았다. 이데올로기 관리를 담당하는 관료들 중 누구도 바진에게 공개적으로 맞서려고 하지 않았다. 바진은 『수확』 편집인이었고, 당국도 『수확』은 검열에서 눈감아주었다. 『수확』은 바로 이렇게 통일전선 대상이 되었다. 바진이 장수한 덕에 『수확』은 오랫동안 독보적일 수 있었고, 우리 같은 『수확』 작가들은 자유롭게 성장할 수 있는 충분한 시간을 갖게 되었다.

리샤오린이 위험한 고비를 넘기자정신 오염을 제거하고 자산계급 자유화에 반대한다는 정치 운동에 걸려든 위험에서 벗어났다는 의미 『수확』과 아방가르드 문학도 위험한 고비를 넘겼다. 아방가르드 문학이 위험한 고비를 넘긴 데는 다른 배경도 있다. 당시 문학계에는 이런 생각이 만연했다. 아방가르드 소설은 소설이 아니고, 한 줌밖에 안 되는 자들이 문학을 가지고 장난하는 것이며, 그 한 줌밖에 안 되는 자들은 곧 사라질 것이라는 생각이었다. 이런 생각이 얼마간 당국을 오도했고, 아방가르드 문학을 대하는 당국의 태도는 탄압에서 점점 이들 작가들이 자멸하게 만드는 것으로 바뀌었다.

아방가르드 소설은 "소설이 아니다"라고 취급하던 생각을 당시 우리는 우습게 여겼다. 무엇이 소설인가? 우리는 소설의 서사 형식은 고정될 수 없으며 개방적이어야 한다고 생각했고, 이는 미완성의 것으로, 영원히 완성을 기다리는 것이라고 여겼다.

무엇이 소설인지에 대한 우리의 인식은 우리의 독서 경험 덕분에 형성될 수 있었다. 책이라곤 없던 문혁 시절을 겪고 난 뒤, 우리는 갑자기 벌떼처럼 밀려드는 문학 작품을 마주하게 되었다. 중국 고전소설과 현대소설, 서구 19세기 소설과 20세기 소설이 동시에 밀려들었고, 우리는 눈이 어지러운 가운데 각자의 독서 이력을 쌓기 시작했다. 우리 아방가르드 소설가들은 각기 다른 곳에 살고 있었고, 그전에는 서로 알지 못했지만 약속이나 한 듯이 서구 소설 읽기를 선택했다. 중국 고전소설과 현대소설에 비해 서구 소설이 수적으로도 많고 서사 형식도 훨씬 다양했기 때문이었다.

우리는 동시에 톨스토이와 카프카 같은 작가를 읽었고, 동시에 형형색색의 여러 소설을 읽었다. 우리 독서에 문학사는 없었다. 작가의 나이나 창작 배경을 이해하는 것에는 흥미가 없었다. 우리는 그저 작품을 읽을 따름이었고, 어떤 서사 형식의 작품이든 모두 읽었다. 우리가 창작을 할 즈음엔, 어떤 서사 형식의 소설이든 모두 가능하다는 것을 알게 되었다.

당시 지배적인 문학관은 우리 소설에 뚜렷한 모더니즘 경향을 받아들이기가 쉽지 않았다. 그런 생각을 지닌 작가들과 평론가들은 톨스토이나 발자크 같은 19세기 작가들의 비판적 리얼리즘만이 우리의 문학 전통이라고 여겼다. 카프카와 프루스트, 조이스, 포크너, 마르케스 같은 작가나, 상징주의, 표현주의, 부조리문학 등은 외국의 것이었다. 우리는 이해할 수 없었다. 톨스토이와 발자크는 외국 작가가 아닌가?

당시 문학관은 심야에 꼭꼭 잠겨 있던 화둥 사범대의 철제 난간 문 같았다. 『수확』의 아방가르드 작가들이 배 속에서 꼬르륵 소리가 날 때 철제 난간 문이 닫혀 있다고 해서 먹을 것 찾기를 포기할 리도 없었다. 철제 난간 문을 넘는 행위가 법도를 중시하는 행동이 아니듯이, 우리의 창작 역시 당시 문학의 법도를 신경쓰지 않았다. 20여 년이 지난 지금의 화둥 사범대는 심야에 교문을 잠그지 않을 것이고, 24시간 드나들 수 있을 것이다. 카프카, 프루스트, 포크너, 마르케스 등은 톨스토이나 발자크와 마찬가지로 이제 우리의 문학 전통이 되었다.

바진 선생님, 잘 가셨습니다

바진이 타계했다는 소식을 듣고 무엇보다 나는 놀랐다. 그전에 어떤 징후도 듣지 못해서였다. 소식을 듣고 혼자 소파에 앉아 휴대전화를 꺼냈다. 1분쯤 망설이다가 결국엔 리샤오린에게 전화를 걸지 않았다. 그녀가 지금 전화를 받지 않을 것이라고 생각했다.

내가 처음 바진의 작품을 읽은 것은 70년대 말이었다. '사인방문화대혁명 주도 세력'이 타도되고, 많은 중국 현대문학 작품과 외국문학 작품이 다시 출판되었는데 당시 출판계의 상황은 공급이 수요를 따르지 못했다. 내가 살던 하이옌 현 신화新華 서점에는 들어오는 책이 많지 않았고, 나는 아침 일찍부터 서점 문 앞에 가 줄을 서서 책 쿠폰을 받았다. 책 쿠폰이 있어야 책을 살 수 있었고, 게다가 책 쿠폰 하나로 두 권밖에 살 수 없었다. 나는 바진의 『가家』를 샀는데, 왜 그랬을까? 어렸을 때 영화 장면을 따라서 만든 그림책으로 『가』를 읽었고, 읽고 나서 오랫동안 가습이 아팠다. 원본으로 『가』를 읽고 나서는 다시 한 번 감동했다. 이 작품은 한 가족 구성원의 개인적인 운명을 다뤘지만 동시에 격동기의 운명을 다룬 작품이기도 하다. 내가 시대와 작품의 관계에 관심을 갖게 된 첫 작품이었다.

나중에 나도 소설을 쓰게 되었고, 가정 이야기도 몇 편 쓰게 되었다. 지금 생각해보면 이것은 바진이 내게 준 영향이자 중국 역사와 현실이 내게 준 영향인 듯싶다. 중국은 아주 오랫동안 봉건제 사회였고, 그런 사회체제 속에서 중국인에게는 개인 공간이 없었다. 개인 공간이란 오직 자기 집에서만 표출되었다. 바진의 『가』는 전통 시대 중국인의 생존 방식을 드러냈다.

나는 바진을 본 적이 없다. 사실 기회는 있었다. 리샤오린에게 바진을 보고 싶다고 말만 하면 되는 일이었다. 리샤오린은 분명 자기 집으로 나를 데리고 갔을 것이다. 하지만 나는 객쩍어서 줄곧 말을 못했다. 80년대부터 90년대까지 상하이에 갈 때마다 그런 바람이 있었지만 줄곧 입을 열지 못했다. 바진의 몸이 갈수록 좋지 않게 된 뒤로는 리샤오린에게 그런 요청을 할 수가 없었다.

리샤오린이 아버지 이야기를 한 적이 있다. 바진이 리샤오린에게 가장 먼저 읽힌 외국문학은 알렉상드르 뒤마의 작품이었고, 중국문학은 『봉신연의封神演義』였다고 했다. 리샤오린은 어렸을 때 피아노 배운 일도 이야기해주었다. 그녀 어머니가 억지로 연습을 시키고, 그녀가 하기 싫어서 울면 그때 바진이 말없이 그녀 옆에 앉아 있었다고 한다. 바진의 작품, 특히 그의 『수상록隨想錄』을 읽으면 그가 정신적으로 용감한 사람이라는 것을 느낄 수 있고, 생활에서는 따뜻한 사람이라는 것도 느낄 수 있다.

오늘 저녁, 바진이 우리를 떠났다. 한동안 가슴이 아팠지만, 한편으로는 위안이 되기도 했다. 그는 자신이 해야 할 일은 모두 했고, 남겨야 할 일은 모두 남겼기 때문이다. 루쉰을 생각해보라. 그는 자기 인생이란 이름의 소설을 다 쓰지 못한 채 갔다. 바진은 자기 인생이란 이름의 소설을 다 쓰고 갔고, 더구나 수정본까지 내고 갔다. 나는 늘 『수상록』은 바진이 자기 삶과 사상에 대해 쓴 가장 훌륭한 수정본이라고 생각한다. 그러니 나는 이렇게 말해야겠다.

"바진 선생님, 잘 가셨습니다."

문학의 꿈

문학을 좋아하기 시작하던 무렵, 나는 닝보寧波 제2병원 치과에서 레지던트를 하고 있었다. 룸메이트인 레지던트 의사가 내가 문학을 좋아하고, 글을 쓸 준비도 한다는 것을 알고는, 경험자의 입장에서 자신도 예전에 문학 마니아였고, 문학의 꿈을 가진 적도 있다고 말해주었다. 그는 나한테 문학을 좋아한다느니 하는 헛생각을 하지 말라고 권했다. 그가 말했다. "나의 어제가 너의 오늘이야." 그때 나는 그에게 대답했다. "나의 내일은 너의 오늘이 아니야." 그때가 1980년이었고, 나는 스무 살이었다.

나는 93년부터 컴퓨터로 글을 썼다. 그때가 벌써 386시대였다. 그 이전에는 10년 동안 손으로 썼다. 오른손 식지와 중지에 두꺼운 굳은살이 박였고 자랑스러운 기분이 들었다. 그런데 나중에 왕멍王蒙을 만나 그의 손에 굳은살이 노란 콩처럼 솟아난 것을 보고는 완전히 감탄했다. 그뒤로는 더이상 자랑스러워하지 않게 되었다. 지금은 93년 이후로 12년이 지났다. 자판을 치면서 내 오른손 식지와 중지를 찬찬히 만져보았는데 굳은살이 없다. 왕멍은 286시대부터 컴퓨터로 글을 썼고, 나보다 몇 년이 빨랐다. 나는 그의 손에 아직도 굳은살이 있을 것이라고 확신한다. 그것은 반평생의 공력이다. 내 것은 겨우 10년이니, 내 굳은살은 오래되었다고 할 수도 없다.

내가 단편소설부터 시작하여 중편을 쓰고, 그런 뒤 장편을 쓴 것은 당시 중국의 문학 환경 때문이었다. 당시 중국은 문학 출판이 없다고 말할 수 있을 정도였고, 적어도 출판은 중요한 것이 아니었다. 당시에는 글을 주로 문학잡지에 발표했다. 지금 나는 장편소설을 더 쓰고 싶은데, 단편소설을 쓰는 것은 며칠 혹은 한두 주에 완성하는 일종의 일로서, 스토리와 언어를 완전히 자신이 통제하므로 어떤 의외의 것도 출현할 수 없어서이다. 장편소설을 쓰는 것은 완전히 다르다. 일 년 혹은 심지어 몇 년에 걸쳐서도 완성하지 못할 수도 있고, 창작하는 도중 작중인물의 생활이나 감정의 변화에 따라 작가 자신의 감정과 생활도 변할 수 있다. 그래서 창작 과정에서 원래의 구상은 갑자기 버려지기도 하고 다른 새로운 구상이 출현하기도 한다. 장편소설을 쓰는 일은 마치 생활처럼 뜻하지 않은 것과 정해지지 않은 것들로 가득하다. 나는 생활이 좋지, 일이 좋지는 않다. 그래서 장편소설 쓰는 것을 더 좋아한다.

10년 전 『인생活着』을 발표했을 때, 몇몇 친구들은 놀랐다. 그들의 예상과 달라서였다. 그들이 보기에 아방가르드 작가가, 갑자기 전통적 의미의 소설을 쓴 것이 이해되지 않았다. 당시 나는 그들에게 한마디로 답했다. "하나의 유파만을 위해 창작을 하는 작가는 한 사람도 없어."

이제 10여 년이 지났고, 나는 갈수록 내가 어떤 작가인지를 분명히 알게 되었다. 대체적으로 본다면, 내 생각에 작가는 서사 차원에서 크게두 가지 유형으로 나뉜다. 첫째 유형의 작가는 여러 해 동안의 창작을통해 자신의 성숙한 서사 체계를 세우고, 이후의 창작에서는 그 스타일의 서사를 계속 끌고 가면서 다른 제재라도 그 체계 속에 수용하는 작가다. 둘째 유형의 작가는 성숙한 서사 체계를 세우자마자 자기의 가장자신 있는 서사 방식이 새로운 제재를 처리하는 데 적절치 않다는 것을발견하는 경우다. 그렇게 되면 그는 새로운 제재를 표현하기에 가장 적합한 서사 방식을 찾아야 하고, 그러한 작가의 서사 스타일은 늘 변화하기 마련이다. 나는 두번째 유형의 작가다. 20년 전 「십팔 세에 집을나서 먼 길을 가다18歲出門遠行」를 막 쓰고 났을 때 나는 내 일생의 서사방식을 찾았다고 생각했다. 하지만 『인생』과 『허삼관 매혈기許三觀賣血記』에서 내 서사 방식은 완전히 바뀌었고, 당시 나는 그러한 서사 방식으로 소설을 몇 권은 쓸 수 있겠다고 생각했다. 그런데 뜻밖에도 그다음에 쓴 『형제』, 특히 하권의 경우 내 이전 작품에 익숙한 독자들은 종전의 서사 분위기를 찾을 수가 없었다. 솔직히 말해서 『형제』 이후 다음장편소설이 어떤 모습일지 모르겠다. 지금의 내 창작 원칙은 이렇다.어떤 제재가 나를 충분히 흥분시키고 오랫동안 창작해나갈 욕망을 불러일으킬 때 내가 가장 먼저 할 일은 그 제재에 가장 적합한 서사 방식을 찾는 것이고 동시에 스스로 과거의 창작에서 익숙해진 서사 방식을잊으려고 노력하는 것이다. 왜냐하면 그것들이 가장 적합한 서사 방식을 찾는 것을 방해하기 마련이기 때문이다. 나는 제재가 다르면 표현방식도 달라야 한다고 굳게 믿는 까닭에 내 서사 스타일은 늘 변화할 수밖에 없다. 크게 다행이라고 생각하는 것은 나의 부단한 변화를 사람들이 늘 이해해준다는 점이다. 어떤 독자가 말했다. "우리는 왜 이전의 위화를 내려놓지 않는가? 왜 우리는 『형제』를 그 자체로 읽으며 작자가 이 책을 통해 우리에게 무엇을 말하려고 하는지를 이해하려 하지 않는가?"

부조리란 무엇인가?

부조리소설을 썼지만, 나는 내가 부조리파 작가라고는 생각하지 않는다. 부조리하지 않은 소설도 썼기 때문이다. 부조리 서사는 우리 문학에서도 오래된 흐름이고 가장 중요한 서사 방식 가운데 하나다. 20세기 서양문학의 전통에서 보면 부조리 서사는 사람과 지역, 문화적 차원의 이단이다. 예를 들어 사뮈엘 베케트나 에우제네 이오네스코의 작품 같은 경우 그들의 부조리는 아주 추상적인데, 이는 당시 서양에서 여러 가지 사조가 대두한 것과 관련 있다. 그들의 부조리는 귀족식 부조리이고, 생활이 풍족한 상태에서 나온 부조리다.

카프카의 부조리는 기아飢餓 스타일의 부조리이며, 가난한 자의 부조리인데, 이는 그가 살았던 프라하와도 밀접하게 관련되어 있다. 카프카 시대의 프라하는 사회에 부조리함이 가득했다. 물론 지금의 프라하도 여전히 그러하지만.

한 친구가 프라하에서 열린 문학제에 참가하고 와서는 그때 겪은 일을 내게 들려주었다. 문학제 위원장이 핸드백을 도둑맞았는데, 그 도둑은 대범하게 사무실에 들어와 그의 의자에 앉은 채 문학 페스티벌 담당 직원들이 보는 앞에서 서랍을 차례로 열더니 뭔가를 찾더니 핸드백을 들고 나갔다는 것이다. 문학제 위원장이 돌아와서 핸드백이 없자 직원에게 물었고, 직원은 이러이러하게 생긴 사람이 들고 갔는데 가방을 가져오라고 보낸 사람인 줄 알았다고 했다. 그제야 핸드백을 도둑맞은 걸 알았다. 핸드백에는 문학제에 관한 모든 자료가 들어 있었기에 위원장은 다급했다. 지갑은 몸에 지니고 있었지만 그에게는 그 자료가 중요했다. 그런데 뜻밖에도 조금 지난 뒤 그 도둑이 돌아와, 화를 내면서 문학제 위원장을 나무랐다. 왜 가방에 돈이 없냐는 거였다. 문학제 위원장은 도둑이 빈손인 것을 보고는 가방은 어디 있냐고 물었다. 도둑은 버렸다고 했다. 문학제 위원장, 그리고 외국 작가와 시인 몇 사람이(내 친구를 포함하여) 도둑을 경찰서로 끌고 갔다. 경찰 몇 명이 위층에서 카드를 하고 있었고 문학제 위원장이 체코어로 경찰과 이야기를 하더니 외국 작가와 시인들에게 말했다. 경찰들이 카드를 다 하고 나서 내려와 처리한다는 거였다. 그들은 인내를 가지고 기다렸고, 한참을 기다리자 한 경찰이 썩 내키지 않는 듯이 내려와서는 도둑에게 진술서를 쓰라고 했고, 다 쓰고 나자 도둑더러 가라고 했다. 그런 뒤 문학제 위원장에게도 진술서를 쓰라고 했고, 외국 작가와 시인들한테도 쓰라고 했다. 그들은 증인이었다. 그때 문제가 생겼다. 중국 작가와 시인들은 체코어를 할 줄 몰라서 전문 통역가를 찾아야 했다. 문학제 위원장이 자신이 통역을 하겠다고 했다. 그 증인들의 말을 영어에서 체코어로 통역하겠다고 했지만 경찰이 안 된다고 했다. 문학제 위원장과 외국 작가, 시인들은 서로 아는 사이여서 서로 모르는 사이인 통역을 찾아야 한다는 것이었다. 문학제 위원장이 몇 번 전화를 걸어 결국 통역을 구했고 통역이 달려오고 모든 증인이 진술서를 다 쓰고 나자 날이 밝았다. 문학제 위원장과 외국 작가와 시인들이 경찰서를 나서면서 쓴웃음을 지으며 말했다. 그 도둑은 지금쯤 달게 자고 있겠지요. 내 친구가 이야기를 마치며 말했다. "그래서 거기서 카프카가 나온 거야."

마르케스의 부조리도 있다. 그것은 남미의 정치적 혼란과 기이한 삶의 증거로서, 오늘도 그곳은 여전히 그러하다. 그제 저녁 내 책의 브라질판 번역자인 마르시아 슈말츠가 지금 브라질의 여러 가지 현실을 이야기해주었다. 그녀는 자기 집에서 100미터밖에 떨어져 있지 않은 친구네 집을 가는데, 해가 지고 나면 친구가 택시를 불러서 그녀를 보내주어야지 그러지 않으면 강도를 만난다는 것이다. 그녀 얘기로는 평소에도 주머니에 목숨 값을 넣고 다니다가 강도를 만나면 준다 했다. 자기 남편도 하루는 저녁을 먹고 집 앞을 산책하는데, 날이 아직 저물지 않아서 목숨 값을 지니지 않았다가 결국 강도들이 총으로 그의 이마를 겨누며 돈을 요구했다는 것이다. 돈이 없다고 하자 강도 한 명이 총으로 왼쪽 귀를 사정없이 내려쳐서 남편의 귀가 들리지 않게 되었다고 했다. 실제로 있었던 이야기가 또하나 있다. 유명한 브라질 축구 스타 카를루스가 유럽 휴가 기간에 브라질에 돌아와 스포츠카를 몰며 드라이브를 하는데 휴대전화가 울렸다. 브라질에서 수억 명이 청취하는 축구 프로그램 진행자의 전화였고, 진행자는 카를루스에게 몇 가지 질문을 했다. 카를루스가 차를 세우고 대답하겠다고 말하고는 차를 세우고 답을 하려고 할 때 총이 그의 이마를 겨냥했다. 그는 다급하게 진행자에게 돈을 주고 나서 답하겠다고 말했다. 수천만 명이 이 중계방송을 들었지만, 이상하게 생각한 사람은 없었다.

미국의 블랙유머 역시 부조리이고, 조지프 헬러Joseph Heller가 그 시대의 증거다. 내가 말하고 싶은 것은 부조리 서사가 서로 다른 시대에 서로 다른 작가, 서로 다른 민족에게서 표현될 때 그것은 완전히 다르다는 점이다. 카프카 스타일의 부조리를 베케트에게 요구하는 것은 불합리하고, 마찬가지로 베케트 스타일의 부조리를 마르케스에게 요구하는 것도 불합리하다. 여기서 독서를 할 때 중요한 문제가 부상하는데, 작가에 대한 선입견을 토대로 문학 작품을 읽는 것은 잘못이며, 위대한 독서는 한 걸음 뒤로 물러난 상태에서 읽는 것이란 점이다. 그것은 텅 빈 마음을 품고 읽는 것으로, 독서 과정에서 마음은 빠르게 풍성해진다. 왜냐하면 문학은 언제나 미완성이고 부조리 서사의 특징도 미완성이기 때문이다. 과거의 작가들이 형형색색의 부조리 작품을 썼듯이, 미래의 작가들도 예전과 다른 가지각색의 부조리 작품을 쓸 것이다. 문학의 서사는 사람의 골수처럼 끝없이 신선한 혈액을 만들어야 생명을 끝없이 전진하게 할 수 있다. 문학의 여러 서사 특징이 완성되고 고정되어버리면 문학의 백혈병 시대가 도래할 것이다.

비상과 변신

어떤 단어가 상상이란 말보다 더 매혹적일까? 나로선 찾기 힘들다. 이 단어는 어디에도 구속되지 않는다는 것, 천마가 창공을 날듯 거침없다는 것, 더없이 현란하다는 것 등등을 나타낸다.

먼저 하늘에서부터 시작해보자. 하늘에 대한 인류의 상상은 오래되었을 뿐만 아니라 앞으로도 영원히 끝이 없을 것이다. 아마도 하늘이 끝없이 넓고도 깊고 아득해서 우리들이 공상에 빠지지 않을 수 없는지도 모르겠다. 쪽빛 맑은 하늘, 잿빛 어두운 하늘, 노을이 빛나는 하늘, 별이 가득한 하늘, 둥둥 구름이 떠 있는 하늘, 눈비가 날리는 하늘…… 변화무쌍한 하늘이 우리의 공상도 변화무쌍하게 한다.

거의 모든 민족이 천상의 세계를 꾸며냈고, 이 천상의 세계는 자기가 처한 인간세계와 멀리서 서로 호응했다. 혹은 사람들이 자신의 일상 경험을 통해 천상의 세계를 상상해냈다고도 할 수 있겠다. 서양의 신들과 동양의 신선들은 하늘과 땅을 오르내리며 바람을 일으키고 비를 부르는 등, 하지 못하는 게 없지만, 그들은 결국 인간의 상상으로 탄생한 것이어서, 인간의 욕망과 감정을 충실히 표현한다. 예를 들어 맛있는 것을 좋아한다거나 옷과 장신구에 신경을 쓰는 등등, 먹는 것 입는 것에 걱정이 없고, 다들 갑부 같은 동시에 명예와 이익을 다 갖추었으며, 전부 유명인이다. 인간 세상에는 공정한 도리가 있고 하늘에는 정의가 있다. 인간 세상에는 사랑이 있고 하늘에는 정이 있다. 인간 세상에서는 서로 속고 속이며 하늘에는 권력 싸움과 이익 다툼이 적지 않다. 인간 세상에서는 바람을 피우고 간통을 벌이며 하늘에는 바람둥이들이 적지 않다……

내가 말하려는 것은 신화와 전설이다. 그런 이야기 속 신선들은 흔히 하늘에서 내려와 인간 세상에서 무슨 일을 하는데, 누구는 정의를 주재하고 누구는 사랑을 속삭여, 나중에는 이야기가 사람들을 황홀한 경지로 이끈다. 오늘 말하려는 것은 그런 신선들이 어떻게 하늘에서 내려오고 어떻게 다시 하늘로 돌아가느냐는 것이다. 이것은 신화와 전설을 읽을 때 우리가 소홀히 하는 부분이지만 사실 아주 중요한 부분으로, 이야기 서술자가 서사의 미덕을 지니고 있는지, 혹은 그가 진정으로 상상의 함의를 이해하고 있는지를 가늠할 수 있게 한다.

상상의 함의란 무엇인가? 여러 해 전, 나는 잡지 『독서』에 수필을 쓰면서 이 문제를 다룬 적이 있다. 그때는 그저 피상적으로 언급했는데 오늘은 충분히 토론을 할 수 있겠다. 우리가 문학 작품에서 상상의 역할을 생각할 때면 필연적으로 다른 능력을 마주하게 되는데, 바로 통찰력이다. 내 생각은 이렇다. 상상력과 통찰력이 온전히 결합할 때 문학

속 상상력이 진정으로 드러날 수 있으며 그렇지 않으면 터무니없는 생각이거나 공상, 허튼 생각일 뿐이다.

이제 우리 첫번째 주제인 비상에 대해서, 즉 문학 작품 속 인물이 어떻게 비상하는지에 대해서 이야기해보자. 가르시아 마르케스는 『백년의 고독』을 쓸 때 직면한 어려움을 친구와 이야기했다. 미녀 레메디오스가 어떻게 하늘로 날아오르느냐는 것이었다. 많은 작가들에게 이것은 어려운 문제가 아니었다. 그들 작가들은 인물의 두 팔을 펴서 비상하게 만들 수 있다. 사람이 하늘을 나는 것은 원래가 환상이거나 속임수이기 때문에 그렇다. 가짜나 사기인 이상, 마음대로 써서 그 사람이 날기만 하면 그만이다. 하지만 마르케스는 위대한 작가이고, 위대한 작가에게 레메디오스가 하늘로 올라가는 것은 환상이나 속임수가 아니라 문학 속 상상이며, 서사의 신뢰성 문제였다. 그래서 모든 상상에 현실적인 근거가 필요했다. 마르케스는 그의 상상이 현실과 협약을 맺게 할 필요가 있었는데, 계속 며칠 동안 어떻게 레메디오스를 하늘로 날아오르게 할지를 몰랐고 협약을 맺지 못했다. 레메디오스는 하늘로 날아오르지 못했고 마르케스는 며칠 동안 한 자도 쓸 수 없었다. 그렇게 며칠이 지나고 어느 날 오후, 그는 타자기 앞을 떠나 뒤뜰로 갔는데, 그때 집에 있는 가정부가 뒤뜰에서 침대 시트를 말리고 있었다. 바람이 세서 침대 시트가 위로 날렸고, 가정부는 시트를 말리면서 시트가 하늘로 날아가겠다고 소리쳤다. 마르케스는 바로 영감을 얻었다. 레메디오스 비상의 현실적인 근거를 찾은 것이다. 그는 서재로 돌아가서 타자기 앞으로 갔다. 레메디오스는 시트를 타고 하늘로 날아올라갔다. 마르케스가 그의 친구에게 말했다. 레메디오스가 날아올랐어. 하느님도 그녀를 막

지 못했지.

내 생각에 마르케스는 『아라비안나이트』에 나오는 마법의 양탄자를 알고 있었을 것이다. 생각에 따라 움직이는 마법의 양탄자 이야기는 누구나 안다. 물론 이것은 중요하지 않다. 중요한 것은 셰에라자드의 이야기든 마르케스의 서사든, 인물이 하늘로 날아오를 때 모두 현실적인 근거를 찾았다는 점이다. 『아라비안나이트』에서 아랍 양탄자와 『백년의 고독』에서 침대 시트는 작품 안에서의 표현은 다르지만 같은 내용을 다루고 있고, 각기 지향하는 바가 있다. 마법의 양탄자가 신화에 나오는 표현을 닮았다면, 레메디오스가 침대 시트를 타고 비상하는 것은 삶의 정취가 넘친다.

그리스 신화에서는 신들의 비상이 합리적이고 이치에 맞도록 하기 위해 작자는 새의 형상을 빌렸고 신의 등에 날개가 나도록 했다. 신이 날개를 갖게 되면 비상의 이유를 획득하게 되고 작자도 비상할 때의 묘사를 생략할 수 있게 된다. 독자들은 새의 비상을 통해 신이 비상할 때의 자세를 미리 알고 있기 때문이다. 하늘의 독재자인 제우스에게는 아버지를 위해 뚜쟁이 노릇에 열심이었던 아들인 헤르메스가 있었다. 헤르메스의 등에는 부지런한 날개가 있었는데, 그는 하늘에서 땅으로 내려와 자기 아버지를 위해 예쁜 여자를 찾았다.

내 제한된 독서 경험 속에서, 신선들이 어떻게 하늘에서 내려오고, 어떻게 다시 하늘로 올라가는지를 묘사한 것으로는, 나는 중국 진晉나라 때 간보干寶가 쓴 『수신기搜神記』에 있는 묘사를 첫째로 꼽을 만하다고 본다. 간보가 묘사한 신선은 비가 내릴 때 하늘에서 내려오고, 바람이 불 때 땅에서 하늘로 다시 올라간다. 비가 내리고 바람이 부는 자연계의 현상을 통해 신선이 하늘에 오르고 땅에 내려온다고 표현한 것은 현실의 삶에 근거를 두고 있지만, 신선이 드나들 때는 세상 보통 사람들과 다른 멋과 기세가 있다. 그리스 신화에서 제우스가 인간 세상을 두고 분노에 가득찼을 때, "그는 번개로 모든 대지를 채찍질하고 싶었다"며 번개를 채찍에 비유하는 것은 제우스의 신분에 무척 어울린다. 평범한 채찍을 썼다면 그는 제우스가 아니라, 기껏해야 화가 난 마부였을 것이다. 『수신기』의 예는 상상력과 통찰력의 완벽한 결합이다.

두번째 주제는 문학이 어떻게 변신을 서술하느냐는 것으로, 사람이 동물이나 나무, 집으로 변하는 것 등이 이에 속한다. 우리는 중국 필기소설筆記小說과 장회소설章回小說에서 수시로 그런 묘사를 읽을 수 있다. 신선은 보통 사람들과 이야기를 마치고는 흔히 "한 줄기 맑은 바람으로 변하여" 떠나간다. 이런 묘사는 보통 사람들로 하여금 방금 말을 나눈 사람이 신선이었다는 것을 바로 깨닫게 만들며, 그때부터 그의 말을 절대 신뢰하게 만든다. 이러한 예는 중국의 문학 전통에서도 나타나며, 늘 습관적으로 바람과 신선의 행동을 결합시킨다. 앞에 나온 『수신기』에서 신선은 바람을 빌려 하늘로 오르지만, 이번 예에서는 아예 신선이 바람으로 변한다. 나는 바람이라는 자연 현상의 자유로운 속성이 문학 서사에서 제 마음대로이자 예측할 수 없는 신선의 행동을 직접적으로 낳았다고 본다. 다른 한편으로, 나뭇잎이라든가 종이 등이 바람에 날려 하늘로 올라가는 것도 우리 생활에서 익숙한 현상이다. 『홍루몽』에서 설보채가 "멋진 바람이 그 힘으로 나를 푸른 구름에 올렸다"고 말한 것과 같다. 바로 이렇게 우리에게 익숙한 자연의 모습이 신선이 바람을 타고 하늘에 오르든, 바람이 되어 사라지든 문학적 의미에서 정당성을 부여한다.

『서유기』에서 손오공과 이랑신은 서로 싸우면서 끊임없이 자기 모습을 바꾸는데, 저마다 동작이 있다. 이른바 요술을 통해 변신하는 '요신일변搖身一變'이다. 이 동작은 아주 중요하다. 변신의 과정만이 아니라 변신의 합리성도 담고 있기 때문이다. 변신할 때 몸을 흔드는 동작 없이 직접 변한다면 그런 변신은 갑작스럽고 신뢰하기 어려워 보일 수 있다. 이처럼 요신일변은 상상력이 펼쳐지는 순간이며, 이 상상력과 동시에 나타난 통찰력은 우리에게 현실적 근거를 제공해준다.

우리는 손오공이 참새로 변해 나뭇가지에 매달리자 이랑신이 바로 굶주린 독수리로 변해 날개를 펴고 달려드는 것을 읽었다. 손오공이 상황이 불리한 것을 알고는 가마우지로 변해 하늘로 날아가자 이랑신은 이내 바다두루미로 변해 하늘 높이 쫓아간다. 손오공이 하늘에서 내려와 물속으로 뛰어들어 작은 물고기로 변하자 이랑신도 쫓아오며 바다독수리로 변해 파도 위를 떠돈다. 손오공이 어쩔 수 없이 물뱀으로 변해 해안가 풀 속으로 숨어들자 이랑신이 붉은 머리의 검은목두루미로 변해 긴 부리를 늘어뜨려 물뱀을 잡아먹으려 한다. 손오공은 황급히 능에로 변해 멍한 표정을 한 채 수초가 난 작은 모래섬에 서 있는다. 여기서 서민과 귀족을 구별할 수 있다. 귀족계급 출신인 이랑신은 서민계급인 손오공이 이처럼 천박하게 변신하는 것을 보고는 더이상 변신할 생각을 단념한다. 능에는 새 중에 가장 천하고 음탕한 새이기 때문이다. 이에 자신의 본모습을 드러내서 탄궁彈弓을 꺼내 팽팽하게 당긴 뒤 탄환으로 손오공을 맞추어 데굴데굴 구르게 한다.

이것은 멋대로 쓴 것 같지만 아주 중요하다. 상상력이 비상할 때에도 서술자가 현실을 예리하게 살피고 있다는 것을 보여주고 있다. 서민 출신인 손오공에게는 무엇으로 변신하느냐가 중요하지 않다. 중요한 것은 자기의 목적을 달성하는 것이다. 하지만 귀족 출신인 이랑신은 다르다. 나는 새와 달리는 짐승으로 변신할 때 반드시 자기의 귀족 신분에 맞는 동물이어야 한다. 손오공처럼 능에로도 변하거나 심지어 소똥으로까지 변할 수는 없는 것이다.

이 부분 서사에서 손오공과 이랑신이 각각 무엇으로 변했든 오승은은 일부러 그들이 탄로가 나게 했고, 이를 통해 상대방이 한눈에 알아보게 했다. 손오공은 이랑신의 탄환 한 방에 낭떠러지로 구르고 땅에 엎드린 채 토지신 사당으로 변한다. 벌린 입은 사당의 문이 되고 이빨은 문지방이 되고 혀는 보살로 변하고 눈은 창으로 변했는데, 꼬리는 처리하기가 어려워서 급하게 당간으로 만들어 뒤쪽에 세웠다. 사당 건물 뒤쪽에는 당간이 없기 때문에 이것도 다시 탄로가 난다.

손오공과 이랑신이 동물로 변한 뒤 탄로가 나는 것은 한편으로는 이야기를 순조롭게 진전시킨다. 변신하고 나서 계속 탄로가 나야 둘 사이의 격전이 비로소 지속된다. 다른 한편으로는 문학 서사의 원칙, 혹은 문학적 상상의 원칙을 보여주는데, 바로 통찰력의 중요성이다. 문학적 상상을 통해 서술되는 변신은 늘 변신된 것과 원본에 차이가 존재하게 하는데, 이 차이가 바로 상상력이 통찰력에게 남겨주는 공간이다. 상상력이 남겨놓은 이 공간은 대개 아주 작고, 게다가 순식간에 사라지므로 통찰력이 민감해야 포착할 수 있다.

독서를 통해 우리는 신화나 전설 서사든 초현실이나 부조리 서사든, 문학적 상상이 변신을 서술할 때 남긴 차이가 늘 이야기의 주요 실마리이고, 이 차이에서 사람들을 끌어당기는 줄거리가 탄생한다는 것을 알 수 있다. 또 그다음 줄거리도 여전히 차이의 공간을 남기기 마련이어서 차이를 숨긴 새로운 줄거리가 계속 탄생하고, 이는 이야기가 끝에 이를 때까지 계속됨을 알 수 있다.

그리스 신화에 나오는 이오 이야기가 좋은 예다. 아름다운 이오가 어느 날 초원에서 아버지를 도와 양을 치고 있을 때 바람둥이인 제우스의 눈에 띄게 된다. 제우스는 사내로 변신해 달콤한 말로 그녀를 유혹하고, 이오는 무서워 도망치지만, 나는 듯이 빨리 달려도 제우스의 손에서 벗어나지 못한다. 그때 제우스의 처이자 모든 신의 어머니인 헤라가 나타나고, 늘 남편에게 배신당하는 헤라는 항상 제우스를 강력히 의심하며 감시한다. 제우스는 헤라가 쫓아올 것을 미리 알고서 헤라의 질투에서 이오를 구하기 위해 아름다운 소녀를 하얀 암송아지로 변신시켜 슬쩍 빠져나가려 한다. 헤라는 남편의 계략을 한눈에 간파하고는 암송아지가 아름답다며 제우스더러 그 하얀 암송아지를 선물로 달라고 요구한다. 그때의 원문은 이렇게 되어 있다. "속임수가 속임수를 만나다." 제우스는 아름다운 이오를 잃기 싫었지만 헤라가 불처럼 폭발하는 것도 두려웠다. 그래서 그는 어쩔 수 없이 임시로 어린 연인을 망가뜨려 암송아지를 부인에게 준다.

이오의 비극은 시작되었고, 헤라는 자신의 연적을 눈이 백 개 달린 괴물 아르고스더러 감시하게 한다. 아르고스는 잠잘 때도 두 눈만 감고 나머지 눈은 뜨고 있었고, 그의 이마와 머리 뒤에서는 별처럼 빛이 났다. 헤라는 아르고스에게 이오를 하늘가로 데리고 가라고 명령하면서 제우스에게서 멀리 떨어질수록 좋다고 한다. 이오는 아르고스를 따라 하늘 끝으로 쫓겨나, 낮에는 쓴 풀과 나뭇잎을 먹으며 더러운 물을 마시고, 밤에는 목에 무거운 쇠고랑을 차고 딱딱한 땅바닥에 누워 잤다.

"암송아지의 마음은 인간의 슬픔을 담은 채, 짐승의 가죽 아래서 뛰고 있었다." 서사의 차이가 출현했다. 변신한 암송아지와 원래 암송아지의 차이는 이오가 암송아지로 변한 뒤 수시로 드러내는 인간적 특징에 있다. 가련한 이오는 늘 자기가 더이상 사람이 아니라는 것을 잊고 있다가 손을 들어 기도하려고 할 때에야 자기한테 손이 없다는 것을 떠올린다. 그녀가 달콤하고 감동적인 말로 눈이 백 개 달린 괴물에게 간청을 할 때도 나오는 소리는 송아지 울음소리였다. 이오의 운명에 관한 서사는 이러한 차이를 끝없이 보여준다. 계단처럼 하나하나 올라가면서 서술할 때 연속하여 나타나는 차이가 이오의 운명을 비극의 정점으로 몰고 간다.

암송아지로 변신한 이오는 눈이 백 개 달린 아르고스의 감시를 받으며 이곳저곳을 돌아다니며 풀을 뜯다가, 여러 해가 지난 뒤 자기 고향에 이르러 그녀가 어렸을 때 놀던 강 언덕에 온다. 이야기를 서술하는 사람은 이제야 그녀가 변신한 자신의 모습을 처음으로 보게 한다. "뿔이 있는 짐승이 강물의 거울 속에서 그녀를 쳐다보고 있었다. 그녀는 떨리는 공포 속에서 자기의 모습을 회피했다." 암소의 모습과 인간의 감수성 사이의 차이로 비극이 일어났는데, 심지어 그곳은 지난날 그녀의 아름다운 삶을 상징하는 강 언덕이었다.

차이의 서사는 계속 앞으로 나아간다. 이오는 간절한 바람으로 그녀의 자매와 아버지에게 다가간다. 하지만 그녀의 가족들이 다들 그녀를 몰라보는 가운데 감동적인 장면이 이어진다. 아버지 이나코스는 이 하얀 암송아지를 좋아해, 그의 빛나는 몸을 어루만지고 토닥이고 나뭇잎을 따서 그녀에게 먹인다. "암송아지가 감사하여 그의 손을 핥고 입맞춤과 사람의 눈물로 그의 손을 어루만질 때 이 노인은 자신이 쓰다듬는 것이 누구인지, 그에게 감사하고 있는 게 누구인지도 모른다."

이오는 고초를 겪고 있으되 여전히 인간의 사고를 지니고 있고, 이는 변신했다고 해서 바뀌지 않았다. 그녀는 발굽으로 모래에 삐뚤삐뚤 글자를 써서 아버지에게 자기가 누구인지를 말한다. 차이에 관한 얼마나 아름다운 서사이며, 또 암소의 동작에 대한 얼마나 정확한 묘사인가. 삐뚤삐뚤 발굽으로 쓴 것은 사람의 글씨다. 변신 후에도 여전히 사람의 감정과 사상을 지니고 있었기에 이오와 진짜 암소 사이에 일련의 차이가 생겨났고, 그 일련의 차이가 서사의 연결 고리가 되었으며, 마지막 정점 역시 이 차이 속에서 나왔다. 이오가 삐뚤삐뚤 말굽으로 모래에 글씨를 쓸 때 독자들이 감탄하는 것은 더이상 작자의 상상력이 아니라 작자의 통찰력이다. 이 이야기에서 상상력이 서사의 차이를 만들었다면 그러한 서사의 차이에 활기를 불어넣은 것이 바로 통찰력인 것이다.

이오의 아버지는 자기 앞에 서 있는 것이 바로 자기 아이라는 것을 알았다. "이 얼마나 슬픈 일인가!" 노인은 깜짝 놀라 소리를 지르며, 오열하고 있는 딸의 두 뿔과 목을 부여잡는다. "내가 널 찾으러 온 세상을 다 뒤졌는데, 널 이런 꼴로 발견하다니!"

이오의 변신 이야기는 우리에게 이런 느낌을 더 많이 받게 한다. 암송아지의 몸과 동작과 소리에 사람의 특징이 어떻게 몸부림치고 있었던 것일까. 폴란드 작가 브루노 슐츠Bruno Schulz는 변신 이야기에서 동물로 변신한 뒤의 동물적 특징을 정확하게 표현했다.

『그리스 로마 신화』의 작가 슈바프Gustav Schwab처럼, 그리고 『서유기』의 작자 오승은처럼 슐츠의 변신 이야기의 서사 연결 고리 역시 차이에 대한 표현이다. 브루노 슐츠의 글에서 아버지는 늘 도망갔다가 늘 다시 돌아오는데, 변신 후에도 역시 돌아온다. 아버지는 게로 변신하여 집에 돌아온 뒤, 사람의 음식물이 되었음에도 여전히 집안사람들의 식사에 참여하고 밥을 먹을 때마다 그도 주방으로 와서 미동도 하지 않고 식탁 아래 머물러 있다. "그의 참여가 전적으로 상징일 뿐일지라도." 이오가 암송아지로 변한 것처럼, 그 아버지 역시 게로 변한 후에도 여전히 지난 세월의 습관을 유지하고 있는 것이다. 그는 발이 열 개인 게의 모습으로 게의 동작을 하고 있지만, 차이의 서사가 존재하기에 그의 인간적 특징이 은연중에 드러난다. 그는 사람 발에 채이자 "번개 같은 빠른 속도로 지그재그로 달렸다. 마치 그가 채신머리없이 바닥에 나뒹굴었던 일을 잊으려는 듯이." 게의 도망과 사람의 자존심을 서사에 동시 출현시킨 것으로, 문학 작품 속 차이의 서사와 음악의 화성은 방법은 다르지만 효과는 같다고 말할 수 있다.

이제 브루노 슐츠의 변신 이야기 속 정확한 동물의 특징 묘사를 감상해보자. 이 대담한 작가는 가볍게 스치듯 묘사하는데 어머니가 게가 된 아버지를 삶아서 양푼에 담아 들고 올 때 그는 "크고 부풀어 보인다". 집안사람들이 다들 참지 못하고 삶은 아버지 게에게 나이프와 포크를 쓰려고 하자 어머니는 하는 수 없이 양푼을 응접실로 들고 가서는 빨간 벨벳으로 덮어버린다. 그런 뒤 브루노 슐츠는 그러한 상상력에 출중한 통찰력을 보여준다. 몇 주 후 삶아진 게인 아버지를 도망치게 하는 것이다. "우리는 양푼이 비어 있는 것을 발견했다. 다리 하나가 양푼 가에 걸쳐 있었다……" 브루노 슐츠는 삶으면 쉽게 다리가 떨어지는 게의 동물의 특징을 남김없이 잘 묘사했고, 아버지가 도망갈 때 다리가 계속 길에 떨어지는 것을 감동적으로 묘사했다. 끝에선 이렇게 썼다. "그는 남은 힘을 다해 자신을 어떤 곳까지 끌고 갔고, 집이 없는 유랑 생활을 시작했다. 그뒤로 우리는 그를 다시 볼 수 없었다." 이 소설의 제목은 「아버지의 마지막 탈출」이다.

내가 '비상과 변신'을 첫 제목으로 선택한 것은 이 두 가지가 문학의 상상력에 관해 많은 것을 표현하고 있기 때문인 동시에, 이것들이 현실의 삶에서 불가능한 것과 이치에 맞지 않는 것을 문학 작품 속에선 가능하고 이치에 맞는 것으로 변화시키기 때문이다. 당연히 문학적 상상력을 최대로 표현하는 것에는 비상과 변신만이 아니라 죽은 사람을 어떻게 부활시키느냐는 것도 포함된다.

삶과 죽음, 죽음 이후의 부활

몇 년 전 이른 아침, 독일 뒤셀도르프의 구시가를 걷다가 우연히 하이네 생가를 발견했다. 이전에는 하이네가 여기 살았다는 걸 몰랐다. 길을 따라 늘어선 건물들 가운데 하이네의 생가는 검은색이고 좌우의 건물들이 모두 붉은색이어서 하이네 생가는 그 옆의 오래된 건물들에 비해 더 낡아 보였다. 오래된 사진처럼, 가운데는 옛 시대의 조부가 서 있고 양옆에는 옛 시대의 부친 세대가 서 있는 듯했다. 기쁨이 일었다. 이는 하이네 생가가 있다는 것을 알고 찾아가서 느끼는 기쁨과는 달랐다. 내가 느낀 기쁨은 의외의 기쁨이었기 때문이었다. 사실 우리는 의외 속에서 산다. 다만 대부분의 의외는 너무 작아서 우리들이 그냥 넘어갈 뿐이다. 왜 사람들은 늘 삶이 다양하고 다채롭다고 찬미하는 것일까? 내 생각에는 사람들이 삶에 수시로 출현하는 의외의 의미를 잘 알고 있기 때문이다.

오늘 내가 몇 년 전의 아름다운 아침을 거론한 것은 그날 뒤셀도르프의 아침이 나를 유년 시절로, 병원에서 보낸 유년 시절로 돌아가게 해주어서였다.

당시 중국에서 도시의 직장인 대부분이 직장에 거주하는 것은 상당히 일반적인 현상이었다. 우리 부모님도 의사였는데 의사들과 간호사들의 숙소와 병원 병동이 붙어 있었으므로 나와 우리 형은 병원에서 컸다. 나는 오랫동안 병동을 휩쓸고 다녔고, 리졸 냄새에 길들어 있었다. 초등학교 때 많은 친구들은 그 냄새에 질색했지만 나는 되레 그 냄새가 좋았다.

우리 아버지는 외과 의사였다. 당시 병원 수술실은 그냥 방 한 칸이었는데, 나와 형은 늘 수술실 밖에서 장난을 치다가, 아버지가 환자를 수술하고 나서 마스크와 수술복에 온통 피를 묻히고 나오는 것을 자주 보았다. 수술실에서 멀지 않은 곳에 연못이 하나 있었는데 간호사들은 자주 환자 몸에서 떼어낸 피범벅의 무언가를 들고 수술실에서 나와 연못으로 가서 쏟아부었다. 여름이 되면 연못에서 악취가 진동했고 파리가 빽빽했는데 마치 순 양모 카펫으로 연못 수면을 덮은 듯했다.

그 시절 병원 숙소 내부에는 위생 시설이 없었고, 공중화장실만 숙소동 맞은편에 하나 있었다. 화장실과 병원 영안실은 담 하나를 사이에 두고 붙어 있었다. 화장실을 갈 때마다 영안실을 지나야 했는데, 안쪽을 슬쩍 보면 깨끗한 시멘트 침대 하나만 있었다. 내 기억에 그곳 나무는 다른 데 나무보다 무성했는데 영안실 때문일 수도 있고, 화장실 때문이었을 수도 있다. 그 시절 여름은 무척 더웠다. 낮잠에서 깨면 땀 때문에 돗자리에 내 몸 자국이 그대로 남아 있는 것을 쉽게 볼 수 있었다.

여름에 화장실 가려고 영안실을 지날 때면 늘 안에서 서늘한 기운이 느껴졌다. 나는 중국 문혁 시기에 성장했고, 당시의 교육은 나를 철저한 무신론자로 만들었다. 귀신의 존재를 믿지 않았고, 무섭지도 않았다. 어느 날 낮에 영안실에 들어가 깨끗한 시멘트 침대에 벌렁 누웠다. 그 뒤로 나는 무더운 낮이면 자주 영안실에 들어가 낮잠을 자며 무더운 여름 속에서 서늘함을 느꼈다.

이것이 내 유년의 지난 일이다. 성장 과정이란 망각의 과정이기도 하다. 나는 그 이후로 살아가는 동안 유년 시절, 무더운 여름 한낮에 죽음을 상징하는 영안실 시멘트 침대에 누워 생생한 서늘함을 느꼈던 경험을 완전히 잊었다. 언젠가 우연히 하이네의 시구를 읽게 되었다. "죽음은 서늘한 밤이다." 그러자 진즉 사라졌던 유년의 기억이 순식간에 돌아왔는데 깨끗하게 씻은 마냥 또렷했다. 하이네가 쓴 것은 내가 유년 시절 영안실에서 낮잠을 자면서 느낀 것이었다. 그뒤 깨달았다. 이것이 바로 문학이다.

이는 내가 처음으로 느낀 죽음으로부터의 기운일 것이다. 무더위 속에 서늘한 기운이 숨어 있는 것은 열렬한 삶 속에 차가운 죽음이 숨어 있는 것과 같다. 지금 내가 늘 불면에 시달리는 것이 유년 시절의 경험과 관련이 있다는 생각이 들곤 한다. 유년 시절, 병원 영안실 맞은편에서 잤고 늘 한밤중이 되어서야 잠들었지만 가족을 잃은 곡소리에 놀라서 깨곤 했다. 수없이 많은 곡소리를 들었고 갖가지 곡소리를 다 들었다. 남자 소리, 여자 소리, 남녀가 뒤섞인 소리도 있었다. 노인들 소리도 있고, 젊은이 소리, 어린이 소리도 있었다. 대성통곡도 있었고, 훌쩍임도 있었다. 노래처럼 듣기 좋은 소리도 있었고 음산하여 무서운 소리도 있었다…… 곡소리는 모두 달랐지만 표현하는 것은 같았다. 가족을 잃은 슬픔이었다. 한밤의 곡소리는 저마다 나를 불러 깨웠다. 맞은편 영안실 시멘트 침대에 한 사람이 미동도 없이 누워 있다는 것을 알았다. 한 사람이 세상을 떠났고, 생생하던 사람은 이제 식구와 친구들의 기억 속 사람이 될 뿐이다. 이것이 바로 내 유년의 경험이다. 나는 어려서부터 생의 시간 속에서 죽음의 흔적을 느꼈고, 죽음의 흔적 속에서 생의 시간을 느꼈다. 밤에 밤을 거듭하며 느꼈고, 뜬구름 잡듯이 느꼈고, 현실과 환상 사이에서 흔들리면서 느꼈다. 영안실과 시멘트 침대는 현실적이고 만질 수 있는 것이었지만, 밤의 곡소리는 공허했다. 이는 내 유년 잠자리의 친구가 되어 내가 생의 변경에 누워 죽음의 잠꼬대를 듣게끔 했다. 삶의 뜨거움 속에서 죽음의 서늘함을 찾았지만 죽음의 서늘함은 다시 더 많은 뜨거움을 발산하기 마련이었다.

이것이 바로 내가 생각하는 삶과 죽음이다. 앞서 「비상과 변신」에서 나는 문학 작품에서 상상력과 통찰력이 입과 입술처럼 의존하는 것의 중요성을 설명하기 위해 많은 예를 들었다. 이는 동시에 문학에서 위대한 사상은 모두 현실에 근거를 지니고 있다는 것을 설명하기 위한 것이기도 했다. 이제 이 글, 「삶과 죽음, 죽음 이후의 부활」에서 나는 상상력의 길이와 상상력의 영혼에 대해 이야기하려고 한다.

삶과 죽음이 이 글의 첫번째 주제다. 뒤셀도르프의 하이네 생가는 어떻게 나를 유년 시절로 돌아가게 했고, 이미 잊힌 지난 일은 하이네의 시구로 인해 어떻게 영원히 가슴에 새겨진 기억이 되었는가. 이 기억은 또 어떻게 끊임없이 확장되고 쉼 없이 경신되는가. 끝없이 순환하고 영원토록 끝이 없다. 생과 사에 관한 이런 예가 말해주는 것은 아마도 상상력에서 가장 소박하면서도 보편적인 미덕, 즉 연상이다. 연상의 묘미는 끝없이 이어진다는 것이다. 흡사 길과 같다. 하나의 길이 다른 길로 이어지고 다시 더 많은 길로 이어지며, 앞으로 나아가기도 하고 뒤로 돌아오기도 한다. 물론 굽을 수도 있고 중간에 끊길 수도 있다. 연상이 나타내는 것은 사실 상상력의 길이며, 그 길이는 끝이 없다.

이는 유년 시절이 우리를 통제하는 것으로, 나는 줄곧 유년 시절의 경험이 한 사람 일생의 방향을 결정한다고 여겨왔다. 세상의 처음 모습이 그때 우리 인상에 들어오고, 마치 요즘의 복사기에서 나오는 듯한 번쩍하는 광선이 세상의 기본 모습을 우리의 사상과 감정 속에 복사한다. 우리가 크고 나서 하는 모든 일들은 그저 그 유년 시절에 지녔던 기본 모습의 부분적인 수정에 불과하다. 물론 어떤 사람은 많이 수정할 수 있고, 어떤 사람은 적게 수정할 수 있다. 몇 년 전에 한 친구와 이야기를 나누면서 말했다. "나는 글만 쓰면 집으로 돌아간다." 내 모든 창작은 나를 남부로 돌아가게 한다. 『인생』이든 『허삼관 매혈기』든 지금의 『형제』든 다 그렇다. 최근 20년 동안 하늘과 땅이 바뀌는 큰 변화를 겪으며 내 유년 시절의 조그만 읍내는 진즉 사라졌다. 내 글 속에 나오는 조그만 읍내는 이제 추상적인 남부의 읍내이자, 심리적 암시이고, 상상의 귀착점이다.

마르셀 프루스트는 이 방면의 전문가다. 그가 말했다. "종소리를 통해서만 정오의 콩브레를 의식할 수 있고, 난방 공급 장치에서 나는 쉬익 소리를 통해서만 이른 아침의 동시에르를 의식할 수 있다." 연상이 없으면 콩브레나 동시에르가 어떻게 존재할 수 있겠는가? 그가 길을 나서 여행을 하며 여관방에 묵을 때, 벽과 방 천장에 칠해진 바다 색깔로

인해 그는 공기 속 짠맛을 느낀다. 어느 이른 아침, 자기 침실에서 깨어 블라인드 창으로 햇볕이 들어오는 것을 보면서 블라인드 창에 깃털이 많았다는 걸 느낀다. 어느 늦은 저녁, 새 비단 베개를 베고 자 매끄럽고 산뜻한 감각이 피어오를 때 그는 문득 유년 시절 잠든 자신의 얼굴을 느낀다.

나는 여러 차례 이렇게 말했다. 문학에 진정으로 어떤 신비한 힘이 있다면 그것은 바로 다른 시대, 다른 민족, 다른 문화, 다른 환경에 속한 작품에서 우리 자신에게 내재된 감성을 읽도록 하는 것이라고. 문학은 그처럼 미묘하다. 어떤 하나의 단락, 이미지, 비유, 대화 등이 독자의 기억 속에 갇힌 어떤 지난 일을 되살리고, 그런 뒤 그것을 기억의 파일과 그림 속에 영원히 보존한다. 이러한 이유로, 문학을 읽음으로써 특정 시기의 특정 경험을 되살릴 수 있을 뿐만 아니라 더 많은 시기의 보다 더 많은 경험을 되살릴 수도 있다. 게다가 하나의 독서가 다른 많은 독서를 불러올 수도 있고, 과거 독서에 담긴 갖가지 체험을 불러일으킬 수도 있다. 이때 독서는 다른 세계를 탄생시킬 수도 있고, 다른 인생의 길을 낳기도 한다. 이것이 바로 문학이 우리에게 가져다주는 상상력의 길이이다.

상상력의 길이는 모든 경계를 지워버릴 수 있다. 독서와 독서 사이의 경계, 독서와 생활 사이의 경계, 생활과 생활 사이의 경계, 생활과 기억 사이의 경계, 기억과 기억 사이의 경계…… 삶과 죽음 사이의 경계.

삶과 죽음은 위대한 문학이 즐겨 끝없이 다루는 주제로, 상상력이 자유롭게 내달리는 곳이다. 앞서 이야기한 문학 작품 속 비상 및 변신과 다른 점이 있다. 삶과 죽음 사이에는 비밀 통로가 있는데, 바로 영혼이다. 그러므로 문학 작품에서 삶과 죽음, 죽음 이후의 부활을 표현하는 것은 비상과 변신을 표현하는 것보다 훨씬 신속하다. 내 말은, 죽음의 세계와 관련된 모든 일과 사물은 우리가 진즉부터 자주 보고 들어서 익숙하고, 그래서 우리가 읽을 때 먼저 서사의 배경을 거칠 필요 없이 직접 그것을 다룰 수 있다는 것이다.

사람과 영혼의 관계란 어떤 경우 삶과 죽음의 관계다. 이것은 거의 모든 문학의 공통된 인식이다. 다른 점은 표현이 다를 뿐이다. 더구나 모든 일과 모든 사물에는 다 영혼이 있다. 예술은 더욱 그러하다. 우리가 어떤 음악이나 어떤 무용, 어떤 그림, 어떤 서사에 깊이 감동했을 때 우리는 저도 모르게 이렇게 감탄하곤 한다. 이것은 혼이 담긴 작품이다.

중국에는 56개 민족이 있고 저마다 영혼을 표현하는 방식이 다 다르다. 같은 민족이라도 역사나 지리, 문화 등 여러 측면의 차이로 표현의 차이가 쉽게 드러난다. 하지만 아무리 변하더라도 본질은 달라지지 않아서 어떤 이의 영혼이 날아갔다고 하면 그 사람이 죽었다는 것을 의미한다.

한족漢族이 볼 때, 모든 사람에게는 영혼이 있다. 어떤 사람의 양미간이 검어지고 안색이 검어지면 이것은 죽을 조짐이다. 어떤 사람이 갓난아기를 보면 무서워하고 숨는 것도 죽을 조짐이다. 갓난아기는 눈이 맑아서 이 사람의 영혼이 떠나는 것을 볼 수 있기 때문이다. 이런 유사한 표현은 한족에게 끝이 없고, 지역이 다르면 표현도 다르다. 많은 지방에서는 사람이 죽은 뒤 입관하기 전에 발 옆에 등잔불을 켜둔다. 장명등長明燈이다. 저승길이 어둡기 때문이다. 부잣집 사람이라면 입관할 때 머리에 진주를 박은 모자를 씌운다. 진주 역시 장명등이다. 죽은 사람이 긴 저승길을 갈 때 그 길을 환히 밝혀주는 것이다.

윈난雲南 남서부에 사는 두룽족獨龍族은 누구나 두 개의 영혼을 가졌다고 여긴다. 첫째 영혼은 나면서부터 갖는 것으로, 그 체격과 외모, 성격, 영리하거나 아둔한 것이 사람과 마찬가지다. 뿐만 아니라 사람처럼 옷을 입고 화장을 하고 사람이 옷을 갈아입으면 영혼도 옷을 갈아입는다. 잠잘 때만 사람과 다르다. 영혼은 잠을 자지 않기 때문에 그때 영혼은 사람의 몸을 떠나 즐거움을 찾아 외출한다. 두룽인들이 꿈을 해석하는 것을 보면 재미있다. 그들은 꿈에 보고 한 일을 모두 잠을 자지 않을 때 영혼이 한 일이라고 여긴다. 사람이 죽으면 두번째 영혼이 나타난다. 먹을 것과 술, 고기를 탐하는 영혼이다. 그래서 세상에 머무는 동안 끝없이 세상 사람들에게 먹고 마실 것(즉 제수)을 요구한다.

윈난의 아창족阿昌族에게는 사람의 영혼이 셋이다. 죽은 뒤 세 영혼은 각기 다른 일을 한다. 하나는 무덤으로 보내져 청명절에 성묘를 받고, 다른 하나는 집에서 제물을 받는다. 나머지 하나는 염라대왕에게 보낸다. 마지막 영혼은 조상들이 걸어 온 길을 따라 돌아가서 염라대왕에게 가서 신고를 한 뒤 조상들 곁으로 돌아간다.

영혼에서 비롯한 무수한 해석과 서사는 많은 취업 기회를 제공하기도 했다. 무당과 무녀, 작가 시인 등등이 죄다 이 때문에 먹고살았다. 예를 들어 중국 고대의 초혼술처럼 고대 페르시아, 그리스, 로마에는 사령술死靈術이 유행했다. 무사들은 죽은 사람의 몸에서 벗긴 옷을 입고 죽음의 의미를 깊이 생각하며 죽음의 세계와 소통했다. 중국 무당들이 액막이 춤을 추고 일한 것에 따라 수입을 얻는 것처럼 이런 사령술사가 망자의 혼을 부르는 것도 돈을 벌기 위해서였다. 사령술사는 진귀한 소장품을 찾는 사람들에게 고용되었다. 그들은 죽은 사람은 모르는 게 없고 보지 못하는 게 없다고 믿었다. 초혼招魂 의식은 통상 사람이 죽은 뒤 12개월째에 행했다. 고대 페르시아인과 그리스인, 로마인은 생각하기를 사람이 죽고 나서 첫 12개월 동안 영혼은 인간세계에 미련을 버리지 못하고 묘지 부근을 방황하며 떠나지 않으므로 막 죽은 사람에게는 어디가 좋은 곳인지를 물어볼 수가 없다고 여겼다. 물론 너무 오래된 시체도 마찬가지로 소용이 없었다. 지나치게 부패한 시체도 문제에 정확히 답을 할 수 없다고 여긴 것이다.

영혼에 관한 묘사는 다양하고 다채롭다. 사실 상상력에 관한 묘사도 다양하고 다채롭다. 언제 어디서나 상상은 출발점이 있고 나중에 도달하는 곳이 있다. 그것이 바로 내가 「비상과 변신」에서 강조한 현실의 근거다. 이렇게 볼 수도 있을 것이다. 상상은 현실에서 폭발한 갈망이라고. 사령술사가 너무 부패한 시체에서 답을 찾으려 하지 않는다는 상상은 분명 사람이 늙으면 기억을 점점 잃는다는 데서 온 것이다. 중국인이 저승을 어둡다고 생각하는 것은 어두운 밤의 존재 때문이다. 두룽인은 절묘하게도 꿈에서 출발하여 나면서부터 같이 있고 게다가 그림자처럼 따라다니는 것이 영혼이라 풀이했다. 영혼이 셋이라는 아창족의 이론은 모든 사람들의 바람을 표현한 것이라고 하겠다. 무덤은 꼭 가야 하는 곳이고, 집도 버리기 싫은 곳이며 조상의 품 역시 그렇게 따뜻한 곳이다. 어떻게 할 것인가? 아창족은 어쩔 수 없이 우리에게 세 개의 영혼을 주었고 우리가 선택하기 위해 굳이 걱정할 필요가 없도록 했다.

고대 그리스인은 아폴론의 영혼이 백조에게 들어 있다고 말했는데, 여기서 나중에 시인의 영혼이 백조의 몸에 들어갔다는 전설이 생겼다.

이는 정말 매혹적인 광경이다. 시인의 영혼을 지닌 백조가 수면에서 날 갯짓을 하며 날 때 시인도 상상의 영감에 이끌려 붓을 날리며 글을 쓰고, 위대한 시가 하얀 종이에 폭포처럼 쏟아진다. 시인이 머리를 쥐어 짜며 한 자도 쓰지 못하면 그의 영혼을 간직한 백조도 아마 병으로 쓰러질 것이다.

이 전설은 분명 문학과 예술에 자주 출현하는 기적을 말해준다. 창작 자의 상상력이 발동하고, 더구나 빠르게 전진하며 이륙할 때 그의 영혼 은 아마 다른 곳으로 가 있었을 것이다. 두룽인이 잠들고 나면 자기들 영혼이 놀려고 외출한다고 믿은 것처럼 말이다. 내 자신의 창작 경험으 로 보자면 나는 늘 이런 아름다운 상황을 만난다. 내 창작이 어떤 발광 상태에 들어갈 때 나는 내가 쓰고 있는 것이 아니라 부림을 받아 쓰고 있다는 느낌이 들곤 한다. 당시 내 영혼이 백조의 몸에 들어갔는지는 모르지만 분명한 것은 내 영혼이 상상의 몸속으로 들어갔다는 것이다.

왜 우리는 어떤 작품에서는 상상의 힘을 느끼지만, 어떤 작품에서는 그런 느낌을 받지 못하는가? 내 생각에 이것은 후자의 작품에 상상이 없기 때문이 아니라 영혼이 없기 때문이다. 영혼이 있는 상상에서는 독 특하고 기이한 분위기를, 괴이하고 사람을 놀라게 하는 분위기를 느낄 수 있지만 반대로 영혼이 없는 상상은 평범하고 따분하고 무미하다. 오 랫동안 상상이 평범한 작품을 읽다가 영혼이 있는 상상이 다가오면 우 리는 무서워 숨어버릴 수도, 심지어 분노할 수도 있을 것이다. 위대한 작가는 빈 마음을 품고서 창작을 해야 하고 위대한 독자도 빈 마음을 품고서 읽어야 한다고 말한 적이 있다. 빈 마음을 품어야 상상의 영혼 을 받아들일 수 있다. 중국 한족 풍속에서 묘사한 것처럼, 갓난아이가 곧 죽을 사람의 육체에서 영혼이 날아가는 것을 볼 수 있는 것은 갓난아이의 눈이 가장 맑아서다. 맑은 눈이라야 영혼을 볼 수 있다. 창작이든 읽기든 모두 그러하다. 너무 많은 평범한 작품들에 우리의 창작과 읽기가 더럽혀지면 위대한 작품의 영혼을 볼 수 없기 마련이다.

사람들은 흔히 처음으로 여자를 꽃에 비유한 사람은 천재고, 두번째로 비유한 이는 범재이며 세번째는 둔재라고 말하는데 네번째 이후는 얼마나 듣기 흉한 단어가 나올지 모르겠다. 비유의 생명은 이처럼 짧다. 첫번째가 나타났다가 이내 사라져버린 뒤, 두번째부터 상상이 진부해지기 시작해 사령술사가 거들떠보지도 않는 너무 부패한 시체가 되어 더이상 문제에 분명히 답할 수 있는 시체가 아니게 된다. 몇 번째이건 아름다운 여성을 꽃에 비유한 것만큼은 상상이 없었다고 말할 수는 없다. 어쨌든 이 비유는 여성과 꽃을 연결시켰다. 그런데 왜 우리는 이 비유에서 상상의 존재를 느끼지 못하는가? 왜냐하면 이러한 비유는 진즉에 썩은 시체이고 영혼이 벌써 날아가버렸기 때문이다. 썩은 시체에 새로운 영혼을 불어넣는다면 상황은 완전히 달라질 것이다. 스테판 말라르메는 세번째 이후에 여자를 꽃에 비유한 천재다. 그가 어떻게 했는지를 보자. 그는 어떤 아름다운 귀부인을 끌어들여 이런 시구를 바쳤다. "모든 꽃은 리지 부인을 꿈꾼다."

말라르메는 우리에게 무엇이 영혼이 있는 상상력인지를 말해준다. 이를 말해준 또다른 사람도 있는데, 에로틱한 소설을 전문적으로 쓴 로런스D. H. Lawrence다. 나는 그가 어떻게 오랫동안 지치지도 않고 에로틱한 묘사를 즐겼는지 궁금했다. 에로스의 아름다움을 부인하진 않지만 이런 일을 많이 쓰는 것은 사실 많이 하는 것과 비슷해서 지칠 때가 오기 마련이다. 어느 날 나는 로런스 소설의 한 부분을 읽게 되었고, 그 뜻은 대강 이러했다. 여인이 아름다운 이유는 여자들 몸에서 성적인 것을 짙게 발산하기 때문이다. 여자가 점점 늙어가는 것은 얼굴에 주름이 많아지는 것이 아니라 여자의 몸에서 성이 점점 사라지는 것이라고 생각한다. 로런스의 이 말은 내가 그의 작품을 이해하고, 그가 왜 평생 에로스 묘사에 흥미를 가졌는지를 이해하게 했다. 그의 상상력은 성의 영혼을 찾은 것이다.

이 둘은 모두 삶의 예다. 이제 죽음을 말해보자. 고대 그리스로, 백조에게로 돌아가보자. 전설에 따르면 백조가 죽음을 맞이하며 부르는 노랫소리가 가장 아름답고 감동적이라 한다. 그래서 서구 미학 전통에서는 '최후의 작품'이라고 하고, 중국에서는 '절창'이라 한다.

'최후의 작품' 혹은 '절창'은 문학 예술 작품 중 죽음의 혼을 가장 잘 표현할 수 있고 또 상상력이 절정에 이르는 순간 우리에게 인생의 의미를 보여준다. 그러한 때 우리는 치솟은 산들 사이로 해가 지듯, 죽음의 혼이 우리에게 손을 흔들며 작별을 고하는 장면을 보는 것 같다. 우리가 흔히 접하는 장면이 있다. 어떤 감정이 오랫동안 쌓여 해방되지 않은 채로 마음 깊은 곳에서 끝없이 팽창하다가 감당할 수 없을 정도로 무거워지고 마침내 죽음의 방식으로 폭발할 수밖에 없는 경우다. 한이 그렇고, 사랑 역시 그러하다. 우리는 아름다운 소녀가 어떻게 그녀가 품은 한의 절창인 『죽음의 입맞춤』을 완성하는지를 읽는다. 아버지를 죽인 원수를 갚기 위해 그녀는 입술에 독약을 묻히고 원수를 유인해 입맞춤을 하고 원수와 같이 생을 마감한다. 『주홍글씨』에서 우리는 사랑의 절창을 읽는다. 헤스터는 미혼모로 딸을 낳는다. 그녀는 아이의 아버지를 밝히길 거절하고 영원히 가슴에 간통을 상징하는 치욕의 붉은 글자 A를 달고 산다. 아이들 아버지인 딤스데일은 순결한 청년이자 교구 사람들이 다들 사랑하는 목사다. 헤스터가 짊어진 무거운 치욕의 짐 때문에 그는 마음속 깊은 곳에서 7년 동안 시달리다가 결국 뉴잉글랜드 경축일에 마침내 폭발한다. 그는 자기 생명의 마지막 연설을 한다. 하지만 그의 '최후의 작품'은 설교가 아니라 음악 같은 소리였고, 그는 열정과 격정에 차서 헤스터에 대한 사랑을 표현한다. 사람들 앞에서 자기가 그 아이의 아버지라고 밝히고 끓어오르는 사랑을 해방시킨 뒤, 땅에 쓰러져 편안하게 죽어간다.

20여 년 전, 나는 중국 남부의 한 작은 읍내 도서관에서 필기소설筆記小說, 짧은 이야기를 자유롭게 쓰는 중국 전통 소설 양식을 읽었다. 가슴을 뛰게 하는 죽음 이야기였다. 여러 해 전에 읽어서 이야기의 출처는 잊었다. 기억나는 것은 새 한 마리가 물가에 살았는데 물에 비친 자기 모습을 보면서 펄펄 춤추는 걸 좋아했다. 그 춤추는 모습이 아름다워서 사람들을 황홀하게 했다. 황제가 그 새 이야기를 듣고서 사람들을 시켜 궁궐로 잡아오게 했다. 그는 새에게 귀족의 생활을 제공하고 매일 산해진미를 주며 궁에서 아름다운 춤을 보여주길 기대했다. 하지만 들판 물가에서 사는 데 습관이 든 새는 궁중에 와서 반년이 지나도록 춤을 추지 않고 게다가 점점 초췌해져갔다. 황제는 몹시 화가 나서 이 새가 원래 춤을 출 줄 모른다고 생각했다. 그때 신하가 간언하길, 이 새는 물에 비친 자기 모습을 봐야 춤을 출 수 있다고 했다. 신하는 구리거울을 가져오면 새가 자기 모습을 보고 춤을 출 것이라고 했다. 황제는 구리거울을 궁전으로 가져오도록 했다. 새는 구리거울에 비친 자기 모습을 보자 과연 펄펄 춤을 추기 시작했다. 반년 동안 자기 모습을 보지 못하고 반년 동안 춤을 추지 못한 새는 반년 동안 출 모든 춤을 단숨에 다 추었고 사흘 밤낮 동안 춤을 춘 뒤 기절하여 죽었다.

이 '최후의 작품' 혹은 '절창'에서, 새가 사흘 밤낮을 계속 춤추고, 게다가 먹지도 자지도 않았다는 등 이런 모든 세부의 진실성에 신경을 쓰는 독자는 없을 것이라 믿는다. 여기서 상상력의 논리는 사실, 영혼의 논리다. 춤추는 것을 뜨겁게 좋아했던 새가 반년 동안 갇혀 있다가 다시 춤을 출 수 있는 자유를 얻었을 때 춤은 활활 타오르는 불 같았다. 이는 자신마저 태우는 불이었고, 마지막에 새는 결국 '기절해 죽었다'. 왜 이 죽음이 이처럼 믿을 만하고 사람을 뒤흔드는가. 우리가 상상력의 영혼이 죽음의 서사에서 어떻게 펄펄 춤을 추는지를 보았기 때문이다.

유럽에서 오랜 기원을 지닌 황금분할의 법칙이 피타고라스 학파에서 유래한 것인지 나는 확신할 수는 없지만, 어떤 때는 황금분할의 방법으로 상상력의 영혼을 가늠할 수 있다고 여긴다. 이제 이번 토론의 마지막 주제인 죽음 이후의 부활로 들어가보자.

우리는 죽고 나서 부활하는 이야기를 많이 읽었는데, 그런 이야기의 공통적인 법칙은 다시 살아날 때 항상 무언가의 도움을 받는다는 것이다. 『봉신연의封神演義』에서 자기 살을 뜯어 어머니를 살리고 뼈를 뜯어 아버지를 살린 나타는 죽은 뒤 연꽃의 도움을 받아 혼백이 다시 살아난다. 『수신기』에서 당부유는 왕도평이 무덤에서 울자 다시 살아난다. 『백사전白蛇傳』에서 허선은 영지초를 먹고 다시 살아나고 두여랑은 혼인 약조로 다시 살아나며, 안기顔畿는 꿈에 기대어 다시 살아난다. 또 무덤을 도굴하는 사람 때문에 다시 살아나기도 한다.

하지만 내게 가장 강한 인상을 준 예는 프랑스의 마르그리트 유르스 나르Marguerite Yourcenar다. 그 예는 이전에 다른 글에서 언급한 적이 있 다. 유르스나르는 중국에 관한 이야기에서 화가인 스승 왕부와 그의 제 자 링의 이야기를 썼다. 그중 죽은 뒤 다시 살아나는 부분은 링의 이야 기인데, 링의 머리는 궁전에서 황제의 근위병에게 잘린 뒤 얼마 지나지 않아 다시 그의 목으로 돌아간다. 링은 점점 다가오는 배에 서 있고, 배 는 리듬감 있는 노 젓는 소리 속에서 스승 왕부의 곁에 이른다. 링은 왕 부를 부축해 배에 오르게 하면서 아름다운 말을 한다. "바다가 참으로 아름다웠습니다. 바닷바람은 따뜻하고, 바닷새는 집을 짓고 있었습니 다. 스승님, 우리 떠나지요. 바다 너머 저곳으로요." 유르스나르는 이 부분에서 감탄이 나오는 묘사를 한다. 링의 머리가 잘리고 나서 다시 원래 자리로 돌아갈 때의 묘사인데, 그녀는 이렇게 썼다. "그런데 그의 목은 기이한 붉은 스카프를 둘렀다." 이는 원래의 링과 죽었다가 다시 살아난 링 사이에 생긴 차이를 드러낸 것이자, 비례를 드러낸 것이다. 서사를 합리적으로 만들었을 뿐만 아니라 훨씬 힘있게 한 것이다. 내가 강조하고 싶은 것은 이 붉은 스카프가 서사에서 대단한 이유는 삶과 죽 음의 비례관계를 드러냈기 때문이고, 이처럼 완벽한 비례의 출현으로 죽은 뒤 다시 살아나는 것이 이처럼 뛰어나게 묘사됐다는 것이다. 우리 는 붉은 스카프가 핏자국을 상징한다고 이해할 수 있을 것이고, 훨씬 더 미지의 어떤 것으로 이해할 수도 있을 것이다. 스스로 터득해서 느 낄 뿐 말로 납득시킬 수 있는 것이 아닌 이 붉은 스카프가 바로 상상력 을 가늠하는 황금분할이다. 붉은 스카프는 조각나 있던 이야기를 다시 구도 속에 완성시켰고, 게다가 자연 사물의 가장 아름다운 상태에 이르게 했다. 붉은 스카프라는 황금의 분할선이 없었다면 죽은 뒤 다시 살아나는 이야기 속에서 상상력의 영혼이 날아오는 것을 우리가 볼 수 있었겠는가?

옥스퍼드의 윌리엄 포크너

1999년이었다. 나는 한 달 동안 미국을 방문했고, 그중 사흘을 미시시피 주의 옥스퍼드에서 보냈다. 내 스승 윌리엄 포크너의 생가가 있는 곳이다.

내게 영향을 준 작가는 사실 많다. 가와바타 야스나리와 카프카도 그렇고, 누구누구도 그렇고…… 어떤 작가는 내가 그 영향을 바로 의식하기도 하지만 더 많은 작가들은 나중에 천천히 의식하거나 혹은 영원히 의식하지 못할 수도 있다. 그럼에도 내 스승이라고 할 수 있을 사람은 내 생각에는 오직 윌리엄 포크너뿐이다. 그 이유는, 스승이라고 하면 이론뿐만 아니라 제자에게 직접 전수해주는 한 수가 있어야 하기 때문이다. 윌리엄 포크너는 내게 절묘한 한 수를 가르쳐주었는데, 바로 어떻게 심리묘사를 처리해야 하는지였다.

그전에 내가 가장 두려워했던 것이 심리묘사였다. 한 인물의 마음에 바람이 일지 않고 물결도 고요할 때는 심리를 묘사하기가 쉽지만 그의 마음이 혼란스러울 때는 심리묘사가 그야말로 하늘을 오르기보다 더 어렵다. 문제는 마음이 평정을 유지할 때는 묘사할 필요가 없고, 정작 마음이 흔들리고 불안할 때 묘사가 필요하다는 점이다. 광적인 기쁨과 분노, 광적인 슬픔과 난폭함, 광적인 열정과 외침, 광적인 망상과 놀람, 광적인 위협과 두려움, 그리고 다른 모든 광적인 것들은 몇 글자로 써도 소용이 없었고, 설령 모든 미세한 감정을 다 늘어놓을 재능이 있다고 해도 순식간에 끝없이 변하는 그것들을 표현할 능력이 없었다. 그때 나는 스승의 단편소설 「워시Wash」를 읽었다. 가난한 백인이 부자 백인을 살해한 뒤 만감이 교차하는 순간에서, 나는 스승이 어떻게 심리묘사를 처리했는지를 발견했다. 그의 서사는 간단했다. 인물의 심장을 정지시키고 그의 눈을 부릅뜨게 하는 것이었다. 일련의 마비된 상태를 다룬 시각 묘사는 살인자가 살인을 하고 나서 느끼는 복잡한 심리를 유감없이 드러냈다.

그 이후 나는 더이상 심리묘사가 두렵지 않았다. 진정한 심리묘사에 실은 심리가 없다는 것을 알게 되었다. 그런 기법은 나중에 도스토옙스키와 스탕달을 읽을 때도 보았다. 이 두 사람은 내가 느끼기에는 심리묘사의 대가인데, 실은 심리묘사 차원의 어떤 것도 하지 않는다. 나는 누가 내 스승의 스승인지도 모르고, 문단에서 누가 이 방면의 선구자인지 모른다. 명성이 자자한 인물일 수도 있고, 무명의 보잘것없는 사람일 수도 있겠지만 그런 것은 이제 중요하지 않다. 더구나 내 스승은 천부적인 자질을 지닌 사람이니, 전적으로 자기 스스로 모색했을 수도 있다.

그래서 처음으로 미국에 갔을 때 꼭 스승 윌리엄 포크너를 찾아가고 싶었다. 우정캉吳正康이라는 친구와 먼저 멤피스로 비행기를 타고 가서 다시 차를 렌트해 옥스퍼드로 갔다. 멤피스 비행장에서 짐을 기다리면서 우정캉이 내게 말했다. 여기서 유명한 가수가 나왔는데, 엘비스 프레슬리라고 했다. 나는 그런 이름의 가수를 그때까지 들어본 적이 없었다. 우리가 차를 몰고 멤피스로 들어갈 때 한눈에 고양이 대왕 동상이 보였다. 내가 소리쳤다. 그러자 우정캉이 말했다. 그 사람이 엘비스 프레슬리라고.

나는 윌리엄 포크너가 저녁이면 자주 옥스퍼드에서 멤피스로 차를 몰고 와서 멤피스에 있는 바에서 해가 뜰 때까지 마음껏 술을 마셨다고 쓴 글을 읽었다. 그는 명언을 남겼다. 작가의 집으로 가장 살기 좋은 곳은 창녀촌이라는 것이다. 낮에는 조용히 글을 쓸 수 있고 밤에는 웃고 떠드는 소리 속에서 생활할 수 있기 때문이다. 윌리엄 포크너가 자주 들르던 바를 찾으려고 우리는 멤피스 경찰서에 가서 물었다. 뚱뚱한 경찰이 우리에게 말했다. 여기는 고양이 대왕의 무대고, 윌리엄 포크너를 찾으려면 옥스퍼드로 가야 한다고.

내 스승은 위대한 작가다. 생활에서 그는 허풍을 잘 떨었다. 가장 겸허한 말은 자신은 평생 우표만한 곳에 대해서 썼다고 한 것이다. 옥스퍼드에 도착했을 때 전형적인 남부의 작은 도시가 눈에 들어왔다. 가운데에는 작은 광장이 있고, 광장 중앙에 어떤 남부 장군의 동상이 있고, 사방이 건물로 둘러싸여 다른 건 아무것도 없었다. 그가 가장 겸손했던 때조차도 허풍을 떨었다는 생각이 들었다. 옥스퍼드는 우표보다도 작았다.

옆에 미시시피 대학마저 없었으면 옥스퍼드의 인구는 더욱 적었을 것이다. 윌리엄 포크너는 미시시피 대학 우체국에서 일했다. 우편물을 발송하는 일이었다. 내 스승이 어떻게 그런 일에 열심일 수 있었을까. 그의 유일한 재미는 편지를 몰래 뜯어서 다른 사람의 사생활을 엿보고, 보고 나서는 편지를 휴지통에 버리는 것이었다. 그는 많은 항의를 받았고, 결과는 당연히 해고였다.

내가 미주리 대학에 있을 때 윌리엄 포크너를 연구하는 교수가 내게 그에 관한 재미있는 일화를 말해주었다. 윌리엄 포크너는 줄곧 이름을 날리고 싶어했고, 입대하여 장군이 되려고도 했지만 몸이 왜소해서 신체검사에서 탈락했다. 그는 캐나다로 가서 영국식 영어를 배웠다. 돌아와서는 영국 왕립 공군에 들어갔다고 밝혔고, 더구나 공중전에서 비행기가 격추를 당해 하늘에서 떨어졌는데도 다리 하나만 부러졌으니 정말 기적이었다고도 했다. 옥스퍼드 사람들이 믿든지 말든지 그는 절름발이 차림을 하고서 지팡이를 짚고 거리를 다녔다. 몇 년 뒤 지팡이를 짚으며 전투 영웅을 자처하는 게 재미가 없어지자 그는 지팡이를 버리고 옥스퍼드를 나는 듯이 씩씩하게 걸어다녀 옥스퍼드 사람들이 혀를 내두르게 했다.

그 당시 그는 옥스퍼드의 나쁜 본보기였다. 그가 소설을 쓴다는 것을 아는 사람이 없었고, 다들 그가 놀고먹는 건달이라고만 알았다. 그의 작품 『성전』이 출판되어 많은 환영을 받아도 옥스퍼드 사람들은 몰랐다. 뉴욕에서 취재하러 먼 길을 달려온 기자가 자신이 우러러보는 인물을 만나기 전에 먼저 머리를 단정히 하려고 동네 이발소에 갔는데, 그 이발사의 성씨도 포크너였다. 이발사에게 윌리엄 포크너하고 무슨 관계냐고 묻자 이발사가 창피해하면서 그 건달이 자기 조카라고 했다.

윌리엄 포크너는 목숨처럼 술을 좋아했고 최후도 알코올 속에서 맞았다. 그는 말을 타다가 넘어져서 이번에야말로 진짜로 다리가 부러졌는데 병원으로 실려가는 길에 진통을 위해 위스키를 엄청 마셨다. 병원에 도착했을 때 응급처치가 필요한 것은 다리가 아니라 알코올의존증이었다. 그는 병원에서 죽었다.

그는 생전에 이미 부인과 헤어졌는데, 자기는 그녀의 계산서와 무관하다고 신문에 성명을 냈다. 죽은 뒤 부인과 같이 묻히는 것도 원하지 않은 것이 확실해 보이지만, 재수 없게도 그의 죽음 앞에서 그것은 뜻대로 되지 않았다. 그의 부인은 그의 모든 뒷일을 책임졌고, 그의 부인은 죽고 나서 당연히 그의 옆에 누웠다. 내 스승은 살아 있을 때는 그래도 좋아하지 않았던 이 여인과 헤어질 수 있었지만, 죽은 뒤에는 영원히 그녀에게 점유되고 말았다.

지금 윌리엄 포크너는 옥스퍼드의 가장 빛나는 자랑거리다. 어느 곳에서 미국 문학을 이야기하든 누구나 윌리엄 포크너는 20세기 가장 위대한 작가 가운데 하나라고 여긴다. 하지만 옥스퍼드에서는 뒤에 "가운데 하나"라는 말이 붙을 리가 없다. 옥스퍼드 사람들은 그들이 좋아하지 않는 "가운데 하나"라는 말을 깨끗이 지워버렸다.

더욱이 건달이라고 여겨졌던 윌리엄 포크너라는 사람은 오랫동안 줄곧 모종의 미국 남부 정신의 체현자가 되어가고 있다. 빌 클린턴이 미국 대통령이었을 때 가르시아 마르케스와 카를로스 푸엔테스Carlos Fuentes, 윌리엄 스타이런William Styron과 같이 밥을 먹었는데, 중간에 윌리엄 포크너 이야기가 나오자 같은 남부 사람인 클린턴이 갑자기 흥분하며 말했다. 그가 어렸을 때 자주 트럭을 타고 아칸소 주에서 미시시피 주 옥스퍼드까지 가서 윌리엄 포크너의 생가를 둘러봤는데, 미국 남부에 인종 차별이나 KKK단, 린치형이나 교회를 불태우는 것 말고도 다른 게 있다는 걸 알게 되었다는 것이다.

윌리엄 포크너의 생가는 3층짜리 흰색 건물로, 높고 울창한 나무들 사이에 숨어 있었다. 우리가 미국 영화 속에서 자주 보던 그런 집이었다. 우리가 둘러볼 때 미국의 윌리엄 포크너의 팬들도 생가를 둘러보고 있었다. 우리는 거실도 들어가고 주방도 들어가고 다른 방들도 들어갔는데, 포크너의 침실과 서재는 들어갈 수 없었다. 입구에 줄이 쳐 있었다. 윌리엄 포크너는 이곳 하얀 집에서 그의 일생에 가장 중요한 작품을 썼고, 지금 그곳은 윌리엄 포크너 기념관이 되었다. 관장은 미국 여성 작가로, 내가 멀리 중국에서 온 작가라는 것을 알고는, 베이다오北島를 안다고 했다. 소설을 네 권 냈고, 랜덤하우스에서 냈으며, 윌리엄 포크너와 같은 출판사에 속해 있다는 점도 강조했다. 그런 뒤 조용히 내게 다른 관람객들이 가고 나면 나를 포크너의 침실과 서재로 들어가게 해주겠다고 했다. 우리는 복도에 서서 이런저런 이야기를 나누었다. 다른 사람들이 사라지자 그녀는 입구를 막아놓은 줄을 걷고 나와 우정캉을 들여보냈다. 사실 포크너의 침실과 서재는 별다른 게 없어서 문 앞에 서서 안쪽을 둘러보면 그것으로 족했다.

옥스퍼드에서 가장 재밌었던 경험은 포크너의 묘지를 찾은 일이다. 미국 남부는 5월인데 벌써 더웠다. 우리는 차를 몰고 조그만 도시에 있는 묘지로 갔다. 거기에는 포크너의 가족들이 대대손손 누워 있었다. 우리는 빽빽한 큰 나무 아래 차를 세우고 커다란 묘비들이 솟아 있는 묘지로 걸어들어갔다. 묘지로 걸어들어가는 것이 흡사 미궁에 들어가는 것 같았다. 절반이 넘는 묘비에 포크너라는 성이 적혀 있는 게 보여, 꼭 중국의 왕씨나 류씨 집성촌에 가는 것 같았다. 우리는 뜨거운 태양 아래 이리저리 이름이 윌리엄인 묘비를 찾았다. 비 오듯 땀을 흘리며 찾고, 온몸에 힘이 빠지도록 찾았지만 나의 스승 윌리엄은 찾지 못했다. 나중에는 거의 모든 묘비를 다 본 듯했는데 그래도 윌리엄은 없었다. 우리는 다른 묘지가 있는 게 아닌지 의심하기 시작했다.

점심때가 되어, 우리는 미시시피 대학에서 포크너를 연구하는 교수와 같이 밥을 먹었다. 우리가 잘못 찾은 게 아니라 못 찾았을 뿐이라고 했다. 점심을 마치고 그가 운전해서 우리를 데리고 갔다. 과연 포크너의 무덤은 우리가 아까 차를 세웠던 큰 나무 바로 옆에 있었다. 먼 곳은 죄다 뒤졌지만 가까운 곳은 보지 않은 것이다.

나는 윌리엄 포크너의 무덤 앞에 앉았다. 그의 묘비와 다른 사람의 묘비는 그리 큰 차이가 없었다. 바로 옆에 붙어 있는 것이 그의 부인 묘비였고, 조금 작았다. 내가 천리를 멀다 않고 여기에 온 것은 스승의 무덤을 보기 위해서였지만, 막상 보게 되자 아무런 느낌도 없었다. 그저 미국 남부의 무더운 날은 정말 볕이 이글거린다는 말이 딱 맞고, 햇볕에 내 온몸이 녹아내리는 느낌이었다. 지금 돌이켜보면, 내가 그렇게 한 것은 그저 바람을 이루기 위해서였다. 이루기 전에는 그다지도 강렬했지만 이루고 나니 갑자기 아무것도 아닌 것처럼 여겨졌다.

포크너를 연구하는 그 교수가 점심을 먹을 때 우리에게 말해주길, 해마다 세계 각지의 사람들이 옥스퍼드에 오는데, 윌리엄 포크너의 묘지를 보러 온다고 했다. 그는 실제 있었던 이야기를 들려주었다. 10여 년 전쯤, 포크너처럼 체구가 작은 외국 남자 하나가 옥스퍼드에 왔다. 그는 미국인들이 그레이하운드라고 부르는 장거리 버스를 타고 왔고 우표보다도 작은 동네를 한 바퀴 돌아본 뒤 포크너의 묘지로 갔다.

그가 포크너의 묘비 앞에 오랫동안 앉아 있는 것을 누군가 보았다. 그는 혼자 거기에 앉아 있었다. 그가 말을 했는지, 또 포크너가 이를 들었는지 알 수 없다. 그런 뒤 그는 일어나 묘지를 떠났고 작은 동네로 돌아왔다. 그레이하운드가 아직 역에 도착하지 않아서 한동안 기다려야 했기에 그는 걸어서 동네 서점에 갔다.

미국 조그만 도시의 서점은 중국 조그만 읍내의 찻집처럼 잡담하는 사람들이 늘 모여 있곤 한다. 그 외국 노인은 서점에 들어가 책 한 권을 꺼내 조용한 모퉁이를 찾아 앉더니 조용히 책을 읽었다. 동네 사람들이 서점에서 떠들고 있었고 서점 주인은 그들과 이야기를 하면서도 모퉁이에 앉은 외국 노인을 살폈다. 이 사람이 어딘가 낯이 익다는 생각이 들었지만 어디서 본 얼굴인지 한동안 떠오르지 않았다. 서점 주인은 계속 동네 친구들과 수다를 떨었다. 그런데 이야기를 하다가 갑자기 이 외국 노인이 누구인지 생각이 났다. 그는 모퉁이로 달려가며 흥분해서 소리쳤다.

"가르시아 마르케스!"

지크프리트 렌츠의 『독일어 시간』

1998년 여름이었다. 이탈리아 토리노에서 알바니아 작가 이스마일 카다레Ismail Kadare를 만났다. 우리는 토리노의 극장 식당에서 통역을 두고 이야기를 나누고, 통역 없이 먹고 마셨다. 그때 카다레는 프랑스에 건너와 거주하고 있었으니, 알바니아계 프랑스 작가라고 해야 옳았다. 90년대 초 작가출판사作家出版社에서 그의 첫 소설 『죽은 군대의 장군』이 나왔고, 나는 우연히 그 소설을 읽었다. 그는 당시 알바니아에서 가장 중요한 작가였을 것이고, 서구로 망명한 여느 동유럽 작가들처럼 자기 조국으로 돌아갈 수 없었을 것이다. 우리가 만났을 때는 이제 그런 문제는 없었다. 원하기만 하면 언제든 돌아갈 수 있게 된 것이다. 하지만 그는 다시 간 것이 몇 번 되지 않는다고 했다. 매번 알바니아에 갈 때마다 피곤하다는 것이다. 티라나의 집이 술집처럼 시끄럽다고 했다. 아는 사람, 모르는 사람 다들 그를 찾아오는데 가장 적을 때도 20명은 넘는다는 것이었다.

중국과 알바니아는 "세상에 나를 알아주는 이가 있으면 세상 끝에 떨어져 있어도 가까이 있는 것 같다"는 말과 같은 우정을 맺은 관계였다. 나와 카다레는 이야기를 나누며 흥분했다. 내가 엔베르 호자Enver Hoxha 와 메흐메트 셰후Mehmet Shehu를 말하면 그는 마오쩌둥과 저우언라이를 이야기했다. 네 명의 당시 국가 지도자들 이름이 우리 입에 빈번하게 등장했다. 카다레는 문혁 때 중국을 방문한 적이 있다. 마오쩌둥과 저우언라이를 말할 때 중국어 발음이 무척 정확했다. 우리는 광팬 둘이서 네 명의 록스타 이야기를 하는 것처럼 신이 났다. 당시 한 이탈리아 문학평론가가 우리 이야기에 자주 끼어들었지만, 그는 우리와 같은 경험이 없어서 우리들 대화에 들어올 수가 없었다. 그 이탈리아 평론가는 우리 중국 법률에 사형제도가 있다는 것을 비판하면서 나를 끌어들이려고 했지만, 나는 그를 상대하지 않았다. 그가 다시 코소보 문제를 거론하면서 흥분하여 세르비아인들이 어떻게 알바니아인들을 박해했는지 비난했고, 그는 알바니아인인 카다레가 그를 따라서 흥분할 것이라고 생각했지만 카다레와 나는 기억 속에 흥분해 있어서, 그에게는 관심이 없었다.

나중에 우리는 문학 이야기를 나눴다. 우리는 독일 작가 지크프리트 렌츠Siegfried Lenz 이야기를 했다. 무엇 때문인지는 모르겠지만 아마도 우리 둘 다 렌츠의 소설 『독일어 시간』을 좋아했기 때문인 듯싶다. 반파시스트 소설로 해석할 수 있는 이 소설은 당시 사회주의 국가에서도 출판할 수 있었다.

카다레는 그의 『독일어 시간』 이야기를 했다. 앞에서 말한 『죽은 군대의 장군』은 카다레의 대표작이다. 그 소설을 완성했지만 알바니아에서 출판할 수가 없었다고 한다. 그는 이 소설을 서구로 몰래 보내서 출판하고 싶었다. 방법이 무척 기발했다. 책을 책 속에 숨겨서 몰래 보내는 것이었다. 그는 먼저 친구에게 소설을 인쇄소에서 조판해 찍어달라고 했다. 발행량은 당연히 오직 한 권이었다. 그런 뒤『독일어 시간』의 표지를 조심해서 뜯어내고 다시 풀을 붙여서『죽은 군대의 장군』표지로 만들었다. 이렇게 독일인 렌츠가 알바니아인 카다레를 도왔고, 그 책은 양두구육의 책이 되어 무사히 세관 검사를 통과한 뒤 프랑스와 다른 여러 나라로 갔고, 나중에는 중국에도 오게 되었다.

나는 내『독일어 시간』이야기를 했다. 내가 처음 읽은 렌츠의 소설은『빵과 경기』였고, 두번째가『독일어 시간』이었다. 루쉰문학원에 있을 때였다. 그때 이 책이 나를 전율시켰다. 아이의 천진난만한 서술이었지만 책을 읽으며 나는 놀라움과 흥분을 느꼈다. 다 읽고 나서도 그 소설을 놓치기가 싫어서 책을 계속 학교 도서관에 반납하지 않았다. 80년대에 중국어로 번역, 출판된 책이었는데, 당시 출판업은 여전히 계획경제하에 있어서 대부분의 책들은 초판만 찍었다. 살 땐 사지만, 사지 못하면 영원히 살 수 없었다.『독일어 시간』을 반납하면 영원히 그 책을 놓친다는 것을 알고 있었다. 그 책을 계속 곁에 두다가 졸업할 때가 되어 대출한 책을 반드시 반납해야 했는데, 반납하지 않으면 책값의 세 배에 해당하는 벌금을 물어야 했다. 나는 당연히 벌금을 택했다. 책을 잃어버렸다고 했다. 나는 그 책을 저장浙江으로 가져갔고, 나중에 베이징으로 이사할 때도 가지고 왔다.

훗날 1998년, 한 중국인과 한 알바니아인이 이탈리아라는 나라에서 한 독일인과 관련된 일을 각자 이야기하였다. 그때 나는, 문학이 정말 한없이 아름답다고 느꼈다. 문학은 지금도 독서를 통해 사람들에게 깊이 새겨지고 있고, 그 밖에 여러 가지 많은 방식으로 사람들에게 새겨지고 있다.

아르비드 팔크식 생활

　내가 가장 먼저 읽은 스트린드베리Johan August Strindberg의 작품은
『빨간 방*Röda Rummet*』으로, 장다오원張道文 선생이 번역한 중국어판이
다. 1983년과 1984년 사이에 나왔으니까 20여 년이 지났다. 『빨간 방』
을 읽은 기억은 시간이 오래되긴 했어도 아직도 뚜렷하다. 스트린드베
리가 인물과 장면을 과장하여 묘사하는 것에 놀랐다. 그의 붓은 과장된
수법으로 사회와 사람들의 핵심 속으로 깊이 파고들었다. 어떤 작가들
은 일단 과장을 하면 실제와 멀어지곤 하는데, 스트린드베리의 과장은
그의 서사를 더욱 예리하게 변화시키고 곧장 핵심을 파고든다. 그뒤로
나는 스트린드베리라는 위대한 작가가 있다는 것을 알게 되었다.

　당시 나는 『빨간 방』에 나오는 어떤 묘사와 유사한 생활을 하고 있었
다. 아르비드 팔크는 그의 시 원고를 들고 조마조마한 마음으로 출판계
의 거인인 스미스를 찾아간다. 내가 1983년 11월, 기차를 타고 베이징

에 가면서 어떤 문학잡지에 실으려고 원고를 수정하던 모습과 흡사하다. 나도 팔크처럼 몹시 떨렸다. 다른 점이라면 스미스는 독단전행의 악당이었지만 베이징 문학잡지의 편집장은 부드럽고 착한 사람이었다는 것이다. 스미스는 팔크의 시 원고를 거들떠보지도 않는다. 받아서는 엉덩이 밑에 깔고 앉은 채 신경도 쓰지 않고, 팔크에게 그가 정해놓은 제목으로 글을 쓰라고 강압적으로 요구한다. 천생 소심한 팔크는 스미스의 무리한 요구에 굴종한다. 굴종은 많은 젊은 작가들이 작가 생활을 시작할 때 하는 선택으로, 나도 그러했다. 그 선량한 베이징의 편집장은 내 소설의 어두운 결말 부분을 밝게 고치라고 요구했다. 그녀의 이유인즉 "사회주의 중국에는 어두운 일이 있을 수 없다"는 것이었다. 나는 바로 결말을 밝게 고쳤다. 내 굴종은 팔크와 달랐다. 나는 작품을 발표하기 위해서였다.

나는 지금도 스트린드베리의 기념비적인 서사를 잊지 못한다. 팔크는 스미스를 만나고 돌아와서 그 악당을 위해 울리카 엘레오노라Ulrika Eleonora에 관한 책을 쓰기 시작한다. 팔크는 이 책에 전혀 흥미가 없지만 소심한 성격과 집안 대대로 내려오는 "무슨 일이든 존중할 가치가 있다"는 가훈 때문에 꼬박 15페이지를 쓰게 된다. 스트린드베리는 기계적인 방식으로, 팔크가 어떻게 머리를 쥐어짜며 죽어라고 15페이지를 쓰게 되는지를 서술한다. 울리카 엘레오노라와 관한 것은 세 페이지도 채 되지 않고, 나머지 13페이지 중 평가의 방식으로 한 페이지를 쓰는데, 그는 그녀를 낮게 평가한다. 그런 뒤 추밀원에 대해 한 페이지를 쓰고 이어 다른 사람들에 대해 쓰는데, 마지막까지 다 모아도 일곱 페이지 반이었다. 이 서술을 내가 20여 년 동안 잊지 못하는 이유는 스트린드베리가 길지 않은 분량 속에서 한 젊은 작가가 무명 시절 창작을 할 때 겪는 고초를 남김없이 표현했기 때문이다. 그 단락을 읽을 때 나 자신도 고생하면서 현실과 타협한 소설을 쓰고 있었다. 목적은 발표를 하는 것이었고, 그 시절 나는 내 뜻에 따라 글을 쓸 수가 없었다. 대단한 것은 스트린드베리는 거의 회계장부처럼 건조하게 서사를 완성했지만 나는 읽으면서 끝없이 생각에 잠겼다는 점이다. 스트린드베리의 위대한 점이 여기에 있다. 우아하고 아름다워야 할 때 스트린드베리는 시인이다. 거칠고 저속해야 할 때 스트린드베리는 노동자다. 무미건조해야 할 때 스트린드베리는 고도근시 안경을 쓴 회계사다…… 그런 뒤 그는 뭇소리가 웅성거리는 『빨간 방』을 썼다.

팔크는 전심전력하여 일곱 페이지 반을 꿰맞추었지만, 일곱 페이지 반의 공백이 여전히 호시탐탐 그를 노려보고 있었다. 이때 스트린드베리 서사는 날렵하고 유연하다. 불쌍한 팔크는 더이상 써나가지 않는다. 그는 '가슴이 에이는 듯 몹시 힘들었고', 암울한 생각이 들었고, 방도 몹시 불편하며, 몸도 불편했다. 그는 배가 고픈 게 아닌가 싶어서 불안하게 가진 돈을 꺼냈다. 모두 35외레였고 한 끼 점심값도 되지 않았다. 팔크가 쓰러질 정도로 배가 고플 때, 스트린드베리는 그 기회를 놓치지 않고 부근에 있는 부대와 이웃집에서 식사 준비를 하는 모습을 묘사한다. 팔크의 눈이 창밖을 바라보며 굴뚝마다 밥 짓는 연기가 나오는 것을 보고, 선박에서조차 점심때를 알리는 종소리가 울리는 것을 보게 한다. 또한 팔크의 귀는 이웃집 나이프와 포크 소리, 식전 기도 소리를 듣게 한다. 그런 뒤 스트린드베리는 팔크의 정신에 고상함을 부여한다. 팔크는 극한의 굶주림 속에서 감탄할 만한 선택을 한다. 그는 가진 돈을 모두(35외레) 우편배달부에게 주고는 출판계의 악당인 스미스가 그더러 강요한 창작을 물러버린다. "팔크는 한시름 놓았고 소파에 누웠다." 배고픔을 포함해 모든 불편함이 한순간 사라졌다.

스트린드베리의 이런 묘사는 20여 년 전에 나를 전율시켰고, 지금도 내게 영향을 미치고 있다. 당시 나는 발표를 위한 창작에 완전히 염증을 느끼고 있었다. 그런 창작을 하려면 당시의 문학 유행을 쫓아야만 했다. 팔크가 울리카 엘레오노라 이야기를 쓸 때처럼 나도 심리적으로 시달렸고, 이어서 생리적으로 시달렸으며, 모든 것이 갈수록 불편해지고, 내 모든 것이 막다른 골목으로 가고 있다고 느꼈다. 그뒤 팔크와 비슷한 상황이 일어났다. 어느 날 아침, 일어나서 책상 앞에 앉아 지겨운 소설을 쓰던 중 나는 갑자기 손에 든 펜을 던져버렸고, 앞으로 이런 빌어먹을 것을 다시는 쓰지 않을 것이고, 내 마음의 요구에 따라 쓸 것이며, 발표되지 않더라도 안타까워하지 않을 것이라고 나 자신에게 말했다. 그러고는 흥분하여 거리를 걸었다. 작은 방으로는 내 흥분을 채 감당할 수 없었고, 넓은 세계를 걸어야 했다. 그 순간 내가 다시 살아나는 느낌이었다.

『빨간 방』 제1장에는 팔크가 '공무원 급여 발급 총국'에 가서 일을 구하는 묘사가 나오는데, 나와 몇몇 친구들이 가장 좋아하는 대목이다. 그 방대한 관료 기구는 수위만 해도 아홉 명이었는데, 두 사람만 책상에 엎드려 신문을 보고 있고 다른 일곱 명은 각자 나름의 이유로 자리를 비우고 있었다. 그중 한 명은 화장실에 갔는데, 이 사람은 화장실에 가면 하루가 걸렸다. 총국의 크고 작은 사무실은 눈을 다 둘 수 없을 정도로 많았는데, 모두 텅텅 비어 있었다. 그곳 공무원들은 12시가 되어야 속속 도착했다. 일을 찾던 팔크는 국장 사무실에 들어가려고 하지만 수위에게 제지를 당한다. 수위는 소리를 내지 말라고 한다. 포크는 서장이 잠을 자고 있다고 생각하지만, 사실 서장은 원래 안에 없다. 수위는 팔크에게 서장이 벨을 누르지 않으면 아무도 안으로 들어갈 수 없다고 말한다. 수위는 여기서 일 년을 일했지만 한 번도 서장이 벨을 누르는 것을 본 적이 없다.

당시에 나는 소설을 몇 편 발표해서 마침내 5년 동안의 치과의사 노릇과 작별하고 문화원으로 출근을 하였다. 문화원 직원들은 종일 거리에서 빈둥거렸다. 그래서 첫 출근 날 일부러 두 시간 늦게 갔는데, 뜻밖에도 내가 제일 먼저 출근했다. 그뒤 한 국영 공장에서 일하는 친구를 만나러 갔는데, 출근 시간인데도 라인의 기계들이 모두 꺼져 있고, 직원들은 다들 바닥에 앉아 포커를 하고 있었다. 내가 친구에게 말했다. "네 일은 참 편하다." 친구가 대답했다. "너랑 같지. 출근 시간에 나한테로 달려오고 말야." 당시 『빨간 방』을 읽은 친구들이 우리들이 '공무원 급여 발급 총국'의 직원이라고 농담을 했다. 스웨덴의 스트린드베리는 1980년대 우리 중국과 유사한 이야기를 쓴 것이다.

스트린드베리는 지금의 중국과 유사한 이야기도 썼다. 내가 처음 『빨간 방』을 읽었을 때, 중국엔 제대로 된 출판 시장도 아직 형성되어 있지 않았고 증권시장도 없었다. 출판계의 거인 스미스는 터무니없는 거짓말을 짜내 구스타브 셰홀름을 띄운다. 삼류도 못 되는 작가였다. 이 대목은 내게 아주 낯설었다. 트리톤 보험사의 사기도 내게 낯설었다. 당시 나는 놀라서 속으로 세상에 이런 일도 있다는 생각을 했다. 20년 뒤에 그런 일이 중국에서도 출현할 거라고는 미처 생각하지 못한 것이다.

지금 중국에서 새빨간 사기로 신인 작가를 만들어 내는 것은 더이상 신선한 일이 아니고, 트리톤 같은 사기 회사는 그 수를 셀 수도 없다.

내가 『빨간 방』을 두번째 읽은 것은 그로부터 20년 뒤다. 나흘 전 리즈이李之義 선생이 번역한 『스트린드베리 문집』을 구했다. 일반 독자들이 외국 소설을 읽을 때면 장벽에 부딪히곤 하는데, 리 선생의 번역문은 소박하고 정확해서 읽을 때 어떤 장벽도 없었다. 『빨간 방』을 다시 읽었고, 단편 네 편과 『구스타브 바사Gustav Vasa』도 읽었다. 스트린드베리의 이 희곡 속 극적 순간은 나를 숨 막히게 할 만큼 빈틈이 없었고, 사람 마음을 흥분시켰다. 지금 20여 년 전의 독서 경험을 되새기며 이 짧은 글을 쓰고 있으니, 내가 마치 스트린베리의 「반 장짜리 종이」에 나오는 그 세입자 같다. 이사를 한 젊은이는 전화기 옆에서 반 장짜리 종이를 발견한다. 거기에는 서로 다른 필체로 서로 다른 내용이 적혀 있었다. 젊은이는 그것을 손에 든 채 2분 동안 2년에 해당하는 생명의 시간을 체험한다.

이틀의 시간을 들여 『빨간 방』을 다시 읽으면서 20여 년 동안의 나의 독서와 삶에 관한 추억이 다시 떠올랐다. 달콤하고도 우울했다. 지나간 삶은 한 번 가면 다시 오지 않지만 지나간 독서는 세월이 지나면 더욱 새롭다. 20여 년 동안 위대한 작품들을 읽을 때면 늘 다른 시대, 다른 국가, 다른 언어의 작가들에게서 나 자신의 감성을 읽었고, 심지어 나 자신의 삶도 읽었다. 문학에 어떤 신비한 힘이 진정으로 존재한다면 아마도 이런 것이리라 생각한다.

다른 화제도 생각났다. 벨린스키는 톨스토이를 평가하면서 『안나 카레니나』에 나오는 모든 인물은 다 톨스토이라고 했다. 벨린스키가 지적

112

한 것은 사람의 내심內心이다. 그곳은 사생활을 봉인해두는 곳이 아니라 세상에서 가장 넓은 곳이다. 내심의 넓이로 톨스토이는 그렇게 많은 다른 사람을, 그렇게 많은 다른 운명을 썼다. 그와 반대로 자기의 사생활을 묘사하는 데 열심인 사람은 사실 자기의 내심을 표현하는 것이 아니라 자기의 내분비물을 표현하는 것이다. 자기가 평생 얼마나 많은 인물을 쓰든 그 인물들은 모두 그 자신일 것이다. 작가가 세상을 떠난 뒤에도, "우리는 그를 통해서 여전히 지금도 살고 있는 사람을 본다".

이언 매큐언 후유증

내가 이언 매큐언이란 이름을 처음 들은 것은 10여 년 전이다. 독일에서였던 것 같은데, 이탈리아나 프랑스에서였을 수도 있다. 사람들이 이 팔팔한 작가를 이야기할 때면 표정과 말투에 존경이 넘쳐, 마치 걸음조차 불편한 고전 작가를 이야기하는 것 같았다. 그때 나는 30대였고, 매큐언도 40대여서 불과 50이 되지 않았다. 나는 속으로 이 자가 누군데, 그 나이에 할아버지급의 영예를 누리는가 하는 생각이 들었다.

그뒤 중국 언론에서 드문드문 그에 관한 뉴스를 보았다. "이언 매큐언이 새 책을 냈다." "이언 매큐언이 여러 해 전에 헤어졌던 형제를 찾았다." "이언 매큐언의 『속죄』가 영화화됐다."…… 최근 몇 년 동안 중국 출판계는 이언 매큐언의 유명 소설을 내는 데 재미를 붙였다. 『시멘트 가든』 『암스테르담』 『시간 속의 아이』 『속죄』 등이다. 그런데 중국 문학계와 독자들은 기이한 침묵으로 이 거장 문인을 영접하고 있다. 문제가 어디에 있는지 모르겠다. 아마도 중국 독자들이 그를 이해하는 데 더 많은 시간이 필요한 듯하다. 이제 매큐언의 첫 책인『첫사랑, 마지막 의식』이 정식 출판되었다. 중국에서 매큐언 소설의 운명이 윤회의 기회를 잡을 수 있다고 본다. 다시 한번 처음부터 시작하는 것이다.

이는 여덟 편의 단편소설로 이루어진 책으로, 매큐언이 스물일곱일 때 처음 출판했다. 소개에 따르면 이 책은 영국에서 출판된 뒤 큰 파문을 일으켰다. 당시 영국 독자들이 얼마나 경악했을지 상상이 되었다. 30여 년이 지난 지금, 멀리 떨어진 중국의 독자인 나도 그 이야기를 읽고 여전히 경악했다. 매큐언의 단편소설은 예리한 칼날 같고, 읽는 과정은 칼날을 만지는 과정과도 같다. 게다가 이는 신경과 감정으로 만지는 것이어서 후에 자신의 신경과 감정에 칼자국이 영원히 남았다는 것을 발견하게 된다. 나는 전에 의학적 기준으로 이 작가가 뛰어난지의 여부를 판단해보았다. 그 작가의 작품을 읽고 나서 독서 후유증이 남는지를 본 것이다. 10여 년 전에 처음 매큐언의 이름을 들었을 때의 장면이 떠올랐다. 그 당시 내 곁에 앉아 있던 사람들은 다들 '이언 매큐언 후유증' 환자라는 것을 알게 되었다.

그 여덟 편의 독립된 이야기 사이로 서사에 관한 내부적 협의가 존재함을 느꼈고, 그래서 『첫사랑, 마지막 의식』이란 책은 완벽한 한 편의 모음곡, 여덟 개의 악장으로 된 모음곡 같았다. 그가 말한 것과 같다. "이들 이야기의 주인공은 많은 경우 주변인이고, 고독하고 다른 사람들과 잘 어울릴 줄 모르는 사람이며, 괴상한 사람이다. 그들은 다들 나와 닮은 데가 있다. 그들은 나의 사회적 고독감과 사회적 무지감無知感, 심각한 무지감을 극화劇化해 표현하고 있다." 매큐언은 그뒤 「입체기하학」

에서 기묘함과 지혜를 응집시켰다. 당연히 삶의 초조함도 응집시켰지만, 그 초조는 매우 생기발랄하다. 「가정 처방」은 더없이 저속하나, 이 근친상간 이야기가 깜짝 놀랄 천진스러움을 지니도록 했다. 「여름의 마지막 날」은 이 책에서 가장 따뜻한 이야기일 것이다. 하지만 이야기가 끝나고 나면 우울한 마음이 그때부터 가는 물줄기가 되어 끝없이 흐른다. 「극장의 코커 씨」의 서사는 과장과 유머가 있고, 빗대어 비판한다. 매큐언은 한 무리의 벌거벗은 남녀가 무대에서 섹스를 연기하게 한다. 다른 인물은 연출자인데, 연출자는 그 사람들이 연기하기 전에 먼저 수음하게 한다. 연출자가 말한다. "발기한 게 눈에 띄면 퇴장이야. 격식 있는 쇼니까." 「나비」 속 남자의 범죄 심리와 감정의 흐름은 가슴이 아릴 정도로 냉정하다. 「벽장 속 남자와의 대화」는 부조리인 것처럼 보이지만 실은 사람에겐 다들 슬픔이 있다는 이야기다. 이야기 끝에 나타나 있듯이, 우리는 누구나 마음에 문득 한 살 때로 되돌아가고 싶은 바람이 솟아오르곤 한다. 「첫사랑, 마지막 의식」은 사랑이 없는 사랑이고, 의식儀式이 없는 의식이며, 거기엔 물결 따라 흘러가는 시간이 있다. 매큐언은 아무 할일이 없는 이 여유로운 세월에 석양의 남은 빛을 색칠했다. 다소 따뜻하고, 다소 낙담스럽기도 하다. 「가장 무도회」에서는 기형적으로 성장한 인생을 감상할 수 있지만, 정상인의 인생 체험 역시 얼마든지 엿볼 수 있다.

이것이 바로 이언 매큐언이다. 그의 서사는 영원히 경계를 걷는 것 같다. 희망과 실망, 공포와 안도감, 차가움과 따뜻함, 황당함과 핍진함, 폭력과 유약함, 이성과 정감 등등의 경계에서 양자를 갈라놓는 것 같지만 그의 서사에는 양자가 다 있다. 국왕이 드넓은 영토를 소유하고 있는 것처럼 매큐언이 보여주는 경계의 서사는 드넓은 삶의 감각을 지니도록 했다. 그는 희망을 쓰는 동시에 절망을 썼고, 공포를 쓰는 동시에 안도감을 썼고, 차가움을 쓰는 동시에 따뜻함을 썼으며, 황당함을 쓰는 동시에 핍진함을 썼고, 폭력을 쓰는 동시에 유약함을 썼고, 이성적인 냉정함을 쓰는 동시에 감정적인 충동을 썼다.

매큐언이 이런 이야기를 쓴 것은 바로 젊은 시절을 보낼 때였다. 매큐언은 스물두 살에 서식스 대학을 졸업한 뒤 이스트앵글리아 대학 창작학과 대학원에 가서 단편소설 창작을 배우기 시작했다. 첫 단편소설을 발표한 뒤 바로 원고료를 가지고 아프가니스탄으로 놀러 갔다. 여러 해가 지난 뒤 매큐언은 인터뷰에서 그 단편소설을 쓸 때의 상황을 회고했다. "20대 초반, 나는 내 목소리를 찾고 있었다." 당시 그는 영국 문학 전통의 사회 보고서 같은 창작 스타일에 반감을 가졌고, 개인 생존의 복사판을 표현하고 싶었다. 그는 말했다. "초기의 그런 작은 이야기들은 나 자신 생존의 어떤 꿈속 모습을 거꾸로 투영한 것이다. 자전적 내용은 아주 적지만 그 구조는 꿈속 모습처럼 나의 생존을 반영하고 있다." 매큐언은 스물한 살 때부터 카프카와 프로이트, 토마스 만을 읽기 시작했고, "그들이 어떤 자유의 공간을 열어준 것 같다"고 느꼈다. "나는 여러 가지 단편소설을 실험적으로 썼다. 다른 옷을 실험 삼아 입어보는 것 같았다. 단편소설 형식은 내 창작의 너덜너덜 해진 옷이 되었고, 이는 초보 단계의 작가에게는 아주 유용했다." 매큐언은 다른 작가들이 자기에게 미친 영향을 조금도 숨기지 않는다. 그는 말한다. "당신이 5, 6주 시간을 들이면 필립 로스를 모방할 수 있을 것이다. 결과가 나쁘지 않다면 그다음엔 블라디미르 나보코프 흉내를 낼 수 있다는 것을 알게 될 것이다." 아울러 그는 당시에 쓴 모든 단편소설의 원천을 찾으려 노력했다. "예를 들어, 「가정 처방」은 내가 『북회귀선』을 읽고 나서 쓴 가벼운 풍자적 이야기다. 나는 헨리 밀러에게 감사하는 동시에 일종의 풍자적 사랑 이야기를 써 그를 놀려주었다. 이 이야기는 로스의 『포트노이의 불평』을 차용하기도 했다. 「가장 무도회」는 앵거스 윌슨의 『산딸기잼』을 본떴다. 나는 모든 이야기의 연원을 기억하지 못하지만 분명 남의 영토를 순시한 뒤 무언가를 몰래 들고 나왔고, 이것을 빌려 내 자신에게 속한 것을 창작하기 시작했다."

나는 여러 해 전에 어떤 글에서 작가 사이의 상호 영향에 대해 집중적으로 토론하며 이런 비유를 했다. 한 작가의 창작이 다른 작가의 창작에 영향을 주는 것은 태양이 식물의 성장에 영향을 미치는 것과 같으나, 중요한 것은 식물이 태양의 빛을 받아들여 성장할 때 결코 태양의 방식으로 성장하는 것이 아니라 언제나 식물 자신의 방식으로 성장한다는 것이다. 내가 말하고자 하는 바는 문학에서 작가가 받은 영향은 한 작가를 갈수록 그답게 할 수 있을 뿐, 어떤 다른 사람이 되게 할 수는 없다는 것이다.

매큐언이 창작한 결과물은 그런 이치를 증명한다. 「입체기하학」에 신기한 서사와 생기 있는 생활 모습이 하나로 결합되어 있는 것은 우리에게 블라디미르 나보코프의 어떤 부분을 연상시킨다. 「여름의 마지막 날」과 「첫사랑, 마지막 의식」은 우리에게 토마스 만의 서사 스타일을 연상시킨다. 침착하면서도 사람의 마음에 깊이 파고든다. 「벽장 속 남자와의 대화」와 「가장 무도회」는 카프카의 기이한 인생 이야기와 다르면서도 교묘하게 닮았다. 「극장의 코커 씨」는 부조리극이 뒤섞여서 이루어진 것 같고, 「나비」에 나오는 범죄 심리는 윌리엄 골딩의 장기였는데, 매큐언의 작품도 전혀 뒤떨어져 보이지 않는다.

모든 독자는 자기의 독서 경험에서 출발해 매큐언의 이런 이야기에서 다른 문학의 원천을 찾을 수 있을 것이고, 매큐언이 읽어보지 않은, 심지어 들어보지도 못한 문학의 원천을 찾을 수도 있을 것이다. 아울러 마찬가지로 쉽게 카프카나 토마스 만, 필립 로스, 헨리 밀러, 앵거스 윌슨, 나보코프, 윌리엄 골딩을 거론하며 문학의 원천을 찾을 수도 있다. 왜 그런가? 간단하다. 이것이 바로 문학이기 때문이다.

나는 두 가지 예를 드는 것을 좋아한다. 둘 다 농담인데 첫번째는 프랑스 사람들이 벨기에 사람들을 놀리는 농담이다. 한 트럭 운전사가 화물을 가득 싣고 벨기에 땅에서 운행하는데 화물을 너무 높게 실어서 성문을 통과할 수가 없었다. 기사가 걱정을 하고 있을 때 그곳 벨기에 사람이 잘난 체하면서 기사에게 의견을 냈다. 트럭의 네 바퀴를 떼어내 높이가 낮아지면 성문을 통과할 수 있다는 것이었다. 두번째는 중국 고대의 농담이다. 어떤 사람이 긴 장대를 들고 성문을 지나려고 했다. 그런데 장대를 세워도 지나갈 수 없고 눕혀도 지나갈 수 없었다. 이 사람이 어찌할 줄 모르고 있을 때 한 백발노인이 다가와서 자기는 성인은 아니지만 아는 게 많다면서 그에게 의견을 냈다. 장대 중간을 톱으로 자르면 성문을 통과할 수 있다는 거였다.

이 두 농담은 누가 누구에게 영향을 준 것일까. 그런 고증을 해봤자 분명 아무 의미도, 결과도 남지 않을 것이다. 내가 두 가지 예를 든 것은 각 민족의 정신사나 현실 생활에 많은 유사성이 존재하며 문학이 표현하는 것은 바로 그러한 유사성이라는 점이다. 길은 다르지만 도달하는 곳은 같듯이, 위대한 작가는 다들 자기만의 독특한 자세로 자신만의 독특한 문학의 길을 간다. 그런 뒤 사랑과 한, 삶과 죽음, 전쟁과 평화 등등 인류 공통의 주제로 모인다. 문학의 존재는 사람들을 서로 낯설게 하기 위해서가 아니라 서로 잘 알게 하기 위한 것이다. 나는 전에 만일 문학에 진정 어떤 신비한 힘이 있다면 그것은 바로 다른 시대, 다른 민족, 다른 문화에 속한 작품에서 독자들이 그들 자신의 감성을 읽는 것이라고 했다. 다른 사람의 거울에서 자기의 모습을 분명히 볼 수 있는 것처럼 말이다.

나는 매큐언이 나보코프나 헨리 밀러, 필립 로스 등의 작품을 읽고 나서 다른 사람의 거울에서 자기의 모습을 뚜렷하게 본 뒤 전형적인 매큐언의 작품을 썼다고 믿는다. 그 양반은 스무 살 때 자기의 목소리를 찾은 것이다. 『첫사랑, 마지막 의식』을 읽으면 한 천재가 어떻게 탄생하는지를 볼 수 있다.

매큐언은 처음 발을 내딛던 시절의 이런 이야기들에서 그의 독특한 재능을 아주 쉽게 보여준다. 그의 서사는 어떤 때는 지극히 예리하고 어떤 때는 지극히 따뜻하다. 어떤 때는 지극히 우아하고 어떤 때는 지극히 저속하다. 어떤 때는 지극히 강건하고 어떤 때는 지극히 유약하다…… 그 양반은 서사를 쓸 때 원하면 원하는 대로 하는데 모두 적합하다. 이와 동시에 매큐언은 자기의 독특한 문학을 통해 보편적인 문학을 보여주었다. 혹은 예전부터 있었던 정감과 오랜 역사를 지닌 사상이 그의 작품 속에서 계속되고 있다고 말할 수도 있을 것이다. 문학 천재란 무엇인가? 그것은 바로 독자들이 자기 작품을 읽을 때 독특함에서 출발해 보편에 도달하도록 하는 자다. 매큐언이 바로 그렇다. 그의 작품을 읽을 때 독자들은 많은 다른 작가의 작품을 느낄 수 있다. 그런 뒤 나뭇잎이 뿌리로 돌아가듯이, 최종적으로 독자는 끝없이 자기 자신을 발견한다. 전에 나는 문학은 마치 길과 같아서, 양쪽 방향으로 모두 향할 수 있다고 했다. 사람들의 독서 여행은 이언 매큐언을 거쳐 나보코프와 헨리 밀러, 필립 로스 등의 정거장에 이른다. 반대로 나보코프와 헨리 밀러, 필립 로스 등을 거쳐 이언 매큐언의 정거장에 도착할 수도 있다. 이것이 바로 이언 매큐언의 서사가 우리의 독서와 여러 가지로 교차되는 이유다.

나의 뜻은 이렇다. 독자들이 매큐언의 작품에서 문학의 원천을 찾기 시작하는 것은 사실 자기 인생의 체험이 현실 속에서 하나하나 자화상을 찾는 것이기도 하다. 독자의 호기심이 그들로 하여금 문학 작품을 읽도록 촉발시킬 때, 자신이 과거에 읽으며 느꼈던 모든 비슷한 감성이 되살아나고, 그런 다음 다시 이와 유사한 자신의 인생 체험이 무대에 등장한다. 이처럼 끊임없이 되풀이되는 연상과 그 연상 뒤에 일어나는 흥분은 동요처럼 단순하던 독서를 교향악처럼 풍성한 독서로 변화시킨다.

무엇이 이언 매큐언 후유증인가? 바로 이것이다.

두 학자의 초상

　1910년 2월 26일, 스물한 살의 베른하르드 칼그렌Klas Bernhard Johannes Karlgren은 스웨덴 동인도회사의 '베이징호' 화물선을 타고 1000근의 폭약과 길동무가 되어 두 달간 바다를 떠다니다가 상하이에 도착했다. 그뒤 계속 북상해 베이징에서 잠시 머문 뒤 산시山西 타이위안太原으로 갔다. 그렇게 이 위대한 학자는 중국의 전란과 역질 속에서, 자신의 굶주림과 추위 속에서 역사적인 연구, 역사 음운학과 방언학 연구를 시작했다. 여러 해가 지난 뒤 칼그렌의 학생 예란 말름크비스트Göran Malmqvist 교수는, 소쉬르 사후에 발표된 『일반언어학 강의』보다 한 해 먼저 칼그렌의 『중국음운학 연구』가 발표되었다고 밝혔다.

　그는 부지런한 학자였는데, 말름크비스트는 『나의 스승 칼그렌—어느 학자의 초상』의 중국어판 서문에서 이렇게 말했다. "충만한 열정과 출중한 지혜를 통해 칼그렌은 홀로 스웨덴을 세계 중국학 방면에서 가장 선도적인 국가의 하나로 만들었다. 칼그렌의 연구는 중국학의 여러 방면, 방언학, 언어학, 역사 음운학, 어문학, 고증학, 그리고 청동기의 연대학 등을 망라했다. 그의 학술 저작은 중국어의 역사 변화를 심도 있게 이해하는 데 중요한 의의를 지니고 있다."

말름크비스트가 애써 엮은 칼그렌의 작품 연표를 보면, 1914년에서 1976년까지 그가 출판한 저서와 발표한 논문은 계절별로 세야지, 연도별로 세면 안 된다. 그가 언제 쉬었는지 찾아볼 수가 없다. 그의 어머니 엘라처럼 그는 평생 동안 게으름이라곤 피워본 적이 없을 것이다. 그의 어머니는 말했다. "게으른 머슴과 따뜻한 침대는 떼어놓기 어렵다." 나는 칼그렌이 성년이 되어서도 침대의 따뜻한 맛을 몰랐을까 우려했다. 다행히 그는 어렸을 때 어머니 품속의 그 따뜻한 맛을 알고 있었다. 그는 1910년 10월에 산시 타이위안에서 보낸 편지에서 이렇게 썼다. "아기였을 때 어머니 품속에서 게으름을 피우던 게 얼마나 편안했는지 영원히 잊지 못한다."

말름크비스트는 책에서 이렇게 말했다. "1954년 칼그렌의 65세 생일을 축하하기 위해, 극동 박물관 사람들이 그가 과거에 박물관 학술지에 발표한 글들을 모아 정장본으로 출판했을 때 칼그렌은 흥분해서 소리를 질렀다. '빌어먹을, 내가 이렇게 부지런했어!'"

그렇게 부지런한 선생에게는 분명 부지런한 학생이 있기 마련이다. 1997년 우리 일행이 스톡홀름에서 스웨덴 대학 도서관을 방문했을 때 도서관 직원은 먼저 말름크비스트의 저서와 번역 작품을 큰 탁자에 가득 쌓아놓았다. 우리가 놀라자 그 직원이 말했다. "말름크비스트의 작품도 다 놓지 못했어요." 당시 옆에 서 있던 말름크비스트가 겸연쩍게 미소를 지었던 것이 내게 깊은 인상을 남겼다.

칼그렌과 앙리 마스페로Henri Maspero, 폴 펠리오Paul Pelliot 등 이 세대 중국학자들의 고난의 학습 여정은 오늘날 중국어를 배우는 서구 학생들로서는 상상하기 힘들다. 그뒤 말름크비스트 세대 학자들의 상황 역시 비슷했다. 말름크비스트는 정식으로 중국어를 배우기 전 라틴어 시험을 준비하며 심심풀이 삼아 영어판과 독일어판, 프랑스어판『도덕경』을 읽었다. 그는 세 가지 번역문의 차이가 무척 크다는 것에 깜짝 놀라서 대담하게 칼그렌에게 가르침을 청했고, 그것이 공교롭게도 들어맞아 칼그렌의 학생이 되었다. 말름크비스트는 웁살라 대학으로 돌아가지 않고 스톡홀름에 남았다. 처음 몇 주 동안 그는 "중앙역 대합실 긴 벤치와 공원, 순환 전차에서 여러 날 밤을 지냈고, 심지어 스토리 광장에서도 잤는데, 거기에 눕기 좋은 긴 벤치가 있어서였다". 말름크비스트는 이렇게 적었다. "그런 어려움도 칼그렌의 지도를 받으며 중국어를 배우는 재미를 조금도 줄어들게 하지 않았다."

2007년 8월, 우리가 스톡홀름에서 웁살라로 차를 몰고 가던 중 말름크비스트는 옛일을 떠올렸다. 칼그렌이 처음 자신들에게 수업을 할 때 가져온 교재가『좌전左傳』이었다고 했다. 나는 듣고 놀랐다. 칼그렌이 강의실에서 중국어라고는 하나도 모르는 학생들에게『좌전』을 낭독하고 해설하는 것을 상상해보라. 말름크비스트가 중국어에 대해 가장 최초로 이해한 점은 중국어가 단음절이라는 것이었고, 그는 책상에서 단음절에 맞추어 손가락을 두드리며 중국어 구의 길이를 기억했다. 나는 말름크비스트가 왜 그렇게 오랫동안 쓰촨 방언 연구에 심취했는지를 생각했다. 아마도 이와 관련이 있을 것이다. 서구 언어와 전혀 다른 발음이 그를 중국어에 빠져들게 이끌었을 것이고, 그뒤 다시 넓고 깊은 중국 문화 속으로 들어가게 했을 것이다.

2007년이었다. 나는 중국 신문에서 말름크비스트의 학생 토르비에른 로덴Torbjörn Lodén 교수를 인터뷰한 기사를 읽었다. 로덴은 1960년대, 그러니까 바로 문혁 시기에 말름크비스트를 따라 중국학을 배웠다. 당시 스웨덴 대학생 중에는 좌파가 많았는데, 로덴과 그의 친구들은 말름크비스트에게 원래의 중국어 수업을 그만두고 『마오쩌둥 선집』과 『홍기紅旗』 잡지로 수업을 하자고 요구했다.

1970년대, 서구의 유학생은 중국에 오기 전에 간단한 중국어 교육을 받았다. 교재는 중국 정부가 제공한 것으로 모두 "우리 아빠는 해방군입니다" "우리 엄마는 간호사입니다" 등의 내용이 담겨 있었다. 그들은 중국에 와서 당시의 노동자, 농민, 병사 출신 대학생들과 똑같은 교육을 받았다. 당시의 노동자, 농민, 병사 출신 대학생들이 그들 아버지와 어머니가 무슨 일을 하냐고 물으면 거의 대부분의 서구 유학생들은 이렇게 대답했다. "아빠는 해방군이고, 엄마는 간호사야." 해방군과 간호사 말고 다른 직업을 중국어로 어떻게 말하는지 알지 못했던 것이다.

1980년대가 되어 문혁이 끝나고 개혁개방이 시작되었다. 유학생은 중국에 오자마자 '장사下海'나 '시장경제' 같은 중국어 단어를 배웠다. 1990년대 이후 내가 만난 한 미국 여학생은 베이징에 오고 며칠 지나자 이렇게 말했다. "나쁜 남자가 아니면, 여자는 사랑하지 않는다."……

중국학 전문가들의 역사, 혹은 중국어 학습 역사란 사실 중국 역사의 투영이라고 생각한다. 이것은 기묘한 시점에서 출발해 중국 사회의 동요와 변천을 압축하고 있다.

그래서 나는 말름크비스트가 쓴『나의 스승 칼그렌—어느 학자의 초상』을 받고서 내가 읽게 될 것이 중국학 역사의 기원이라는 것을 알았다. 이 책은 올 5월부터 6월까지 유럽 7개국 여행길에서 나를 수행했고, 7월 세 차례 중국 남부행도 수행했다. 호텔에 들어갈 때마다 트렁크를 열고 첫번째로 한 것이 바로 이 책을 꺼내 침대맡에 두는 것이었다.

기나긴 독서였고, 빡빡한 스케줄과 여독 속의 짧은 향유였다. 이 책을 읽는 것은 유쾌하고 얻는 것이 많은 경험이었지만 이 책을 평하는 것은 쉬운 일이 아니었다. 왜냐하면 말름크비스트의『나의 스승 칼그렌—어느 학자의 초상』이란 책에는 인물 전기, 역사학, 사회학, 인류학, 언어학, 문학 서사와 중국학이 같이 녹아 있기 때문이다.

그 책에서 우리는 말름크비스트의 가슴에서 우러나오는 칼그렌에 대한 존경의 정을 수시로 읽을 수 있다. 하지만 스승에 대한 숭상이 그의 객관적 서술에 결코 영향을 미치지는 않는다. 말름크비스트는 서문에서 웰스의 말을 인용했다. "한 사람의 전기는 성실한 적에 의해 쓰여야 한다." 그뒤에 그는 이렇게 썼다. "이 말은 전기 작가들을 일깨우기 위한 것으로, 그들이 묘사하는 대상을 지나치게 미화하지 말 것을 꼭 기억하라는 뜻이라고 생각한다. 나는 책을 쓰면서 이 말을 마음에 깊이 새겼다."

과연 그러해서, 칼그렌의 강력한 학문적 경쟁자였던 프랑스의 중국학자 펠리오가 전쟁 때문에 칼그렌의 연구 영역에 들어오는 것이 저지되었을 때, 남의 불행을 보고 기뻐하는 칼그렌의 심정이 말름크비스트의 글에 생생하게 묘사되어 있다. 그리고 칼그렌이 젊은 시절 안하무인이었으며 공명심으로 오만했던 것도 그는 유감없이 묘사했다. 물론 설명이 좀 필요한데, 말름크비스트는 여기에서 칼그렌이 어떻게 안하무인에서 오만으로 나아가는지를 감상하는 필치로 썼다. 말름크비스트의 글을 보면 재미있는 것은 젊었을 때의 칼그렌은 안하무인이긴 했지만 현실과 타협하는 능력을 지니고 있었다는 점이다. 칼그렌은 고등학교 때 '모국어의 벗' 협회의 회장으로 당선되는데, 그 협회는 매년 신년맞이 연극을 공연했다. 그 협회의 이사들 다수는 스트린드베리의 작품을 연출하자고 했지만 바로 칼그렌의 반대에 부딪혔다. 그가 내세운 이유는 스트린드베리는 "많은 대중에게 이미지가 좋지 않고, 연극을 고를 때는 공연을 볼 대중을 고려해야 한다"는 것이었다.

책은 아름다운 산문으로 시작한다. 칼그렌이 열세 살에 자기 고향 옌셰핑을 묘사한 글이다. 칼그렌의 문학 재능이 여기서 처음 싹을 보였고, 거의 40년이 지난 뒤 칼그렌은 클라스 굴만이라는 필명으로 장편소설을 세 편 발표해 많은 평론가들의 찬사를 받는다. 말름크비스트는 시간의 순서에 따라 칼그렌의 이야기를 하면서 동시에 기회를 놓치지 않고 중국의 동란動亂과 유럽의 변천을 한눈에 펼쳐 보인다. 음운학, 문자학, 언어학, 음성학 등 아주 전문적인 연구도 다루며 물이 흘러 자연스럽게 물길을 내듯 써내려간다.

나는 빠르게도 읽고, 천천히도 읽었다. 가장 빨리 읽은 부분은 칼그렌의 성장 이야기와 그 가족의 성격 묘사 부분이었다. 칼그렌의 형제자매가 좋았고, 칼그렌의 어머니 엘라는 더욱 좋았다. 평생 부지런히 일했던 그 여성은 아주 흥미로웠다. 그녀는 스스로에게 "영원히 미사를 올리지만 않는다면, 돼지 털을 깎을 때나 쉴 거야"라고 말했다. 엘라는 아이들 모두에게 아름다운 별명을 지어주었는데, 예를 들어 칼그렌은 엘라의 '내 잘생긴 꽃미남'이었다. 엘라의 유머에는 늘 매정함과 신랄함이 묻어 있었다. 그녀가 말했다. "한 손에는 소원을 빌고 한 손에는 침을 뱉어서 하느님을 믿는 것과 마귀를 믿는 것 중 어느 게 더 통하는지 보라." "어떤 때는 마귀도 죽여야 하고 마귀는 죽어도 싸다." 칼그렌은 1915년 1월 24일 약혼녀 엘린에게 보낸 편지에서 학문적인 강적이었던 펠리오를 거론하면서 신랄하고 유머러스하게 이렇게 말했다. "나는 오늘 샤반Edouard Chavannes에게 편지를 쓰고 싶었어. 펠리오가 아직 살아 있는지를 물어보려고. 그는 분명 살아 있을 거야. 나쁜 사람은 장수하거든. 게다가 그렇게 능력 있는 사람을 때려죽이는 것도 체면이 서는 일은 아니지." 말름크비스트는 책에서 "우리는 칼그렌의 극적인 유머와 때로는 신랄한 언어가 아마도 어머니에게서 온 유전일 거라고 믿는다"고 썼다.

20여 년 전, 처음으로 스트린드베리의 작품을 읽었을 때 나는 그의 신랄한 유머에 깊이 빠려들었다. 그뒤 속으로 깊은 호기심을 품었다. 내 머릿속 스웨덴 사람들은 진중하고 보수적인 이미지였는데 스트린드베리의 작품이 그런 내 생각을 바꿔놓았기 때문이었다. 『나의 스승 칼그렌—어느 학자의 초상』을 다 읽고서 나는 신랄한 유머는 스웨덴 사람들 성격의 중요한 부분을 차지한다고 믿게 되었다. 이 책에서 이런 구절을 읽었기 때문이다. "당신이 이렇게 어리석은 게 꼭 하느님이 그렇게 총명한 것과 비슷해."

가장 느리게 읽은 부분은 이 책의 제8장 "그는 멀리 닿지 않던 언어를 지척처럼 가깝게 하였다"였다. 말름크비스트는 산문 같은 친절한 필치로 칼그렌의 심오한 학문적 성취를 아주 알기 쉽게 보여준다. 하지만 관련 전공의 훈련을 받지 않은 나로서는 읽어내기가 여전히 힘들었다. 내가 8장을 읽을 때 들인 시간이 다른 모든 장에 들인 시간보다 많다.

말름크비스트는 한자의 구조에서 출발해 중국어의 음성 계통과 고대 중국어의 음운학 구조 등을 거쳐, 칼그렌의 중고음中古音 재구성과 주석 방면에서 보여준 뛰어난 연구를 논했다. 그리고 끝으로 칼그렌이 어떻게 알파벳 자모를 동진東進시켜 1928년 런던 중국학회에서 '중국어 라틴 자모'를 발표했는지에 대해 서술했다. 칼그렌은 그해 "구어를 기본으로 한 새로운 문학을 창조할 수 있도록 중국은 반드시 서구 문자로 표기하는 방법을 만들어야 한다"고 했다.

이 문제에서 말름크비스트는 칼그렌의 옛 친구를 객관적 입장에서 칭찬했는데, 미국 버클리 대학의 자오위안런趙元任 교수다. 말름크비스트는 "자오위안런 등이 칼그렌이 토론한 원칙에 따라 만든 표음 체계 국어의 라틴어 자모 체계를 칼그렌은 받아들이지 않았다. 이유는 '현실의 독음과 거리가 너무 멀다'는 것이었다"고 말했다. 말름크비스트는 이어서, "칼그렌은 자오위안런이 제안한 라틴어 자모 체계의 가장 큰 장점을 보지 못한 것 같다. 주로 두 개, 혹은 두 개 이상의 음절로 이루어진 현대 표준어의 단어는 라틴어 자모 병음 체계의 도움을 받아 아주 쉽게 붙여 쓸 수 있다. huoochejann(火車站), tzyhyoushyhchaang(自由市場)처럼."

책을 다 읽으면 말름크비스트가 박학다재하다는 것을 느낄 수 있는 것과 마찬가지로, 이 책 8장의 전문적인 내용을 서술한 부분을 읽으면 말름크비스트의 학술적 기초가 두텁다는 것을 충분히 실감할 수 있다. 이 장을 읽으면서 우리는 이런 암시를 받는다. 말름크비스트는 자신의 학술 연구로 칼그렌의 학술 연구를 해설하고 있다는 암시 말이다.

사실상 이런 암시는 내가 이 책을 읽으며 처음부터 끝까지 일관되게 받은 것이다. 그가 칼그렌의 풍부한 인생 경력을 서술할 때는 나도 마찬가지로 칼그렌의 풍부한 인생 경력을 같이 느꼈다. 그런 단락을 읽을 때면 눈앞에 늘 말름크비스트의 모습이 떠올랐다. 그는 위스키를 마시며 사람들을 황홀하게 하는 이야기를 흥미진진하게 하다가, 중요한 고비에서 늘 갑자기 멈추면서 빈 술잔을 들고 쓰촨 사투리로 말했다. "술 없어?"

왜 나는 말름크비스트가 쓴 『나의 스승 칼그렌—어느 학자의 초상』의 부제를 '두 학자의 초상'으로 바꿔 이 글의 제목으로 삼았는가? 낯선 칼그렌을 읽을 때면 늘 친숙한 말름크비스트를 느꼈기 때문이다. 그런 이유로 나는 어떤 텍스트든 뒷면에는 일종의 서브텍스트가 존재한다는 것을 믿는다.

로버트 판데르힐스트,
중국에서 셔터를 누르다

2009년 6월 초의 어느 날로 기억한다. 프랑크푸르트의 햇볕은 맑고 아름다웠다. 독일 공영방송ARD의 촬영팀이 나를 끌고 이리저리 돌아다녔다. 나더러 걸어가면서 렌즈를 보며 말을 하라고 했다. 그 사람들은 처음에 나를 프랑크푸르트의 유명한 홍등가로 끌고 갔다. 요염한 네온 사인이 한낮에도 유혹의 불빛을 반짝이고 있었고, 그들은 나를 어떤 애매한 문 앞에 서라고 하고 인터뷰를 시작했는데 곧바로 어떤 사람이 안에서 나와서 우리를 쫓아냈다. 다시 시도를 하고 다시 쫓겨나기를 몇 번 하고 난 뒤, 나는 하는 수 없이 차가 오가는 네거리에서 그들의 첫 질문에 대답했다. 그런 뒤 다시 그들에게 이끌려 누추하고 난잡한 곳 몇 군데를 가서 서거나 앉아서 계속 인터뷰를 했다. 내 독일어 통역이 뒤에서 따라오면서 줄곧 중국어로 불만을 투덜거렸다. 프랑크푸르트에 아름다운 곳도 많은데 왜 그쪽으로 가지 않고, 낙후된 곳에서만 찍느냐는 것이었다.

지금, 로버트 판데르힐스트Robert van der Hilst의 『중국인의 집』이 중국에서 출판되었다. 내 생각에 어떤 중국인들은 불만에 차 투덜거릴 것이다. 중국은 30여 년 동안 고속 성장했고 이미 세계 3대 경제권이어서 어디서나 화려한 모습을 볼 수 있다. 그런데 로버트 판데르힐스트는 중국의 낙후된 지역에서 셔터를 누르는 데 열심이었다. 그의 렌즈가 부유한 사람들에게 포커스를 맞추었을 때도 있지만 그런 경우는 매우 적었다. 일부 중국인들은 로버트 판데르힐스트가 중국이 30년 동안 하늘과 땅이 뒤바뀔 정도로 변한 것을 충분히 담지 못했다고 생각할 것이다. 그의 작품에 그러한 변화가 들어 있기는 하지만 문제는 부유한 생활 모습을 담은 많지 않은 장면에서 로버트 판데르힐스트는 한껏 통속적인 분위기를 발산하고 있다는 점이다. 그런 반면에 빈곤한 생활을 담은 장면에서 그는 진실하고 소박한 정감을 찍었다. 이렇게 되자 일부 중국인은 의문을 품게 되었다. 이 네덜란드 사람이 호리병에 무슨 약을 담아 파는 거야?

내 생각에 그런 비판을 하는 사람들은 흔히 애국자를 자처한다. 중국에서든 다른 나라에서든 애국심은 늘 예술과 예술가를 비판하는 가장 좋은 구실이다. 나는 이것은 진정한 애국심이 아니라고 생각한다. 그저 침 튀기는 애국심이거나 애국병일 뿐, 실제로는 인간의 허영심을 드러내는 것이다. 우리의 실제 삶에 폐허가 존재하더라도 우리가 전시하고 싶어하는 것은 아름다운 공원이다.

혼자 집에 있을 때는 누구나 구질구질한 모습일 수 있다. 하지만 집을 나설 때는 단장을 해야 한다. 사람들은 누구나 산뜻하게 체면이 서는 겉모습을 보이고 싶어한다. 궁지에 몰려 실의에 빠진 거지 말고는 그렇다. 구질구질한 모습으로 카메라 앞에 설 것인지, 체면이 서는 모습으로 카메라를 대할지를 택하라고 하면 누구나 체면이 서는 모습을 택할 것이라 믿는다. 나와 로버트 판데르힐스트도 예외가 아니다. 누구나 허영심이 있기 때문이다.

당연히 이것도 모든 사람의 존엄이다. 문제는 사람마다 존엄에 대한 이해가 같지 않다는 점이다. 어떤 사람은 부귀와 화려함이 존엄을 상징한다고 여기며, 빽빽한 고층 빌딩과 사방으로 뻗은 고속도로, 그리고 사치품이 넘치는 상점 등이 존엄을 상징한다고 여긴다. 하지만 그 밖의 다른 사람들은 그렇게 생각하지 않는다. 그런 사람들은 존엄이 사람들의 마음에서 오고, 사람들 표정에 나타나며, 존엄과 부귀에는 필연적인 관계가 없다고 여긴다.

내가 즐거운 마음으로 로버트 판데르힐스트의 『중국인의 집』에 서문을 쓴 이유는 그의 사진 작품에서 마음에서 출발하여 표정에 이르는 존엄을 보았기 때문이다.

로버트 판데르힐스트는 그가 원하는 장면을 설계하고, 그런 뒤 셔터를 눌렀다. 나는 그가 셔터를 누를 때 사진 찍히는 사람에 대한 존중감이 마음에 가득했으며, 인물이든 물건이든 감격하는 마음으로 대했다는 것을 느꼈다.

중국어를 할 줄 모르는 이 네덜란드인은 매일같이 중국 농촌을 돌아다니며 중국의 가정 속에 녹아들려고 시도했다. 그는 어떻게 문화적 장벽을 넘었는가? 그가 말했다. "눈으로, 감정으로, 내 느낌으로 교류했다."

그러고서 그는 성공했다. 그의 존중하는 마음이 가난한 중국 가정에서 보답을 받았다. 그들은 열정적으로 그에게 대문을 열어주었고, 집안으로 그를 맞아들여서 값싼 차와 변변찮은 음식으로 그를 대접했다. 로버트 판데르힐스트가 말했다. "나는 중국 가정에서 보여준 강렬한 호기심과 커다란 열정과 우정에 감동했다. 매번 그들 집에서 나는 그들의 결심과 용기, 의지력을 느낄 수 있었다. 내 생각에 그들에게는 오직 하나의 행진 방향이 있으니, 그것은 바로 전진이다."

누가 로버트 판데르힐스트에게 왜 더 많은 곳에 가서 중국의 부유한 가정을 찍지 않느냐고 질문한다면 내가 그를 대신하여 대답하고 싶다. 키 크고 머리가 센 이런 네덜란드 사람에게 부잣집이 문을 열어주겠는가? 중국인들은, 중화민족이 손님을 열정적으로 좋아하는 민족이라고 줄곧 일컬어왔다. 아이러니한 것은, 로버트 판데르힐스트의 작품은 지금 열정적으로 손님을 좋아하는 민족 전통이 중국의 가난한 가정에 보다 많이 존재하며, 부유하고 출세한 가정은 그렇지 않다는 것을 말해준다는 점이다.

아울러 이 네덜란드인은 렌즈로 중국의 가난한 사람들을 마주할 때마다 "그들의 결심과 용기, 의지력을 느꼈다". 그들은 가난하지만 "그들에게는 오직 하나의 행진 방향이 있으니, 그것은 바로 전진이다".

나는 로버트 판데르힐스트 작품의 객관성을 좋아하고, 『중국인의 집』을 앞으로 잊지 못할 것이다. 그 속의 장면들은 중국인의 생존 여건을 진실하게 표현했다. 나는 한 장면을 기억한다. 눈빛이 결연한 머리 조각상이 있고 그 뒤 탁자에 자명종이 네 개 놓여 있었다. 나는 이것을 통해 사람들에게 환기시키고 싶다. 중국이 30년 동안 하늘과 땅이 뒤바

꿔는 큰 변화를 겪었다지만 아직도 많은 중국인의 생활은 그저 자명종 한 개에서 자명종 네 개로 진보했을 뿐이라고.

우리 모두의 진혼곡

　하진Ha Jin의 신작 『난징진혼곡Nanjing Requiem』을 하룻밤 만에 다 읽었지만, 얼마나 많은 밤과 낮이 지나야 이 작품이 내게 준 고통을 지울 수 있을지 모르겠다. 시간이 우리의 기억과 감정을 바꿀 수 있다는 것을, 나는 안다. 문학은 바로 그렇게 긴 세월이 지나도 더욱 새롭다. 여러 해가 지나고 우리가 다시 그것을 느낄 때 고통은 이제 은은하겠지만 그것은 기억 깊은 곳에서 나오는 통증이다. 몸의 상처 자국은 아물 수 있어도, 기억의 은은한 고통은 오래간다.

　내 생각에 하진은 『난징진혼곡』을 쓸 때 줄곧 기억의 은은한 고통에 빠져 있었을 것이다. 그의 서사는 너무도 차분한데, 서사의 존재를 느끼지 못할 정도로 차분하다. 하지만 독자들이 읽을 때 받는 충격은 너무도 강렬하다. 그런 격렬한 충격은 시간의 긴 강에서 차츰 바람이 잦아들고 물결이 잔잔해질 것이고, 독자들은 이후의 세월 속에서 『난징진혼곡』을 음미할 때 작자와 같이 기억의 은은한 고통을 느낄 것이라고 믿는다.

이것이 바로 하진이 표현하려고 한 것이다. 우리가 역사의 상처를 마주하며 추모와 위령의 작은 길을 소리 없이 걷도록 한 것이다. 이런 의미에서 보자면 하진은 그 자신의 진혼곡이자 우리 모두의 진혼곡을 썼다.

하진은 이미 세계적인 명성을 누리는 작가다. 그는 랴오닝에서 태어나 문혁 기간 동안 성장했고, 군인이었고, 1981년 헤이룽장 대학을 졸업했다. 1984년에 산둥 대학에서 북미 문학 전공으로 석사학위를 받았고, 1985년에 미국 유학을 갔다. 그는 개혁개방 이후 가장 일찍 출국한 유학생이었다. 그 세대 유학생들은 장학금을 많이 받지 못해서 공부하면서 아르바이트를 해서 입에 풀칠을 했고, 이빨 사이에 낄 만큼의 적은 돈이나마 남겨서 국내에 보냈다. 하진은 더욱 고생했을 것이다. 그는 공부와 아르바이트를 하면서 창작을 해야 했고, 더구나 영어로 써야 했기 때문이다. 그는 창작에 완벽성을 추구하여 소설 한 편을 40번도 넘게 고치곤 하는데, 『난징진혼곡』도 그렇게 여러 번 수정했다.

내가 이 원고를 받았을 때 '난징진혼곡'이라는 이름이 직설적으로 내게 말했다. 이것은 난징 대학살에 관한 작품이라고. 속으로 하진이 또다시 남들이 매달리려 하지 않는 소재에 매달렸다고 생각했다. 그의 창작을 이미 잘 알고 있고, 이전 소설에서 큰 주제를 다루는 그의 능력을 알고 있었지만 그래도 존경심이 내 가슴을 채웠다.

난징 대학살은 중국 현대사의 아물 수 없는 상처다. 중국을 침략한 일본군은 1937년 12월 13일 당시 수도였던 난징을 공략하고, 난징 시내와 교외 지역에서 민간인과 전쟁 포로를 대상으로 장장 6주간 대규모

학살과 약탈, 강간 등의 전쟁 범죄를 저지른다. 대학살로 약 30만 명 이상의 중국 민간인과 전쟁 포로가 일본군에 살해됐고, 난징 성의 3분의 1이 일본군의 방화로 불에 탔다.

이 간단한 단어와 숫자의 배후에는 거대한 파도와 같은 피와 눈물이 놓여 있다. 얼마나 많은 비참한 통곡이, 얼마나 많은 생이별이, 얼마나 많은 살아 숨쉬던 생생한 사람들이 파멸당하고, 능욕당하고, 고통과 공포 속에서 부침했는지, 마치 흩날리는 눈송이처럼 그 수를 셀 수가 없었고, 모든 눈송이들이 다 비극이었다. 이처럼 거대하고 참혹한 비극을 그리는 것은 지난한 창작이다. 게다가 문학의 차원에서 볼 때, 거대한 장면만 있어서는 턱없이 부족하고 그러한 장면 속 개인들의 복잡다단함을 그려야 한다. 하진은 전에도 그러했듯이, 탁월하다. 그는 무질서하게 흩어져 있는 방대해 보이는 사건과 인물 속에서 우리에게 뚜렷한 서사의 길을 열어주었고, 동시에 비극을 마주한 모든 중생과 복잡한 인생을 그려냈다.

『난징진혼곡』은 다큐멘터리 같은 진실성을 지니고 있고, 보기만 해도 가슴 아픈 장면과 고난 속 인생이 계속 밀려든다. 하진의 서사는 다큐멘터리의 렌즈처럼 믿음직한데, 이는 그의 일관된 스타일이다. 그의 창작은 늘 화려한 형식을 빌려 뭔가를 가릴 줄 모르며, 창작답지 않을 정도로 소박해서 그의 작품은 항상 독특한 힘을 지닌다.

진링金陵 여자 대학은 하진 서사의 거점이다. 한 미국인이 세운 학교로, 난징이 일본군 공격에 함락된 뒤 난민 수용소가 되었다. 수천수만 명의 부녀자와 아이들, 일부 성년 남자들이 이곳에서 악몽 같은 경험을 했다. 일본군은 난징 성에서 행한 강간과 살육을 여기서도 행하지만 여기에서는 중국 난민들 사이의 우정과 질시, 협력과 갈등도 동시에 펼쳐진다. 이것이 바로 하진이다. 그의 이야기는 늘 단순함 속에서 복잡함을 드러낸다. 『난징진혼곡』에는 눈 뜨고 보지 못할 장면도 들어 있고, 감동적인 따뜻한 디테일도 있다. 우정과 사랑도 있고, 믿음과 정의로운 행동도 있고, 이기심과 중상과 시기심도 있다. 거대한 비극 앞에서 인간성의 추악함과 밝음이 부단히 확대되고, 어떤 경우 이는 한 인물의 몸에서 확대된다.

이 작품의 웅대함은 작품이 지닌 편폭을 크게 넘어서고, 이를 여기에서 간략히 소개하기란 불가능하다. 작품 속 인물은 간략하게 소개할 수 있을지도 모르지만, 그것 역시 구차한 일이다.

미니 보트린Minnie Vautrin은 전시 진링 여자 대학의 임시 책임자로서, 이야기의 주인공이다. 자기희생적인 여성이었고, 용감하고 끈질겼으며 온 힘을 다해 일본군과 싸웠고, 수용소의 모든 난민을 보호하려고 노력했다. 하지만 마지막에는 시기와 비방을 당했다. 이야기의 화자는 안링安玲인데, 그녀의 아들은 전쟁 전에 일본으로 유학을 가서 착한 일본 여자와 결혼을 하고, 전쟁 기간에 강제로 입대하여 중국에 온다. 일본군 야전 병원 의사로서, 전쟁에 반대하는 이 정직한 청년은 끝내 일본 유격대에게 매국노로 몰려 처형을 당한다. 안링이 전후 도쿄 재판 때, 자기의 일본 며느리와 손자를 보지만 차마 아는 체를 못하는 장면은 슬픔을 자아낸다.

슬픔 뒤에는 탄식이다. 인간 세상의 두려움은 갖가지 치가 떨리게 하는 폭행만이 아니라 운명의 가차 없는 냉혹함에서도 비롯된다. 운명은 하늘이 정하는 것이 아니라 사람과 사람이 만들어내는 것이다.

작가의 역량

나는 펜 아메리칸 센터가 『기다림 *Waiting*』에 2000년 펜/포크너 문학상을 수여하며 하진에게 보낸 찬사를 좋아한다. "삭막한 포스트모던 시대에, 여전히 사실과 노선을 견지하는 위대한 작가 가운데 한 사람이다."

2003년 초봄에 나는 베이징 궈린펑國林風 서점에서 『기다림』을 구입했다. 그리고 친구를 몇 명 만나고 집에 들어왔을 때는 깊은 밤이었다. 나는 이 유명한 소설을 펼쳤다. 한두 페이지를 읽어 하진의 서사 스타일만 파악하고는 잠을 잘 생각이었다. 단숨에 다 읽을 줄은 몰랐다. 마지막 페이지를 펼쳤을 때 벌써 새벽빛이 밝아오고 있었다. 그런 뒤 나는 깊은 생각에 잠겼다. 그의 불도저 같은 서사 방식에 놀랐다. 둔중하고 웅웅거리는 소리가 났다. 하진의 창작은 빈틈이 없고, 모든 서사가 튼실하다. 그의 소설에서 우리는 영리한 작가들에게서 자주 보이는 회피나 비약을 읽을 수가 없다. 그런 무기력한 창작은 지금도 만연하며 창작의 재능이라고 떠받들어진다. 같은 소설가로서 나는 어려움에 맞서면서 밀고 나가는 창작이 가장 어렵고, 가장 큰 역량과 용기를 필요로 한다는 것을 안다. 한 로마 시대의 철학자가 말했다. 가장 우수한 학자는 가장 총명한 사람이 아니라고. 하진의 빈틈없는 창작은 이 같은 이치를 증명한다. 가장 우수한 작가는 가장 총명한 사람이 아니다.

1956년에 출생한 이 중국인은 군인이었고, 대학을 다녔다. 스물아홉 살에 해외를 떠돌다 미국에 갔고 박사학위를 받아 미국 대학에서 가르치고 있다. 이는 그 시대 많은 중국 학생들이 선택했던 탄탄대로였다. 그러나 영어로 창작하면서 하진의 기이한 인생길이 펼쳐졌다. 어쨌든 하진이 미국에 갔을 때는 아이가 아니었고, 벌써 성인이었다. 중국 현실과 중국 역사의 낙인이 깊이 박힌 성년이었기에 이국 타향의 언어로 자기 고향의 희비의 쌍곡선을 표현하는 것은 쉬운 일이 아니었다. 하지만 하진은 해냈다. 그의 모든 영어 소설은 20여 차례 수정을 해야 한다. 어떤 때는 40여 차례를 수정하는 경우도 있는데, 그런 수정은 인물과 이야기의 세세한 부분을 파악하기 위한 것이 아니라 영어 단어의 미세한 차이를 파악하기 위해서였다. 미국은 여러 측면에서 아주 규범화된 국가다. 유명한 보스턴 대학 영문학 창작학과 교수로서, 동료에게 단어 사용법을 가르쳐달라고 할 수도 없고, 학생에게 가르쳐달라고는 더욱 할 수 없는 일이다. 하진의 부인은 전형적인 중국인이고, 그녀의 영어 표현 능력은 하진보다 훨씬 못하다. 하진이 영어로 창작을 할 때 의지할 만한 사람이 아무도 없는 셈이고, 오직 스스로 고생 고생하며 모색해야 한다. 나는 그 어려움을 상상할 수 있다. 특히 막 영어로 창작하기 시작할 때의 어려움은 더욱 그렇다. 온전히 파악되지 않는 단어를 수십 차례 식별하는 것은 정말 죽을 노릇이다. 하진이 이 때문에 정신병원에 들어가지 않은 것만도 기적인데, 그는 여전히 강한 창작 능력을 견지하고 있다. 아니, 강한 창작 능력이 창작을 향한 하진의 의지력에 보답을 하고 있고, 동시에 그의 대뇌 속 핸들이 고장이 나지 않도록 하는 것인지도 모르겠다.

그는 바로 이런 작가다. 그가 쓴 영어를 두고 현지 미국인들이 끊임없이 감탄한다(몇 년 전 프린스턴 대학의 링크 페리 교수가 내게 말했다. 하진이 영어를 말할 때는 중국인의 뉘앙스가 조금 있지만, 글로 쓰면 아주 표준적이고 매우 뛰어나다는 것이다). 내가 한 사람의 중국인으로서 내 동포의 소설을 읽을 때, 그것은 한 권의 번역 소설이다. 하지만 『기다림』이란 이름의 번역 소설은 중국 역사와 현실에 내가 이처럼 가까이 다가가도록, 거의 달라붙을 정도로 가까이 다가가도록 만든다. 중국에서 나고 중국에서 자라고, 심지어 중국을 떠난 적이 없는 많은 작가들이 쓴 소설은 왜 항상 중국 역사와 현실에서 동떨어져 있다고 느끼게 하는 것일까. 구두 위를 긁는 것 같은 중국 이야기를 너무 많이 읽은 나는, 피부에 통절히 와닿는 중국 이야기를 중국에서 멀리 떨어져 있는 하진에게서 읽었다.

나는 이것이 작가의 역량이며, 그가 어디에 있든 그의 창작은 영원히 뿌리에서 시작한다고 생각한다. 하진의 소설에서 다루는 것은 중국 역사와 현실의 뿌리, 흙을 꼭 움켜쥐고 있는 뿌리로, 뿌리가 지면을 뚫고 나올 때 우리는 조밀하고도 푸른 마디를 보게 된다. 늙은 말이 마구간에 엎드려 있어도 천 리 달릴 것을 생각하듯이, 그 마디가 이야기하는 것은 생존의 역량이다.

『기다림』을 읽은 뒤 나는 하진의 『광인The Crazed』과 『신랑』『연못에서In the Pond』『붉은 깃발 아래서』『전쟁 쓰레기War Trash』를 읽었다. 2009년에는 미국 여행을 하며 그의 『자유로운 삶A Free Life』을 읽었다. 작년에는 그의 신작 『난징진혼곡』을 단숨에 읽었다. 재미있는 것은 『기다림』과 『난징진혼곡』 외에 내가 읽은 하진의 다른 소설은 모두 타이완 출판사에서 나온 번체자판이었다. 이제 『난징진혼곡』이 중국 본토에서 출판됐고, 하진의 다른 소설 네 권 『기다림』『신랑』『붉은 깃발 아래서』가 본토에서 출판될 예정이니, 간체자판이 마침내 나오게 되었다. 『광인』과 『전쟁 쓰레기』『자유로운 삶』이 빠진 것은 유감이지만, 그래도 중국 대륙에서 처음으로 하진 서사의 길이 열리게 되었다. 이 미국의 소수민족 작가는 세계 문단에서 영예를 누리고서야 이런 유감스런 방식으로 돌아왔지만 그래도 기쁘다. 내 생각에 하진은 영원히 중국 작가다. 그는 진짜이고 힘 있는 중국 이야기를 쓰기 때문이다. 내가 모르는 언어를 사용하기는 하지만.

나는 보스턴에서 하진을 처음 만났을 때의 장면을 잊을 수가 없다. 그날 밤 큰비가 퍼부었고 하진은 우리집 세 식구를 데리고 하버드 스퀘어에서 술집을 찾았다. 그러나 술집마다 당시 열 살밖에 되지 않은 내 아들이 들어오는 것을 거절했다. 결국 네 사람은 빗속에 풀이 죽은 채 호텔로 갔고 방에서 우리의 긴 이야기를 시작했다. 그것이 2003년 11월 어느 날이었다.

기억상실의 개인성과 사회성

『기억상실』을 읽었다. 스웨덴 교육부서의 부패 관료가 적발되었는데, 감찰관 앞에서 자기 월급보다 훨씬 많은 검은 수입을 분명하게 해명할 방법이 없다는 이야기다. 기억을 상실한 자의 진술인 것이다. 감찰관도 기억상실자로 보인다. 심지어 사회도 기억상실 사회다. 작자는 개인의 기억상실과 사회의 기억상실을 짜임새 있게 묘사했다.

무척 세밀한 책이다. 그 속의 아름다움이 프루스트의 『잃어버린 시간을 찾아서』를 떠오르게 하고, 그 속의 불안이 프로이트의 『꿈의 해석』을 떠오르게 하며, 그 속에서 때때로 출현하는 유머는 미소를 떠오르게 한다. 기억상실자는 끝없이 이야기하는(또한 중얼거리는) 가운데 이 세계 속 자신의 흔적을 찾는다. 알 수 없는 서류 상자, 방금 난 상처, 몇 개의 날짜, 한 통의 편지, 주소 하나, 연설 원고, 낡은 일일력 등이 생활의 파편들인데, 이것들 사이에 믿을 만한 연결은 없고, 이들 파편이 진실인지도 의심스럽다. 하지만 이들 파편은 기억을 상실한 자보다도 더욱 그 자신을 잘 이해하게 해준다. 작자는 열쇠 한 꾸러미에 대해 쓰면서 말한다. "그중 열쇠 하나는 나보다 더 내 속사정을 잘 안다."

내가 책을 읽는 과정은 아주 기이해서, 마치 집을 나갈 때 문을 잠그고서도 길에서 갑자기 내가 문을 잠갔는지를 의아해하다가 문을 잠그지 않았다는 생각이 점점 나의 생각을 통제해, 끊임없이 문을 잠갔나 안 잠갔나 머릿속에서 싸우곤 하는 것을 닮았다. 혹은 내가 기억 깊은 곳에서 어떤 사람의 이름이나 지난 일을 기억할 때 정답에 다가갔다는 느낌이 들다가도 누가 옆에서 틀린 이름이나 틀린 일을 말해서 단번에 다시 멀어지는 것과 닮았다.

나는 진실을 읽은 것 같은데 이어서 다시 의문을 읽는다. 긍정을 읽은 것 같은데 다시 부정을 읽는다. 그런 감각은 흡사 중국 역사를 읽고 있는 것 같다. 한 왕조를 세우고, 한 왕조를 전복하고, 다시 하나를 건립하고 다시 전복하고, 계속 돌고 돈다.

그래서 내가 여러분에게 말하고자 하는 것은 이것은 은행에서 지폐를 세는 기계의 방식으로 읽을 수 있는 책이 아니라, 경찰이 사건 현장에서 지문을 수집하는 방식으로 읽는 책이라는 것이다. 혹은 마시는 방식으로 읽는 것이 아니라 맛보는 방식으로 읽어야 한다고 하겠다. 마시는 것은 빠르지만 그 미각은 소량이다. 맛보기는 느리지만 그 미각은 무한하다.

에스프마르크Kjell Espmark는 인류가 문법을 잃었지만, 이 세계는 문법으로 완전히 규정되어 있고, 사람에게 세상은 벗어날 수 없는 곤혹이란 것을 지적하려는 것 같다. 그러나 이 책에서 문법은 의미가 여럿이다. 문법은 권력이기도 하고 역사이기도 하고, 현실 등이기도 하다. 나쁜 것은 그러한 것들 하나하나가 함정이기도 하다는 것이다. 이것 역시 오늘의 주제인, 기억상실의 개인성과 사회성이다. 에스프마르크의 이 소설은 자신을 관찰하는 현미경이자 사회를 관찰하는 확대경이다.

이 기회를 빌려서 기억상실의 사회성에 대해 이야기하고 싶은데, 두 가지 예를 들겠다. 첫번째 예는 다음과 같다. 작년 11월 노르웨이에서 중국 문학 주간을 개최했는데, 나는 미국에서 영문판 새 책을 알리느라 가지 않았다. 내 친구는 갔는데, 그가 돌아와서 말하길, 노르웨이 기자가 그를 인터뷰하면서 온통 재작년 노벨 평화상에 관해 물었다는 것이다. 올해 10월 노르웨이에 가면서 나는 비행기에서 평화상 문제에 대해 어떻게 대답할지 생각해두었는데, 결국 어떤 기자도 평화상에 관해 질문하지 않았다. 노르웨이 기자는 기억을 상실했다. 그들은 내게 이제 곧 열릴 18차 중국 공산당대회에 관해 물었고, 나는 이 문제는 대답하기 어렵다고 말했다. 중국에서 나 같은 보통사람이 이야기하는 것은 떠도는 소문 차원에 불과하기 때문이다. 두번째 예는 최근 댜오위다오 분쟁이다. 일본이 자국 역사를 대하는 태도는 중국인을 분노케 했다. 그러나 자세히 생각해보면 우리가 우리 역사를 대하는 태도도 의문스럽다. 2009년 프랑크푸르트 도서전 기간에 우리 정부는 백년 중국 전시회를 열었는데, '대약진운동'이나 '문혁'은 빠져 있었다……

중국에 "아이를 안고서 아이를 찾는다"는 속담이 있다. 어머니가 자기 아이를 안고서 초조하게 아이를 찾는 것은 아이가 자기 품에 있다는 것을 잊은 것이고, 이는 기억상실의 개인성이다. 아이를 안고서 아이를 찾는 어머니를 본 모든 사람들이 집단적으로 이를 보고도 못 본 체하는 것, 이것이 바로 기억상실의 사회성이다.

에스프마르크는 나보다 30살이 많다. 그와 나는 다른 나라, 다른 시대, 다른 역사와 다른 문화 속에 살고 있다. 하지만 『기억상실』은 자명종처럼 잠들어 있는 내 기억을, 심지어 사망증명서를 받은 어떤 기억까지도 일깨운다. 나는 바로 이것이 문학의 의미라고 생각하며, 이는 내가 『기억상실』을 좋아하는 이유이기도 하다.

여기서 예를 들어 설명해보겠다. 책에서 기억상실자는 줄곧 L의 아내(아마도 일시적인 아내일 것이다)를 찾는다. 기억상실자는 L의 모든 것을 완전히 잊어버렸지만, "내 감각은 그녀가 머리를 늘어뜨린 모습을 기억한다". 찢긴 여권의 훼손된 사진에서 "중간쯤 긴 머리를 흐릿하게 볼 수 있다."

나와 에스프마르크에게 여성의 머리는 마찬가지로 매혹적이다. 패션 잡지에서는 항상 여성의 가슴과 허리, 엉덩이에 흥미를 보이며 이에 관해 떠들지만, 여성의 머리에 대한 기억은 그 세 가지보다 훨씬 아름답다. 내가 직접 겪은 일이다. 스무 살 때였고, 여자 친구가 없었다. 당연히 결혼도 하지 않았다. 어떤 지방에서였는데, 어디였는지는 잊었다. 다만 나는 계단을 오르고 있었고 한 아가씨가 내려왔다. 누가 그녀의 이름을 부른 것 같았고 그녀가 급히 몸을 돌릴 때 머리카락이 휘날려, 머리끝이 내 얼굴을 쓸고 지나갔다. 그 순간 내 감각은 그녀의 머리끝을 기억했다. 그녀의 외모나 옷 색깔은 하나도 생각나지 않는다. 여성에 대한 내 아름다운 기억 가운데 하나라고 해야 할 것이다. 하지만 나는 결국 잊었다. 어쨌든 30여 년이 흘렀다. 지금 에스프마르크가 그 아름다운 기억을 내 곁으로 돌려주었다.

슈테판 츠바이크는
한 치수 작은 도스토옙스키다

스무 살 때 처음으로 도스토옙스키를 읽었다. 1980년이었다. 문혁이 막 지났고, 금지되었던 많은 외국 소설이 다시 출판되었지만 발행량은 많지 않았다. 나는 『죄와 벌』을 들고 이틀 만에 다 읽고는, 계주의 바통을 이어주듯이 다른 친구에게 넘겼다.

나는 밤과 낮을 이어가며 『죄와 벌』을 다 읽었다. 도스토옙스키의 서사는 폭격기처럼 내 사고와 감정에 폭탄을 투하했고, 스무 살의 나는 폭격을 당해 머리가 어질어질했다. 그 당시 내게 도스토옙스키의 서사는 너무 강렬했다. 소설이 시작하자마자 클라이맥스로 진입했고, 게다가 그 느낌은 끝까지 지속됐다. 이것은 어떤 독서 감상인가? 비유하자면 정상적인 심장은 1분에 60번 뛰는데, 도스토옙스키는 내 심장을 1분에 120번 뛰게 했다. 심장이 1분에 120번을 뛰는 것이 조금 그러다가 마는 게 아니었다. 이틀이나 지속되었다. 고맙게도, 내 심장은 강했고,

나는 살아났다.

당시 나는 너무 젊어서, 도스토옙스키의 고강도 서사 폭탄을 견뎌낼
수 없었고, 그후 몇 년 동안 차마 그의 작품을 다시 읽지 못했다. 그러
나 책을 읽을 때 끊임없이 지속되던 클라이맥스가 또다시 나를 유혹했
고, 한편으로는 언덕과도 같은 그 클라이맥스를 그리워하면서도 두려
워하게 만들었다. 그 시간 동안 다른 작가의 작품을 읽으면 맛이 심심
했다. 마치 헤로인을 맛보고 난 뒤 대마를 흡입하면 속으로 이게 무슨
재미냐면서 아무 느낌이 없는 것과 비슷했다.

그때 슈테판 츠바이크가 다가와 내게 말했다. "헤이, 친구, 내 즉효
강심환强心丸 맛 좀 보겠나."

나는 단숨에 그의 『한 여인의 일생 중 24시간』『체스이야기』『낯선
여인의 편지』 등을 읽었다. 츠바이크의 서사도 도스토옙스키와 같은 식
이었다. 시작하자마자 내게 서사의 클라이맥스를 안겼고, 이는 끝까지
지속되었다. 그는 내게 수류탄을 던졌다. 내 심장은 1분에 80에서 90번
사이를 뛰었고, 츠바이크는 내게 오랜만에 그러한 책을 읽는 흥분감을
주면서도 생명의 위협은 가하지 않았다. 그 시간 동안 나는 중국어로
번역된 츠바이크의 모든 작품을 다 읽었다. 그의 즉효 강심환은 당시의
내 몸과 입맛에 아주 적절했다.

도스토옙스키와 츠바이크는 전혀 다른 두 작가지만 나는 그들의 서
사를 모두 강력 서사라고 부른다. 왜 나는 츠바이크가 한 치수 작은 도
스토옙스키라고 말하는가? 그들 작품의 편폭을 보면 안다. 그것은 큰
옷과 작은 옷의 차이다. 더 중요한 것은 도스토옙스키가 묘사한 것은
사회 속 인간이고, 츠바이크가 묘사한 것은 사람들 무리 속의 인간이라

는 점이다. 당시에 나는 도스토옙스키가 두려워 츠바이크에게 더욱 친밀감을 느꼈는데, 츠바이크에게는 도스토옙스키 서사에 나오는, 사회의 암흑이 사람을 숨도 못 쉬게 하는 모습이 적어서였다. 츠바이크는 아주 순수하게 인간이 처한 상황과 인생의 알 수 없음에 대해 묘사하고, 우리가 늘 공감하도록 한다. 내가 츠바이크를 읽은 뒤(다른 한편으로는 사회에서 몇 년을 구른 뒤), 다시 도스토옙스키를 읽었을 때 내 심장은 더이상 1분에 120번 뛰지 않았고, 거의 80과 90 사이에서 통제할 수 있었다.

내가 20대 초반일 때 츠바이크는 아주 높은 계단이었고, 도스토옙스키는 그보다 더 높은 계단이었다. 당시 나는 젊고 무지해서 바로 도스토옙스키의 계단을 올랐고 그 결과 내게 고소공포증이 있다는 것을 발견했다. 나는 풀이 죽어 내려왔고, 츠바이크의 계단이 딱 맞았다. 츠바이크에 익숙해지고 나서 다시 도스토옙스키의 계단을 오를 때 고소공포증이 이제 나았다는 것을 발견했다.

알렉상드르 뒤마의 대작 두 편

　나더러 독자에게 책 몇 권 추천하라고 하면 먼저 생각나는 것이 프랑스 알렉상드르 뒤마의 작품, 런민문학출판사에서 펴낸 삽화본 『삼총사』와 『몽테크리스토 백작』이다. 앞 책은 63만 자로 정가가 30위안이고, 뒤 책은 100만 자에 정가가 40위안이다. 값도 싸고 품질도 좋다.

　『삼총사』와 『몽테크리스토 백작』은 뒤마의 위대한 작품이다. 나는 스무 살쯤 되었을 때 처음으로 그 작품을 읽었다. 역시 런민문학출판사 책이었다. 당시 나는 먹지도 않고 마시지도 않고 자지도 않고 거의 미친 듯이 두 대작을 다 읽었다. 그런 뒤 중병에서 갓 나은 마냥 한 달 동안 겨우 숨만 붙어 있었다.

　이 책들은 내 고전문학 입문서다. 작년에 아들이 스물한 살이 되었을 때 고전문학을 읽혀야 한다고 생각해서 우선 권한 것이 바로 『삼총사』와 『몽테크리스토 백작』이다. 내 아들은 뒤마의 두 대작을 읽고 나서 얼굴에 놀란 표정이 가득한 채 내게 말했다. "알고 보니『해리포터』보다 더 좋은 소설이네요." 올해 8월 상하이에 있을 때 리샤오린李小林이 내게 말하길, 그녀가 열 살 때 바진이 가장 먼저 그녀에게 읽힌 외국문학 작품도 뒤마의 이 두 소설이었다고 했다. 뒤마를 두고 많은 사람의 의견이 분분하고, 그의 작품이 사람을 황홀한 경지로 이끄는 까닭에 혹자는 그를 통속 소설 작가라고 말하기도 한다. 하지만 사람들이 잘 읽지 못하는 작품이라야 문학이란 말인가? 사실 뒤마의 이야기가 간단하면서도 독자를 흥분시키는 것은 그가 서술할 때는 기운차고, 세부를 그릴 때는 정확하며 매혹적인 긴장감을 지니고 있어서다.

클린턴은 미국 대통령일 때 가르시아 마르케스를 백악관으로 초청했다. 카를로스 푸엔테스, 윌리엄 스타이런William Styron도 자리를 같이했다. 식사를 마친 클린턴은 자리한 작가들이 가장 좋아하는 장편소설이 무엇인지 알고 싶어졌다. 가르시아 마르케스의 답은『몽테크리스토 백작』이었다. 왜 그런가? 마르케스는『몽테크리스토 백작』은 교육 문제에 관한 가장 위대한 소설이라고 말했다. 소설에서 거의 교육을 받지 못한 청년 선원은 이프 성의 지하 감옥에 들어가게 되고, 15년이 지나 나왔을 때 갑자기 물리와 수학, 고급 금융학, 천문학, 세 가지 사어死語와 일곱 가지 활어活語를 깨우치게 된다.

나는 시종일관 외국 고전문학에 입문할 때는 뒤마로 시작하는 것이 가장 좋다고 여겨왔다. 책을 읽는 인내심을 기르려면 오랜 시간이 필요한데 뒤마는 흡인력이 크므로 그로부터 시작한 뒤 디킨스 같은 작가들을 거쳐 숲보다 무성하고 넓은 문학 세계로 들어가는 것이다. 그런 후에 독자는 이제 인내심을 가지고 형형색색의 독서에 대처할 수 있게 된다. 가르시아 마르케스의 말은 내게 뒤마의 이 두 대작은 고전문학 독서의 문을 여는 입문서이자 독자들이 노년에 고전문학 독서의 문을 닫는 폐문서閉門書라는 생각을 갖게 했다.

키워드: 일상생활

내 창작에 키워드가 있어야 한다면 그 단어는 바로 일상생활이다. 일상생활은 평범하고 사소하고 잡다하지만 실은 풍부하고 폭넓고 사람 마음을 흥분시키며, 게다가 삼라만상을 포괄한다. 정치, 역사, 경제, 사회, 체육, 문화, 감정, 욕망, 사생활 등이 다 일상생활 속에 존재한다.

예를 들어, 현재 많은 중국인들은 냐오차오鳥巢 올림픽 경기장과 워터 큐브 수영장에서 기념사진을 찍고 싶어하고 이것은 진즉 일상생활의 일부가 되었다. 그러한 행동은 올림픽만 포함하는 것이 아니라 현대 중국의 정치, 사회, 경제, 문화 등 여러 방면의 변화 역시 포함한다. 냐오차오 올림픽 경기장과 워터큐브 수영장은 이제 현재 중국의 상징이기 때문이다. 동시에 이런 일상생활 속 보편적인 행동은 내 아득한 사생활을 환기시키기도 한다. 문혁 때 나는 소년이었고, 중국 남부의 조그만 읍내에서 살았다. 내 최대의 바람은 베이징에 가보는 것이었고, 톈안먼 광장 앞에서 기념사진을 찍는 것이었다. 이것이 소년 시절 나의 가장 강렬한 감정이자 가장 충동적인 욕망이었다. 하지만 그런 욕망은 그때 내게는 지나친 사치였다. 나는 그저 소도시의 사진관에서 톈안먼 광장을 배경으로 사진을 찍었다. 진짜 톈안먼 광장에 간 것 같았다. 유감스러운 것은 사진에 나온 톈안먼 광장이 텅텅 비어 나 혼자 뿐이었다는 것이다. 이것이 배경 앞에서 찍은 사진의 유일한 흠이었다. 지금 많은 중국인들이 냐오차오 올림픽 경기장과 워터큐브 수영장에서 기념 촬영을 한다. 나는 내 또래 친구들과 그 낡은 사진 이야기를 꺼내고서야 알았다. 그들도 다들 톈안먼 광장을 배경으로 사진을 찍은 것이었다. 우리는 그지없이 감동했고, 역사의 기억 속으로 빠져들었다.

이것이 나의 창작이다. 중국인의 일상생활에서 출발해, 정치, 역사, 경제, 사회, 체육, 문화, 감정, 욕망, 사생활 등등을 거치고, 그런 뒤 다시 중국인의 일상생활 속으로 들어가는 것이다.

디테일 속 일본 여행

2006년 8월, 일본 국제교류재단이 나와 내 가족을 초청해 15일간 일본에 방문했다. 도쿄와 도쿄 부근의 가마쿠라, 홋카이도의 삿포로와 오타루, 조잔케이를 갔고, 간사이 지역의 교토와 나라, 오사카를 갔다.

펵 아름다운 여정이었다. 20여 년 전 가와바타 야스나리를 읽기 시작할 무렵, 나는 그의 서사의 섬세함에 깊이 매료되었고, 나중에 다른 일본 작가에게서도 유사한 섬세함을 읽었다. 일본 문학 작품은 세부 묘사를 처리할 때 말로 표현하기 힘든 풍부한 색채와 미묘한 감정 변화를 내포한다. 이는 일본 문학의 독특한 기질이다.

20여 년 동안 일본 문학 작품을 읽었는데, 마침내 일본에 갈 기회가 생겼고, 나는 왜 그런 섬세함이 나오는지를 알게 되었다. 아울러 일본 문학에 섬세함이 이처럼 풍부한 것은 디테일에 대한 매혹이 바로 일본의 독특한 기질이기 때문이라는 것을 알게 되었다. 내 마음속에서 일본은 기묘한 디테일로 충만한 나라이고, 나의 일본 여행은 바로 그 기묘한 디테일 속 여행이었다.

가마쿠라에서 가와바타 야스나리의 묘지에 갔다. 무척 큰 공원묘지였다. 얼마나 많은 사람들이 여기서 영면하고 있는지 모르겠다. 우리는 뜨거운 태양 속에서 조용한 둘레 길을 따라 공원 끝까지 갔다. 가와바타 가족의 묘지 앞에 섰을 때 나는 비밀스러운 디테일을 하나 발견했다. 내 주위 모든 묘비 옆에 석제 명함 상자가 있었다. 이승에 있는 사람들이 저승에 있는 사람을 만나러 올 때 자기 명함을 건네야 했다. 이렇게 아름다운 디테일은 삶과 죽음을 단번에 친밀하게 만든다. 명함 상자의 존재는 산 사람과 죽은 사람이 계속 내왕하는 비밀스러운 권리를 뜻한다고 할 수도 있겠다.

그뒤 나는 맑은 하늘 아래 눈을 들어 사방을 둘러보았다. 무수한 묘비가 차례대로 서 있고, 실 같은 빛줄기가 반짝였다. 그 순간 나는 공원묘지가 광장이고, 우뚝 선 묘비들이 한 사람 한 사람 이 세상 사람들인 것처럼, 혹은 이미 완성된 인생이 소리 없이 이야기를 하고 있는 것처럼 느꼈다. 나는 그들을 보면서 나와 그들이 실은 같은 공간에서 다만 다른 시간을 살고 있을 뿐이라는 생각이 들었다.

교토의 기요미즈 사淸水寺에는 웅장한 공연 무대가 있었다. 산 아래쪽을 지탱하여 세워졌는데, 튼튼한 나무줄기가 거미줄처럼 서로 엮여 있었고, 힘이 넘쳤다. 높은 무대는 절 안의 불상을 마주하고 있었다. 이 무대는 부처를 위해 지은 것이다. 물론 스님들도 볼 수 있었다. 하지만 그들은 다른 쪽 끝에 있는 산에 서야 볼 수 있었고 중간에는 험한 낭떠러지도 있고 새들이 날아다녔다. 여러 절에 가보았고, 불상 앞에 음식을 바치는 모습에도 익숙하지만 부처님들이 가무를 감상하고 정신적인 양식을 누리는 것은, 처음 보았다.

교토의 그날 밤은 잊을 수 없다. 수십여 개의 절이 하나로 연결되어 있고 도로는 구불구불 높고 낮은 기복이 있었다. 양 켠 상점에 진열된 상품들이 그렇게 아름다울 수 없었고, 문 앞 초롱에 마음과 눈은 더욱 즐거웠다. 발 아래 계단과 돌길은 한 자尺마다 변해 영롱한 구슬 속을 걷는 느낌이었다. 데라마에 조인寺前淨因이라는 큰스님이 우리를 데리고 밤빛 속에서 그의 고다이 사高台寺를 참관했다. 정교한 아름다움을 보여 주는 건물과 정원, 그리고 첨단 과학기술의 조명이 있었다. 거울처럼 고요한 연못가에 우리는 오랫동안 서 있었다. 컴퓨터로 조정하는 조명 화면이 물속에서 끝없이 변했고, 일종의 음산한 아름다움은 내 입에서 끝없는 감탄을 자아냈다. 데라마에 스님은 우리에게 또다른 음산한 아름다움을 보여주었다. 대나무 숲 앞으로 갔는데, 조명 화면이 일렁이는 대나무 사이에서 나풀거렸다. 그것은 귀신의 무도였다. 아름다움 속에서 공포가 발산되어 나오면 이는 숨을 못 쉬게 한다.

우리는 다른 절 안을 조용히 걸어, 가와바타 야스나리가 『고도古都』에서 묘사한 그 큰 패루牌樓 앞까지 갔고, 그런 뒤 교토의 흥청거리는 밤 생활을 보았다. 우리가 서 있는 패루가 마치 분수령 같아서, 한쪽 끝은 적막한 절의 세계였고, 다른 쪽 끝은 흥청거리는 세속 세계였다. 절에 속한 조용한 세계에 서서 길 맞은편 쉼 없이 흘러가는 사람과 차의 흐름과 번쩍거리는 네온사인을 보고, 시끄러운 소리를 듣고, 심지어 날아오는 음식물 냄새까지 맡노라니, 마치 다른 세계에 서서 인간 세상을 보고 있는 듯했다.

그뒤 데라마에 스님이 우리를 데리고 관광객들이 모르는 돌담길로 우리를 데리고 갔고, 우리는 교토 사람들 삶의 정수를 걸었다. 돌담길은 조용했고 사람들이 없었다. 우리 몇뿐이었다. 우리는 목소리를 낮추어 이야기를 했고, 길 양쪽의 아름다운 변이에 감탄했다. 문과 창문이 바뀌고 문 앞에 걸린 초롱이 바뀌는 것에 감탄했다. 문 안쪽에서 비추는 등불마저 끝없이 변했다. 집집마다 정성껏 자신을 단장하니 집집마다 전부 달랐다. 내 열세 살 아들이 완전히 감탄하면서 말했다. "인간 세상이 아니네요. 천당이에요."

일본에서 돌아온 뒤 장편 산문을 쓸 생각을 줄곧 했고 도쿄의 작은 숲 이야기부터 시작하려고 했다. 도쿄는 마천루의 도시지만, 공터만 있다 하면 그곳은 바로 숲이다. 높고 낮은 도로를 따라 어떤 때는 숲이 길 옆에 있기도 하고 어떤 때는 발밑에 있기도 하며, 어떤 때는 머리 위에 있기도 한다. 숲은 어디서건 사람들에게 고요의 느낌을 준다. 시끄러운 대도시 도쿄에서 숲이 사람들에게 주는 고요는 더욱 두드러진다. 쿵쾅거리는 현대음악 중간에 갑자기 어떤 서정적인 악장을 듣는 듯하다. 도쿄는 시끄러움 속에서 살지만 늘 숲이 나타나기 때문에 초조한 마음에 안정을 찾을 수 있다. 도시에 들어 있는 이러한 디테일은 기실 한 국가가 지닌 유구한 기질의 표현이다.

이 짧은 글을 끝내며 삿포로의 밤을 떠올린다. 홋카이도 대학의 노자와野澤 교수와 몇몇 친구들이 나를 '신주쿠 이북 지역 최대의 번화가'로 데리고 갔다. 삿포로 유흥가였는데, 술집이 5000개라고 했다. 우리는 15제곱미터쯤밖에 안 되는 술집에 갔다. 칠순이 다 되어 보이는 나이든 부인이 카운터에 있었고, 우리는 카운터 밖에 일렬로 앉아서 술을 마시고 이야기를 하고 노래를 부르고 웃었다. 나이든 여주인은 입만 열면 경박한 농담이었다. 왜 대학교수들이 여기를 자주 오는지 알 것 같았다. 여기서는 대학에서 들을 수 없는 경박한 농담을 들을 수 있기 때문일 것이다. 이 술집의 이름은 '이로리圍爐裏'로, 나이든 여주인은 젊었을 때 미스 홋카이도 술집 아가씨로 뽑히기도 했다. 벽에 미인 선발 대회에 참여했던 사진이 붙어 있었다. 사진 속 젊고 아름다운 미스 홋카이도 술집 아가씨를 보고, 다시 눈앞에 있는 산산이 부서진 듯한 노년의 여인을 보자니 두 여인이 같은 사람이란 상상이 되지 않았다.

벽에는 일본 수상 나카소네 야스히로가 그녀에게 준 글씨 한 점이 걸려 있었다. 내가 나카소네 이야기를 하자, 그녀가 언급할 가치도 없다는 듯이 손을 저으면서 말했다. "그 자식." 그러고는 종이와 펜을 꺼내 내게 나카소네처럼 한마디 쓰라고 했다. 나는 눈앞에 있는 이 노년의 여인을 보고 또 보았고, 사진 속 그 젊은 미인도 보지 않을 수 없었다. 당시 나의 진실한 느낌을 적었다.

"이로리에서, 인생은 꿈이어라."

예루살렘과 텔아비브 일기

2010년 5월 2일

예루살렘 국제작가대회의 환영 만찬은 미슈케노트 샤나님 Mishkenot Sha'ananim의 구도심 성벽을 조감할 수 있는 옥상에서 열렸다. 페레스Shimon Peres가 천천히 걸어와 우리와 악수를 했다. 중동 지역의 원로 정치인으로, 이스라엘 전 외교 장관이자 전 총리, 현 대통령인 그의 손은 몹시 부드러웠다. 손에 뼈가 없는 것 같았다. 서구 정치인 몇 사람과 악수를 한 적이 있지만 그들의 손은 한결같이 부드러웠다. 중국 정치인과 악수를 해본 적은 없지만 중국 정치인의 손에서는 뼈가 가득 느껴질 거라는 엉뚱한 생각이 문득 들었다. 그들은 의심을 불허하는 권위를 지니고 있기 때문이다.

페레스가 떠나고 작가대회 환영식도 끝났다. 나는 통역을 통해 미국 작가 러셀 뱅크스, 폴 오스터와 이야기를 나누었다. 이 두 사람은 중국에 가본 적이 없었다. 러셀 뱅크스는 죽기 전에 꼭 해야 할 일 몇 가지를 계획했는데, 그중 하나가 중국에 가는 것이라고 했다. 언제 갈 거냐고 묻자 폴 오스터가 옆에서 크게 웃으며 그를 대신하여 대답했다. "죽기 전에."

2010년 5월 3일

작가들은 가이드의 안내를 받으며 예루살렘 구도심을 관광했다. 일정 안내문에 이렇게 씌어 있었다. "참가자는 편한 워킹화와 모자를 착용하고, 복장을 단정하게 하십시오."

어제 국제작가대회의 기자회견에서 구미에서 온 작가들이 네타냐후Benjamin Netanyahu 정부가 중동 평화를 파괴한 것을 거세게 비판했다. 오늘 오찬 때 작가대회 의장인 우리 드로미Uri Dromi가 즐거워하면서 자기는 그런 격렬한 언사에 완전히 찬동하지는 않지만 세계 작가들이 격렬하게 이스라엘 정부를 비판하는 바람에 이스라엘 언론이 올해 작가대회를 앞다투어 크게 보도했고, 그래서 이번 낭송회 입장권이 남김없이 다 팔렸다고 말했다.

오후에 예루살렘에서 차를 타고 사해로 가는 길에 관광객 기념사진 촬영용 낙타가 보였다. 그 낙타 가운데 하나는 콜라만 마시고 물은 마시지 않았다. 이 낙타는 콜라가 없으면 관광객이 타는 것도 거부했다. 유행의 첨단을 걷는 낙타였다.

나와 아내는 사해의 수면에 누워 미동도 하지 않았다. 몸이 구명 튜브처럼 떠다니는 느낌이었다. 각종 수단을 써보며 물속으로 가라앉으려 해봤지만 결과는 실패였다. 사해에서 가라앉기란 하늘로 올라가기만큼이나 어렵다는 것을 발견했다.

2010년 5월 4일

오늘 프로그램은 국경박물관Museum on the seam의 현대예술 순회전 관람이었다. 이 박물관은 독특한 변경에 있다. 한쪽은 현대적인 서예루살렘이고, 한쪽은 구도심이다. 박물관 이사장 겸 관장인 라피 에트가르Rafi Etgar는 약간 실망한 듯했지만 열정적으로 우리를 데리고 다니며 상세하게 설명했다.

한 이집트 번역가는 이스라엘 작가의 책을 히브리어에서 아랍어로 옮겼다가, 그 책이 이집트에서 출판되고 나서 위험에 처했고, 법정에 기소되기도 했다. 그는 몰래 작가대회에 와서 그 이스라엘 작가와 꼭 붙어 다녔다. 그를 보호하기 위해 작가대회 주최측과 이스라엘 언론은 그의 이름을 한 자도 거론하지 않았다. 그는 영웅처럼 예루살렘에 나타났고, 그런 뒤 도둑처럼 이집트로 흘러들어갔다.

그 이집트 번역가와 이스라엘 작가는 나이가 예순에 가까웠다. 두 사람은 나를 보자 반갑게 악수를 했다. 두 사람은 흡사 오랫동안 헤어져 있다가 예루살렘에서 다시 만난 형제 같았다. 두 사람은 분명 처음 만났다. 중동 지역의 진정한 평화는 지금도 여전히 아득히 찾아올 기약이 없다. 하지만 이 두 사람이 더없이 친근한 것을 보니 문학에서 중동 지역은 평화에 도달했다는 느낌이 들었다.

2010년 5월 5일

세계 모든 도시는 관광객들은 발견하기 어려운 복잡함을 숨기고 있지만 예루살렘의 복잡함은 관광객도 느낄 수 있었다. 그 도시의 지하는 성경 시대 이후 사람들이 얼마나 격렬하게 싸우며 끊임없이 살아왔는지를 이야기하고 있다. 그 지하는 선명하게 대비되는 삶과 의식을 드러낸다. 유태인, 아랍인, 드루즈인, 시르카시아인 등등 형형색색이라 다른 시간 속 사람들이 같은 공간에서 살아가는 듯했다.

솔로몬은 예루살렘에 성전을 건립했고, 이는 바빌론 사람들에 의해 파괴되었다. 반세기가 지나 유태인들이 그 터에 제2의 성전을 건립했다. 로마제국은 그것을 부수고 평지로 만들었으나 유태인들이 성지로 여기는 통곡의 벽은 남겨두었다. 흰 모자를 쓰고 흰옷을 입은 만 13세의 남자아이들이 흰 모자를 쓰고 흰옷을 입은 남자들에 둘러싸여 통곡의 벽 앞에서 성경을 꺼내들고 낭송하며 어른에게 보여주었다. 남자아이들의 표정은, 순서를 따르고는 있지만 집에서 게임하는 것을 더 원하는 듯싶었다.

나는 예루살렘 구도심에 있는 예수의 고난의 길을 걸었다. 예수가 무거운 십자가를 지고 생의 마지막을 걸은 길로, 그 길을 걸은 끝에 그는 십자가에 못 박혔다. 그 길에서 여자들이 예수를 위해 울고 있었는데, 그는 멈추어 그를 위해 울지 말고 자신과 아들딸을 위해 울라고 했다. 지금 고난의 길 양쪽에는 온통 아랍인과 유태인의 노점상이 늘어서, 상인들이 열심히 호객을 하고 있다. 기원후 33년 고난의 길과 오늘날 장사의 길이 하나로 겹쳤고 나는 예수가 십자가를 지고 상품이 가득한 거리를 걷는 풍경이 아련히 보이는 듯했다.

2010년 5월 6일

나는 극단적인 원리주의자 유태인들이 사는 거주지로 갔다. 거리에는 온통 검정 모자에 검정 옷, 검정 바지에 하얀 조끼를 입은 남자들이 가득했다. 세속주의자 유태인들은 그들을 펭귄이라 불렀다. 원리주의자들은 모든 현대적 정보 전달 수단을 거부하고, 통지라든가 뉴스 등도 모두 거리 칠판에 썼다. 100년 전을 살고 있는 것 같았다. 생활은 가난하지만, 쓰는 모자는 2000달러가 나갔다. 그들은 교리 연구에만 마음을 쏟으며 여자를 똑바로 쳐다보지 않는다. 여자가 팔이 노출된 원피스를 입고 나오면 추방당한다. 하지만 나는 호텔 밖 거리에, 중국 길거리의 광고지처럼 많은 접대 여성의 이름이 붙어 있는 것을 보았다.

이스라엘에서, 세속주의 유태인과 원리주의 유태인의 다른 점은 연애에도 나타난다. 나는 밤이 깊어 인적도 조용해졌을 때 예루살렘 구 도심 성벽을 내려다볼 수 있는 공원에 갔는데, 한 쌍의 젊은 남녀가 달빛 흐릿한 풀밭에서 키스를 하는 것을 보았다. 그들은 세속주의

유태인이었다. 그뒤, 펭귄 복장을 한 젊은 원리주의 유태인이 한 젊
은 여자와 연애를 하는 것을 보았다. 그들은 가로등 밑 환한 의자 양
쪽 끝에 앉아 작은 소리로 이야기를 나누었고, 중간에 보이지 않는
시냇물이 그들을 가로막고 있는 것 같았다.

2010년 5월 7일

10년 전 동베를린의 유태인 박물관에 갔었다. 무척 감동적이었다.
10년 후 오늘은 예루살렘 홀로코스트 기념관에 갔는데, 더욱 감동적
이었다. 그 오싹함은 말로 표현하기 힘들다. 400만이 넘는 대학살 희
생자의 이름이 책에 기록되어 있고, 기록되지 못한 영혼도 많았다.
원형의 건축은 홀로코스트를 당한 아이를 기리기 위한 것으로, 안쪽
은 어두웠다. 천장에서 하나하나 아이의 이름을 비추기만 할 뿐이었
다. 낮고 슬픈 여성의 목소리가 천천히 그들의 이름을 불렀다. 끊임
없이 되풀이되고, 멈춤이 없었다.

2차 대전에서 유태인을 구한 모든 사람도 이스라엘의 가슴에 새겨
져, 그들의 업적은 조각되고, 그들의 말은 돌에 새겨졌다. 유태인을
구한 한 평범한 사람의 소박하고도 감동적인 말이다. "나는 유태인이
무엇인지 모른다. 그저 사람이 무엇인지 알 뿐이다."

나치 수용소의 생존자 대부분은 두려운 지난 일을 이야기하려 하
지 않았다. 기억마저 그들은 견딜 수 없었다. 내 통역은 내게 실제로
있었던 이야기를 해주었다. 그의 삼촌은 자기가 수용소에서 겪은 무

서운 경험을 내내 이야기하려 하지 않다가 늙어서 죽을 무렵이 다가
와서야 아이들에게 이야기해주었다.

　나치는 유태인들을 한 줄로 세웠고, 총을 든 나치는 다른 나치더러
그냥 숫자 7을 세라고 했다. 그런 뒤 수를 세나가다가 7에 다다르면
그 유태인 머리에 총을 쏘았다. 그러고는 다시 7을 세고, 다시 총을
쏘고…… 이야기를 들려준 사람은 그때 아이였고, 그는 7의 위치에
서 있었다. 그의 옆에 서 있던 아버지가 몰래 그를 밀어내고 위치를
바꾸었다. 총소리가 울리고 아버지는 그의 눈앞에서 죽었다.

2010년 5월 8일

　나와 아내는 텔아비브의 지중해에서 수영을 했다. 바닷속도, 해변
도 수영을 하고 선탠을 하는 유태인들로 만원이었고, 보이는 게 온통
수영 팬티와 비키니였다. 이스라엘에서는 고등학교를 졸업하면 군대
에 가야 한다. 남자는 3년, 여자는 2년을 복무한다. 나는 텔아비브 해
변에서 수영 팬티 차림에 소총을 맨 남자와, 비키니를 입고 소총을
맨 여자들이 선탠을 하는 것을 보았다. 둑 풀밭에서는 긴 두루마기와
두건 차림의 아랍인들이 닭고기, 소고기, 양고기 바비큐를 하고 있었
고 그 내음이 진동했다. 그러한 모습은 유태인과 아랍인이 평화롭게
같이 살 수 있겠다는 생각이 들게 했다. 지중해의 일몰은 아름다운
장관이었고, 20킬로미터 밖은 팔레스타인과 이스라엘의 충돌이 끝없
는 가자지구였다.

텔아비브에는 조지아 유태인이 운영하는 술집이 있다. 그곳에는
사람들이 들끓었다. 한쪽 2층 계단에는 조지아 국기가 걸려 있었다.
그들은 소련이 해체되고 러시아 유태인과 함께 이스라엘로 이민 왔
다. 조지아 유태인과 러시아 유태인 사이에 사카슈빌리Mikheil
Saakashvili, 조지아 전 대통령와 메드베데프Dmitry Medvedev, 러시아 총리 사이
같은 적대감이 존재할까 하는 생각이 들었다. 세계 각지에서 온 이민
자는 다른 문화와 풍속, 이데올로기를 가져온다. 물론 모순과 갈등도
가져올 수 있다.

농구장에서 축구를 하다

중국의 축구 팬이라면 농구장에서 축구를 했던 시절이 많이들 있으리라 생각한다.

나는 내 인생의 두 시절을 보여주고자 한다. 첫 시절은 1988년에서 1990년 동안이었다. 당시 나는 루쉰문학원에서 공부했다. 루쉰문학원은 작아서 8무亩. 약 5,333제곱미터 정도밖에 되지 않았다. 교실과 기숙사가 모두 5층짜리 건물에 있었고, 우리는 하나뿐인 농구장에서만 활동할 수 있었다. 그래서 농구를 하고 축구를 하는 게 다 이 운동장에서였다. 가장 많을 때는 40여 명의 사람들이 한데 북적였고, 그 모습은 패싸움을 하는 것처럼 어지러웠다.

막 시작했을 때는 농구하는 친구와 축구하는 친구가 서로 양보하지 않고 운동장을 전부 차지하며 공방을 벌였다. 농구 골대의 두 지지대 중간 빈틈이 바로 축구 골문이었다. 어떤 때는 축구가 좌에서 우로 공격하는 중인데 농구도 공교롭게 우에서 좌로 공격을 해와서 완전히 한데 뒤엉켜 럭비 시합을 연출하는 듯했다. 어떤 때는 축구와 농구의 공격 방향이 같아서 웃음거리가 되었다. 축구공은 농구 골대에 들어가고, 농구공은 골문으로 미끄러져 들어갔다.

축구가 농구보다 거칠어서 농구하는 친구들이 축구하는 친구들과 만나면 마치 선비가 병사를 만난 듯했다. 나중에는 그들이 자진하여 양보했고 농구는 하프 코트만 썼다. 축구는 그래도 전체 코트를 쓰며 공방을 벌였다. 더욱 나중에는 농구하는 친구들이 어쩔 수 없이 운동장에서 퇴출되었다. 왜냐하면 공을 던질 때 날아온 축구공에 뒤통수를 맞으면 방향 분간을 못하고 어질어질할 정도로 아팠기 때문이다. 하지만 농구공이 축구하는 친구들 머리에 떨어지면 축구하는 사람들은 그저 머리에 갑자기 탄력이 생겼다고만 느꼈다. 그렇게 되자 농구는 농구장에서 퇴출되고 축구가 농구장을 독차지했다.

그렇게 축구를 하는 우리 오합지졸 가운데 훙평만 축구 스타의 소질이 있었다. 공을 다루는 기술과 체력 모두 우리들을 감탄시켰다. 그때 그는 미드필더 포지션이었는데, 당시 프랑스 대표 팀 플라티니의 포지션이었다.

그때는 아무도 골키퍼를 맡지 않으려 했다. 농구 골대 지지대 중간의 공간은 너무 좁아서 골키퍼가 중간에 서면 골문이 거의 가득찼고, 골키퍼를 한다는 건 곧 얻어맞는 일이었다. 그래서 공격 팀이 공을 가지고 달려들면, 골키퍼는 바로 골문을 버리고 도망갔다.

한번은 모옌이 임시로 골키퍼를 맡았던 게 기억난다. 내가 발을 들어 공을 차려던 순간 나는 그가 도망칠 거라고 생각했다. 그런데 그는 황지광黃繼光처럼 조금도 두려워하지 않고 골문을 사수했고, 나는 그의 배에다 공을 찼다. 그는 배를 감싼 채 바닥에 한참 동안 쪼그리고 있었다. 그날 밤 그가 내게 말했다. 그때 만감이 교차했다고. 당시 나는 모옌과 같은 기숙사에 살았다. 꼬박 2년의 시간 동안.

두번째 시절은 1990년 이탈리아 월드컵 때였다. 그때 마위안이 선양沈陽에서 일할 때였는데, 랴오닝 문학원 학생에게 강의를 하라며 우리 몇 명을 선양으로 초청했다. 우리는 저녁 늦게 월드컵 경기를 봤고, 다음날 일어나서는 스스로를 축구 스타라고 착각해, 선양에 있는 마위안의 친구 몇 명을 끌고 와서는 농구장에서 랴오닝 문학원 학생들과 축구 시합을 했다. 랴오닝 문학원도 작았고, 마찬가지로 농구장뿐이었다.

마위안의 축구 실력은 훙펑만 못했고, 우리 나머지의 축구 실력은 마위안보다 훨씬 못했다. 충분히 짐작할 수 있겠지만, 랴오닝 문학원 학생들이 공격해오자 단번에 몇 골을 먹었다.

우리는 원래 스톄성史鐵生더러 경기장 옆에서 코치 겸 응원단장을 하라고 했는데, 공을 너무 많이 먹게 되자 하는 수 없이 묘책을 써서 톄성에게 골키퍼를 시켰다. 톄성이 휠체어에 앉아 농구 골대 지지대 사이의 빈 공간을 꽉 막고 난 뒤로 랴오닝 학생들이 차마 더이상 슛을 못했다. 톄성이 다칠 것을 우려해서였다.

톄성이 뒤에서 혼자 지키고 있어서 아무도 뚫지를 못하게 되자 우리는 아예 뒤쪽을 버리고 랴오닝 학생들 골문을 맹렬히 공격했다. 하지만 실력이 남들보다 못해서 공을 가지고 사람을 넘으려고 했지만 사람은 넘어도 공을 놓쳤다. 마지막으로 전술을 바꾸어 키가 185센티미터인 마위안을 상대방 골문 앞에 세우고 우리가 그에게 공을 줘 헤딩슛을 하게 했다. 문제는 우리의 크로스 소질이 너무 형편없어서 늘 마위안의 머리에 공이 맞지 않았다는 것이다.

톄성이 뒤쪽에 앉아 골문을 제압했지만 우리가 앞쪽에서 골을 넣지 못해서 원정 경기는 그대로 지고 말았다.

남아프리카공화국 일기

월드컵 무대는 세계의 극장이다. 32개국 축구 선수들은 그들의 힘과 속도, 전술과 기교, 승리와 실패를 연출한다. 32개국 축구 팬들은 그곳에서 그들의 맥주와 지방, 열광과 땀, 환희와 실망을 연출한다. 이 한 달 동안의 세계 극장에서 축구를 하는 사람과 축구를 보는 사람은, 관중이든 연기자든 모두가 자기 인생의 스타다.

벌떼처럼 밀려드는 축구팬들을 생각해보라. 허리에 가득 돈을 차고 있는 사람도 있고, 주머니가 텅텅 빈 사람도 있고, 광분하는 사람도 있고, 수줍어하는 사람도 있다. 싸우는 사람도 있고, 사랑을 속삭이는 사람도 있다. 남녀노소도 있고, 미남미녀, 추남추녀도 있다. 인류 역사 이래 모든 연출, 즉 극장, 거리, 방 안, 침대, 정부, 의회, 비행기, 배, 기차, 자동차, 전쟁과 평화, 정치와 경제의 모든 연출이 이름만 바뀌어 이 세계 극장에 다 모였다.

하지만 경기가 진행될수록 축구 팬들은 차차 떠나가고 준결승과 결승 때가 되면 오색찬란하던 축구 팬들은 점점 단일해진다. 이것이 바로 내가 기꺼이 대회 중반 열흘을 선택한 이유다. 대규모 축구 팬들의 희로애락을 느낄 수 있기 때문이다. 예선전이 끝나고 16강전이 시작되는 때, 요하네스버그나 케이프타운 공항을 생각해보라. 낙심한 축구팬들이 떼를 지어 나가고, 신이 난 팬들은 끝없이 들어온다.

나는 기나긴 여행길을 거쳐 6월 남아공에 왔다. 내가 보고 싶은 것은 급진적인, 혹은 보수적인 시합만이 아니다. 32개국의 국기가 어떻게 다른 피부와 다른 연령, 다른 성별의 얼굴에서 펄럭이는지를 보고 싶었고, 스타일이 다른 기이한 복장 등도 보고 싶었다. 나는 다른 언어로 하는 욕도 듣고 싶고, 가능하다면 조금 배우고 싶다. 사람은 이렇게 이상하다. 근사한 말은 배우려면 죽을 맛이지만 욕은 금방 배운다.

2010년 6월 19일

오늘은 처음으로 남아공 땅에서 잠이 깼다. 어제는 남아공의 하늘에서 깼었다.

그제 베이징에서 프랑크푸르트로 가는 비행기에서 기장이 방송으로 아르헨티나가 한국을 4대1로 이겼다고 알려주었다. 나는 프랑크푸르트에 도착해서는 사람들에게 문자를 보내 마라도나가 어떤 옷을 입고 축구장에 나타났는지 물었다. 대답은 여전히 양복이었다. 마라도나가 구두에 양복을 입은 모습은 남아공을 떠날 때까지 계속될 모양이다. 그가 언제 떠날지는 모르지만.

6일 전, 텔레비전에서 마라도나가 구두에 양복 차림으로 경기장에 나타난 걸 봤을 때 해가 서쪽에서 뜨는 느낌이었다. 이 양반이 수염을 기른 뒤로는 닝보寧波 거리의 '샤프한 오빠2010년 중국 인터넷에서 닝보의 잘생긴 부랑자 사진이 인기를 끌며 생긴 별명'를 떠올리게 하는데, 물론 바비큐를 너무 많이 먹은 아르헨티나의 '샤프한 남자'다. 나는 아르헨티나가 결승에 오르길 바란다. 마라도나가 잔디에 엎드려 미끄러지며 하는 축하 세리머니를, 특히 양복을 입고서 그걸 하는 모습을 보고 싶어서다. 펠레나 베켄바워는 그런 체통 없는 동작을 할 리가 없지만 이 양반은 무엇이든 가능하다.

플라티니는, 마라도나는 좋은 선수이지만 좋은 감독은 아니라고 말했다. 마라도나는 아르헨티나 선수들의 우상이다. 몇 년 동안 사람들의 아부를 받으며 살았지만 다른 사람에게 아부하지는 않았다. 체 게바라와 카스트로만 빼고. 그런데 이제 그는 자기 선수들에게 온갖 아부를 하며 그들이 둥둥 들뜬 기분으로 축구를 하게 해야 한다. 일곱 경기를 할 수 있다면, 그는 오랫동안 받아온 아부를 모두 선수들에게 바칠 것이다. 나머지 감독들은 이런 유리한 점이 없다.

펠레는 마라도나가 아르헨티나 감독을 맡은 것이 살아갈 돈을 벌기 위해서라고 말했다. 마라도나는 예전에 펠레가 돈 되는 일이라면 무슨 일이든 한다고 말했다. 나는 지난달 마드리드 거리의 거대한 광고판에서 이 두 사람이 다정하게 테이블 축구를 하고 있는 모습을 보았다. 옆에는 젊은 축인 지네딘 지단이 서 있었다. 루이뷔통 광고 같았다. 두 축구 황제는 따로 돈을 벌 때는 서로 비웃지만 같이 돈을 벌

때는 더없이 친밀한 것 같다.

프랑크푸르트에서 비행기를 타기 전, 프랑스가 멕시코에게 진 것을 보았다. 어제는 차를 몰고 선 시티로 가는 도중에 주유소에서 독일이 지는 것을 보았다. 밤에는 잉글랜드가 두번째 게임에서 비겼다. 아프리카 대륙은 계속 괴이한 기운을 내뿜고 있고, 그들의 팀 역시 마찬가지로 결점을 드러내고 있다.

이곳은 일교차가 크다. 나는 가져온 솜옷을 입고 선 시티로 갔고, 아라이阿來는 솜옷을 가져오지 않았지만 작년에 스위스에서 설산에 오를 때 산 털모자를 썼다. 춥지 않느냐고 묻자 그가 자기 머리의 털모자를 가리키며 춥지 않다고 했다. 낮에는 뙤약볕이 내리쬐어 더웠다. 나는 솜옷을 벗었는데, 그는 도리어 털모자를 썼다. 해를 가리는 역할을 한 것이다. 이 녀석은 조금 괴이하다. 아프리카 대륙의 괴이함과 썩 어울린다.

저녁에 놀라운 소식이 나를 맞았다. 북한 축구팀 선수 네 명이 도망을 쳤다는 것이다. 이에 대해 북한 팀은 이미 준비가 되어 있다는 듯이 느긋하게 답했다. 기자들더러 경기 전에 직접 사람 수를 세어보라는 것이었다. 서구 언론은 늘 없는 사실을 만들어내고, 뜬구름을 잡는다. 이 점은 나도 진즉 알고 있었지만 가슴에 손을 얹고 스스로에게 물었다. 내가 북한 국민이라면 나는 도망칠까? 단정할 수 없었다. 내가 단정할 수 있는 것은, 애국심은 자기 나라를 사랑하는 것이지 한 사람이나 소수의 사람을 열렬히 사랑하는 것은 아니라는 것이다.

2010년 6월 20일

　남아공에서 내가 느낀 것은 광활한 대지다. 일망무제의 평탄함이
아니라 끝없는 기복의 확장이었다. 해바라기와 선인장, 관목, 나무가
무리를 이루어 시야에 나타났고 어떤 때는 자신과 자신의 그림자만
이 서로를 위로하며 고독하게 서 있었다. 금광과 탄광이 서로 그리
멀리 않았고, 들풀이 타는 검은 연기와 화력발전소의 흰 연기가 멀리
서 동시에 흩날리며 하늘로 올라갔다…… 변화무쌍한 대지에서 내
가 가장 매력적으로 느낀 것은 끝없이 앞으로 뻗은 길이었다. 신비하
고도 장엄했다.

2010년 6월 21일

　요 이틀 동안 먼 길에 고생했다. 그제는 요하네스버그를 떠나 일곱
시간 넘게 달려 크루거 국립 야생동물원에 갔다. 가는 길에 두 군데
명소를 관광했는데, 하나는 '하느님의 창窗'이란 곳이었다. 절벽에서
1000미터 아래의 광활한 숲을 내려다볼 수 있는데, 절벽의 숲속에
세 개의 창(관람대)이 숨어 있었다. 하느님이 과연 여기서 인류를 관
찰했을지 의심이 들었다. 체통 없이 엿보는 일이어서다. 다른 명소는
'행운의 동굴'이었다. 남아공은 반半건조기후 국가인데 그곳에서는
지하수가 끝없이 솟아났다. 경치가 훌륭했고, 특히 돌들이 주는 느낌
이 그러했다. 기대가 너무 높지 않았다면 그제 여행도 괜찮았다고 해

야 할 것이다. 사실 출발 전에 나는 마음의 준비를 했다. 여행사의 프로그램에는, 특히 중국 여행사가 짠 노선에는 기대를 하지 말자는 것이었다.

어제는 온종일 국립 야생동물원에 있었다. 우리는 시속 50킬로미터로 달리는 차를 타고 천천히 야생동물원을 다녔다. 내릴 수도 없었는데 사자들이 수풀에서 튀어나와 우리를 습격할지 몰라서였다. 하루 종일 사자 그림자도 보지 못했지만 사자가 우리에게 달려들 것만 같은 어두운 그림자는 줄곧 가시지 않았다. 아침 일찍 막 공원에 진입했을 때 우리는 신경을 곤두세웠다. 야수가 떼를 지어 우리 앞에 나타나고, 심지어 우리 자동차를 에워쌀 것 같은 느낌이었다. 베이징 동물원에서 받은 인상을 여기까지 잘못 가져온 것이었다. 한 시간이 지났는데도 아무것도 보이지 않았다. 그래도 그런 믿음이 넘쳤다. 도로에 짐승들 똥이 많이 보였기 때문이다. 가장 먼저 나타난 것은 영양이었고, 우리는 흥분했다. 이곳에는 14만 마리가 넘는 영양이 살고 있어서, 가장 눈에 잘 띄었다. 엉덩이와 꼬리의 까만 털이 'M' 자 모양을 이루어, 사자의 맥도널드라고 불렸다. 다음에는 돈점박이 표범이 우리 자동차 앞에서 거드름을 피우며 도로를 가로질러 갔다. 가이드는 연신 우리가 운이 좋다고 했다. 돈점박이 표범은 보기 어렵기 때문이다. 이어서 잠자고 있는 하마와 느리게 이동하는 긴 목 사슴을 각각 보았고, 깊은 만족감이 들었다. 원숭이의 출현도 우리에게 뜻밖의 기쁨을 주었다. 앞의 차가 하나만 멈추어도 오가는 차가 모두 멈추었고 차에 탄 사람들은 이리저리 둘러보았다. 차 한 대가 고장이 나서 여기에 멈추면 차들이 전부 여기에 몰려 있게 될 것이고, 그렇게 되면 야생 동물들이 대이동하는 장관이 출현할 것이라는 생각이 들었다. 오후 돌아오는 길엔 큰 코끼리가 도로를 지나가는 모습을 보았다. 이날 본 것 중 가장 멋진 장면이었다. 다른 모습도 좋았다. 어떤 사람은 차를 길가에 세우고 담배를 피우며 차 옆에서 어슬렁댔다. 그 사람들은 야수들의 이상한 낌새가 없으리라는 것을 알고 있었다.

이런 느낌이 들었다. 베이징 동물원에서 동물을 볼 때는 마치 슈팅 장면을 편집한 월드컵 하이라이트 영상을 보는 것 같았다. 크루거에서 동물을 볼 때는 답답하지만 그래도 골이 터지는 월드컵 예선전을 보는 것 같았다.

2010년 6월 22일

북한 팀은 중국 언론에서 여러 차례 부침을 겪었다. 처음에는 조롱을, 나중에는 존경을 받았고, 지금은 다시 조롱을 받는다. 변함이 없는 것은 중국 언론들이 한결같이 그들을 기아 집단으로 묘사한다는 것이다. 그저 기아라는 단어의 의미만 달라질 뿐이다. 그들이 강력한 브라질에 완강하게 저항했을 때 기아는 칭찬이 되었다.

6일 전 마이콩이 첫 골을 넣고 흥분하던 장면은 브라질이 북한 팀에 존중을 표시한 것을 상징한다. 브라질 팀이 역대 월드컵 예선 첫 경기에서 골을 넣고 이렇게 흥분한 적이 없었다. 그날 북한 팀은 중국 언론의 총아가 되었다. 여전히 북한 선수들이 가난한 것을 크게 보도하긴 했어도 그 의미는 바뀌었다. 우리는 늘 우리의 부패로 남의 가난을 조롱한다. 6일 전 나는 부패가 가난에 존경을 표하는 것을 처음 보았다.

오늘 북한 팀이 0대 7로 포르투갈에게 진 뒤, 우리 언론은 계속 북한의 가난을 이야기했고, 당연히 기아의 의미는 부정적으로 바뀌었다. 우리 언론은 북한 팀이 원래 모습으로 돌아왔다고 말했지만, 사실 우리 언론이 원래 모습으로 돌아온 것이다.

10년 전 서울에서 내가 한국 작가 이문구에게 중국의 문혁 시절을 이야기하며 북한은 무서운 나라라고 말했던 게 생각났다. 이문구가 결연하게 대답했다. "우리 한민족이 그럴 리가 없다." 그뒤 최원식 교수에게 남북통일에 대해 질문했는데, 최원식 교수도 역시 결연하게 말했다. "우리 한민족이 직면한 최대 위기는 남북분단이 아니라 4대 강국의 틈바구니에서 생존하는 것이다. 중국, 러시아, 일본, 그리고 태평양 너머 미국이다."

2010년 6월 23일

루스텐버그에서 예선 3차전 경기를 보았다. 우크라이나와 멕시코 경기였다. 이 두 팀은 비기기만 해도 나란히 올라갈 수 있다. 하지만 생사를 건 듯 격렬하게 맞붙었다. 지는 팀이 토너먼트에서 강력한 아르헨티나와 맞붙어야 하기 때문이었다. 두 팀은 상대방을 아르헨티나라는 호랑이 입으로 보내려고 사력을 다했다. 승리의 의미가 복잡하게 변했다.

프랑스 팀은 예상 밖으로 탈락했다. 아넬카가 감독 도메네크를 비난한 것이 알려지면서 프랑스 팀에 대한 전 세계 언론의 관심은 이미 경기를 떠나 팀의 내홍에 집중되었다. 사실 모든 팀마다 갈등이 있고, 선수들과 감독 사이에 거친 말이 오가고 선수들도 서로 욕을 하는데, 이제 브라질과 아르헨티나도 그 풍파에서 예외가 아니게 되었다. 중요한 것은 승부다. 패하면 갈등이 커지고, 이기면 갈등을 모른 척한다.

몇 년 전에 시몬 드 보부아르의 일기를 읽고 알게 됐는데, 청년 사르트르는 군인으로 복역할 때 프랑스와 독일 국경 초소에 있었다. 초병들은 초소에 하품하는 사병 하나만 남겨두고 나머지는 부근 시내에서 술을 마시고 여자와 놀았다. 주말이 되면 초소는 아예 텅텅 비었다. 1998년 프랑스 팀은 나폴레옹 시기의 프랑스 병사를 떠올리게 했지만 지금 남아공 월드컵의 프랑스 팀은 사르트르가 복역하던 때의 프랑스 병사를 닮았다.

2010년 6월 24일

예선 첫번째 경기는 답답하고, 두번째 경기는 의외이고, 세번째 경기는 서스펜스다. 1982년 이후 내가 본 월드컵 예선 3차전은 많은 강팀들이 쉬어가듯 하는 경우가 많았지만 이번 월드컵 예선 3차전은 다수 강팀들이 생사의 고비에 있다. 클라이맥스가 앞당겨 출현했고, 이는 결선 경기인 16강전에서부터 시작해, 준준결승, 준결승, 결승까지 계속되었다. 월드컵 역사에서 가장 오래 지속된 클라이맥스였다.

　미국 팀은 추가 시간에 골을 넣었다. 할리우드 스타일로 예선 1위로 뛰어올랐다. 가나 팀은 죽을힘을 다했지만 결국 졌는데, 16강에서 강적을 피하게 되었다. 독일과 잉글랜드는 16강 진출을 자축하며 운명의 장난에 감탄했을 것이다. 이탈리아와 스페인, 포르투갈 등은 생사를 예측할 수 없다. 무척 극적인 남아공 월드컵은 아마도 경험주의에 대한 조롱일 것이다. 어떤 고대 그리스인의 말이 맞다. 운명의 눈은 늘 우리보다 정확하다.

2010년 6월 25일

　어제 엘리스 파크 스타디움에서 이탈리아 선수들이 경기장에서 서로 비난하는 것을 보았고, 슬로바키아 선수 두 명도 하마터면 싸울 뻔한 것을 보았다. 이것도 축구 경기의 일부다. 다른 점은 패한 이탈리아 선수들은 비난을 탈의실까지 가지고 갈 것이고, 이긴 슬로바키아 선수들은 그러지 않을 것이란 점이다. 슬로바키아 선수들은 흥분해서 잔디에 엎드려 미끄러지는 세리머니를 했다. 그들에게는 16강에 진출한 기쁨이 쥘리메컵을 드는 기쁨이다.

2010년 6월 26일

소웨토Soweto는 남아공 인종격리정책의 상징이다. 100만 명이 넘는 흑인들이 쫓겨나 여기로 왔다. 전기도 물도 없이 빽빽한 좁은 집에서 북적였고, 외출을 하려면 통행증과 시내 출입증이 필요했다. 지금 소웨토에는 전기도 있고, 물도 있고, 넓은 도로도 있다. 하지만 지난날의 고난을 아직도 볼 수 있다. 당시 흑인들은 옷이 가득 들어 있는 종이 상자를 집에 쌓아두었고 많은 사람들은 종이 상자를 열지 않았다. 언젠가 집으로 돌아갈 수 있을 것이라 기대한 것이다. 그들은 죽을 때까지도 집에 돌아가지 못했다.

1994년, 만델라가 대통령에 당선되고 남아공에서 인종주의는 끝났다고 선언했다. 용서와 화해를 표방하며 만델라는 그가 감옥에 있을 때의 백인 간수를 취임식에 초청했다. 그날 남아공은 아름다운 꿈에 젖은 것 같았다. 어떤 이는 자기 부인에게 말했다. "여보, 나를 깨우지 말아요. 난 이 꿈이 좋아요." 10여 년 전, 만델라와 투투Desmond Tutu 대주교는 용서와 화해를 실천했지만, 많은 사람들은 그렇게 하지 못했다. 지금도 남아공에서는 원한의 씨앗이 싹트고 자라고 있다.

투투는 『용서 없이는 미래도 없다No Future without Forgiveness』는 책의 중국어판 서문에서 중국 독자들에게 이렇게 말했다. "나는 과거를 구석에 팽개쳐둔 채 보고도 못 본 체하는 것이 옳은지 회의적이다. 과거는 지금도 지나가지 않았다. 그것은 기이한 힘을 지니고 있어서 거듭 나타나고 오랫동안 우리 마음에 맴돌기도 한다…… 지난날의 고통을 적절히 잘 처리한다면 중국은 더욱 위대한 나라가 될 것이다."

2010년 6월 27일

　남자 축구 팬과 여자 축구 팬은 차이가 있다. 남자 축구 팬은 경기에 관심이 있지만, 여자 축구 팬은 경기 관람 외에 다른 바람도 있다. 요하네스버그에서 텅쉰腾讯 주재 기자가 어느 잘생긴 축구 스타를 두고 좋지 않게 말하자 여기자가 바로 호시탐탐, 혹은 가련하다는 듯이 그를 쳐다보았다. 어떤 여기자는 한 잘생긴 축구 스타를 인터뷰할 때 뜻밖에도 볼 키스를 두 번 받았는데, 돌아와서 기쁨을 감추지 못한 채 행복한 볼 키스 이야기를 꺼냈다. 그러자 바로 다른 여기자가 부러움에 괴성을 질렀고, 남자 기자들은 같잖다는 듯이 말했다. "그 애 나쁜 놈이야."

2010년 6월 28일

　나는 남아공에서 계속 도로의 운명을 느끼고 있다. 숲을 지날 때 도로는 고요한 경치 속에서 평범하게 변한다. 사람들이 오밀조밀 모여 사는 소도시를 지날 때 도로는 더없이 통속적이다. 드넓은 대지를 지날 때라야 도로는 비로소 자신의 운명을 갖는다. 나는 오래된 나무 전신주가 밤빛에 마치 도로의 위병들처럼 두 줄로 늘어서 있는 것을 보았다. 앞에 뻗은 가파른 길에 나란히 차의 불빛이 드리울 때, 도로는 마치 엘리베이터가 천천히 올라가는 듯했다.

2010년 6월 29일

월드컵 기간, 사람들은 부부젤라의 등장을 두고 끝없이 논쟁을 벌인다. 아프리카인들은 이런 장관을 연출하는 응원 도구를 만들었고, 그들이 불로 구사하는 기술 역시 장관이다. 끝없이 분다. 이번 월드컵이 진행되는 곳이 양봉장이고, 관중석은 빽빽한 벌집 같은 느낌이다. 몇 년 지나면 사람들은 남아공 월드컵에서 누가 우승했는지는 잊을지 모르지만 부부젤라는 기억할 것이다. 이것이 인류다. 야사에 대한 관심이 늘 정사에 대한 관심을 능가한다.

2010년 6월 30일

남아공 월드컵 기간의 잊을 수 없는 경험은 길에서 했다. 축구 팬들이 탄 버스는 아주 먼 곳에 멈췄기에 경기장까지 한 시간을 걸어야 하고, 경기장을 나와서도 다시 한 시간을 걸어야 한다. 게다가 도로가 채 준공이 되지 않아서 나는 자주 황톳길을 걸었고, 회색 신발이 노란 신발로 변했다. 기이한 복장과 부부젤라의 소리 속에서, 수만 명의 각국 축구 팬과 같이 걷는 즐거움이 그만이었다. 경기가 끝난 뒤에는 더욱 좋았는데, 축구 팬들이 갈수록 흥분해서였다. 남아공은 찬사를 받을 만하다. 월드컵을 개최한다고 억지로 허세를 부리지 않았다.

루스텐버그와 프레토리아의 경기장은 증축을 했는데도 여전히 누추해 보인다. 전에는 시멘트 계단 좌석이었던 것 같은데, 월드컵을 위해 임시로 플라스틱 의자를 설치했다. 요하네스버그의 엘리스 파크 경기장도 마찬가지였다. 상관없다. 수만 리 멀리서 여기까지 온 사람들은 진정한 경기와 남아공의 원래 모습을 보러 온 것이지, 치장을 한 남아공의 모습을 보러 온 게 아니다.

6월 11일 남아공 월드컵 개막식은 단순하고 검소하면서도 열정이 넘쳤다. GDP 총량과 1인당 연소득의 평균을 보는 것 같았다. 베이징 올림픽 개막식은 더없이 화려하고 사치스러웠다. 빠르게 치솟는 중국의 GDP 총량을 상징했을 뿐, 뒤떨어진 1인당 연소득은 상징할 수 없었다.

베이징 올림픽 개막식 뒤에 유행하던 말이 기억난다. 이 개막식은 분명 전에도 유례가 없었고 앞으로도 그럴 것이다. 왜 그런가? 첫째, 이렇게 인구가 많은 국가에는 이렇게 많은 돈이 없다. 둘째, 이렇게 돈이 많은 국가에는 이렇게 많은 인구가 없다. 셋째, 이렇게 사람도 많고 돈도 많은 국가라도 이렇게 많은 권력이 없다.

2010년 7월 1일

월드컵 때마다 중국인들은 외국인을 위해 깃발을 흔들고 소리친다. 각자 지지하는 축구 팀을 위해 인터넷에서 입과 혀를 창과 검으로 삼아 격렬하게 논쟁하고 욕설을 퍼붓기도 한다. 외국 축구 팬들은 나를 일본이나 한국, 북한 사람이라고 생각하다가 중국 사람이라는 것을 알고는 무척 놀랐다. 중국은 남아공에 가지 못했기 때문이다. 서구 언론은 최근 몇 년 동안 중국 민족주의 정서가 빠르게 퍼지는 것을 걱정했지만, 그들은 우리가 어떤 때는 민족주의 정서가 없다는 것을 모른다. 예를 들어, 월드컵 기간이 그렇다.

2010년 7월 3일

브라질이 어젯밤에 탈락했다. 중국 인터넷에서는 승부 조작이라고 비난하기 시작했다. 둥가 감독이 뇌물을 받았다고 했다. 브라질이 어제 저녁 네덜란드에 져서 다행이지, 만일 북한에 졌으면 중국 인터넷에서는 브라질이라는 나라 자체가 짝퉁이라고 했을 것이다. 부패한 환경이 중국 축구 팬들의 반反 부패 결의를 키웠지만, 중국 내부의 부패를 타도하는 데 한을 푸는 것이 아니라 해외에서의 반 부패에만 신이 났다.

1982년부터 월드컵을 볼 수 있게 된 뒤로 매번 브라질은 조기 탈락해 많은 중국 축구 팬들을 괴롭게 했다. 브라질 축구 선수들이 가슴에 단 오성 휘장은 브라질이 영원히 강하리란 것을 말해주기에 충분하다. 만약 그들 가슴에 단 휘장이 더 많은 별로 둘러싸였다면 축구는 매력을 잃었을 것이다. 그래서 브라질이 세계 축구에 최대한 공헌하는 길은 월드컵에서 이기는 것이 아니라 지는 것이다. 그래야 우리는 축구와 탁구의 차이를 비로소 알 수 있다.

2010년 7월 4일

수아레스가 들어가는 골을 두 손으로 쳐낸 것을 두고 부도덕하다고들 한다. 내 생각에는 가나의 선수든, 다른 30개국의 선수든 그렇게 했을 것이다. 그 순간에는 살아야겠다는 본능적 반응만 있을 뿐 다른 것은 없다. 선수가 경기장에서 머릿속으로 온통 도덕을 생각하고, 게다가 위대한 조국과 뒤에서 얼마나 많은 국민이 응원하는지 생각하고, 또 부모 등을 생각한다면 그것은 월드컵 축구 경기가 아니다. 그것은 중국중앙방송 '종합 뉴스'의 태도다.

우루과이는 뛰어나고 리드미컬한 경기로 가나와의 승부차기 끝에 결국 승리했다. 전에 중국 기자가 스위스 한림원 원사에게 했던 질문이 생각난다. "아이슬란드는 인구가 30만도 안 되지만 노벨상을 수상했는데, 중국은 인구가 13억이면서 왜 노벨상을 탄 사람이 없는가?" 이런 비교는 꽤 재미있는데, 어떤 사람이 블라터 피파FIFA 회장에게 물은 것도 비슷하다. "우루과이는 인구가 300만밖에 안 되는데, 그 사람들 축구 실력은 왜 인구 13억인 중국보다 강한가?"

2010년 7월 5일

28년 만에 처음으로 독일인들이, 수비를 하다가 반격하는 이탈리아인의 방식으로 잉글랜드인과 아르헨티나인을 크게 무찔렀다. 일찍 귀가하는 이탈리아 사람들도 상대의 우위를 진심으로 인정했을 것이다. 중국 속담에 청출어람이란 말이 있다. 허삼관은 이렇게 말했다. "좆 털이 눈썹보다 늦게 나지만 눈썹보다 길게 자란다." 마라도나 추장은 구두에 양복을 입고 잔디 바닥에 미끄러지는 세리머니를 우리에게 보여줄 수 없게 되었다. 브라질과 아르헨티나도 떠나고, 남아공월드컵도 이제 끝나간다.

브라질이 탈락하자 아르헨티나 축구 팬들은 남의 불행에 즐거워했다. 아르헨티나가 탈락하자 브라질 축구 팬들은 열렬히 기뻐했다. 상대방 몸에 난 상처를 보고 잠시 자기 고통을 잊은 것이다. 펠레와 마라도나의 대립은 두 나라 축구 팬의 대립이다. 그때 많은 축구 팬들이 두 팀이 같이 탈락하자 난감해했다. 남의 상처지만 자신이 아파하고 있었다. 그 원인을 따져보면, 자신들 축구에 아무것도 없어서일 것이다. 이제 상처와 통증도 사라졌다.

펑샤오강馮小剛은 중국 영화가 중국 축구 같다고 했다. 전에 어떤 사람은 중국 문학이 중국 축구 같다고 했다. 증시가 불황일 때 어떤 이들은 중국 증시가 중국 축구 같다고 말한다…… 사실 중국 축구는 최근 몇 년 동안 우리에게 많은 기쁨을 가져다주었다. 축구에 비유하여 화풀이를 하거나 불만을 표출하는 것은 안전하다. 정치적인 잘못을 범할 리도 없고, 경제적 잘못을 범할 리도 없어서다.

2010년 7월 9일

신기한 문어 파울이 모든 시합의 결과를 정확히 예측했다. 중국인들은 '문어 형'이라는 애칭과 '문어 황제'라는 존칭을 붙였다. 문어는 종류가 많게는 650여 종에 달한다. 가장 신기한 것은 암수 자색담요 문어의 크기 차이다. 암컷 문어의 체중은 수컷 문어의 4만 배이고, 수 컷은 고작 암컷의 눈 크기만하다. 문어가 서로 사랑하는 것은 깜짝 놀랄 만하다. '사랑의 힘'이란 말을 자색담요문어에게 쓴다면 인류는 다시 이 말을 쓰는 것이 쑥스러울 것이다.

2010년 7월 11일

　요하네스버그 국제공항 면세점은 부부젤라로 가득찼다. 하나에 인민폐로 100위안 정도다. 많은 유럽 축구 팬들이 비행기를 타기 전에 일고여덟 개씩 사서 노획한 총기처럼 등에 맨다. 나도 귀국할 때 하나를 사서 등에 매고 베이징에 돌아왔다. 오늘에야 그 메이드 인 차이나의 수출 가격이 인민폐로 2위안 60전에 불과하다는 것을 알았다. 더구나 그 보잘것없는 가격에는 환경오염 등등도 포함되어 있었다. 내 존경하는 큰형이 몇 년 전에 말했다. 중국 GDP는 100위안을 지불하고 10위안을 받는 GDP다.

잉글랜드 축구 팬

2002년 한일 월드컵 기간에 나는 아주 긴 여행을 떠났다. 베이징, 홍콩, 시드니, 멜버른, 브리즈번, 홍콩, 런던, 더블린, 베이징으로 이어지는 여정이었다.

내가 말하려는 것은 더블린에서 느낀 것들이다.

첫번째는 도착하던 때의 느낌이다. 런던 히스로 공항에서 이륙해 아일랜드 상공에 이르렀을 때 내가 탄 비행기가 천천히 하강하더니, 뚜렷하게 보이는 아일랜드 대지를 지나서 다시 대서양 상공으로 갔다. 그런 다음 비행기가 유턴을 시작했고 바닷물과 햇볕이 서로 반응하면서, 넓은 바다 가운데로 드러나는 아크arc등 불빛을 띤 아름다운 해안선에 아일랜드가 있는 것이 눈에 들어왔다. 비행기가 계단 내려가듯 바닷물에 접근했고, 대서양의 푸른빛은 깊이를 헤아릴 수 없었다. 거대한 고요가 문득 나를 감동시켰다.

더블린 공항을 걸어나가니 볕이 밝고 아름다웠다. 그런데 나를 마중하러 나온 사람은 손에 우산을 들고 있었다. 차를 몰아 숙소로 가는 길에 많은 사람들이 손에 우산을 들고 햇볕 아래를 걷는 것이 보였다. 숙소에 채 도착하지도 않아서 하늘이 어두워졌고, 큰비가 쏟아졌다. 그 후로 체류하는 동안, 나는 맑았다가 비가 오고, 비가 오다가 맑아지는 더블린의 일상을 매일 겪었다. 반짝이는 햇볕과 어두운 큰비가 계속 서로 바통을 주고받았다. 제임스 조이스의 작품에 나오는 묘사가 생각났다. 그는 이렇게 썼다. 더블린의 날씨는 갓난아이의 엉덩이처럼 종잡을 수가 없다. 금방 오줌을 쌌다가 금방 똥을 싼다(대강의 의미가 이렇다).

두번째는 더블린에서 만난 악명 높은 전설 속 잉글랜드 축구 팬에 관한 느낌이다. 먼저 어느 경기 이야기를 해보자. 나와 통역, 그리고 아일랜드 작가 몇 사람은 더블린의 바에서 아일랜드와 스페인의 16강전을 보았다. 이름난 밴드 U2가 이 바에서 유명해졌는데, 이곳 축구 팬들은 비교적 점잖았다. 예선에서 아일랜드가 경기를 잘했기 때문에 내 아일랜드 동료들은 자기 팀의 앞날을 두고 터무니없는 생각을 늘어놓기 시작했다. 결과는 아일랜드의 탈락이었다. 아일랜드 동료들은 극심한 울분을 터뜨렸고, 그들의 친구인 스페인 여성은 신이 났다. 점심 때 그 스페인 여성은 기뻐서 어쩔 줄을 몰라했고, 끝이 없었다. 입이 바쁜 모습이었는데, 나오는 말이 그가 먹는 음식물의 몇 십 배였다. 아일랜드 작가들은 시종 예의 바르게 미소를 지었고, 그녀의 언어 공연을 제대로 감상하는 듯이 보였지만, 사실 그렇지 않았다.

잉글랜드는 첫 토너먼트 경기에서 가볍게 이겨서 8강에 진입했다. 더블린에서 휴가를 보내던 잉글랜드 축구 팬들은 잉글랜드 팀 유니폼을 입고서 기뻐서 거리에서 소리를 지르고 노래를 부르며 뛰어다녔다. 한 뚱보가 다른 뚱보를 업고 달렸고, 뚱뚱한 사람 여럿이 뒤를 따르는 게 보였다. 또다른 거리를 걷는 동안 그보다 더 사랑스러운 모습이 나타났다. 잉글랜드 뚱보 한 무리가 뚱보를 업고 왔다. 업힌 뚱보들은 와와 큰 소리를 질렀고, 무겁게 짊어지고 달리는 뚱보들은 숨이 차는 모양이었다.

그 인상이 너무 깊은 나머지 나중에도 잉글랜드 축구 팬을 생각할 때면 달려가는 뚱보가 떠오를 정도였고, 잉글랜드 축구 팬들은 다들 아주 뚱뚱한 것 같은 착각이 들기도 했다.

나는 더블린 일정을 끝내고 비행기를 타고 런던으로 가서 다시 환승해 베이징으로 돌아왔다. 잉글랜드 유니폼을 입은 축구 팬 한 무리가 나와 같은 비행기를 탔다. 비행기가 더블린에서 이륙하기 전에 잉글랜드와 브라질의 8강전 전투가 시작되었다. 비행기가 상승을 끝내고 막 균형을 잡고 승무원이 서비스를 시작할 때, 기장이 기내 안내 방송을 통해 잉글랜드가 1대 0으로 브라질에 앞서 있고, 오언이 골을 넣었다는 소식을 승객들에게 전했다. 기내에서 환호성이 터졌고 잉글랜드 유니폼을 입은 축구 팬들은 속속 자리에서 일어나 바지 주머니에서 지폐를 꺼내 맥주를 샀고, 서로 건배를 했다. 그렇게 시끌벅적한 비행은 겪어보질 못했다. 잉글랜드 축구 팬들은 창공의 비행기를 지상의 바bar로 만들었다. 승무원들이 나와서 제지하고서야 자신들이 1만 미터 고공에 있다는 것을 떠올리고는 하나하나 자리로 돌아가, 얼굴에 착한 학생의 미소를 띠며 조용히 자리에 앉았다.

나중에 기장이 경기 경과를 다시 알려주지 않아서 비행기가 런던에 착륙할 때는 분명 잉글랜드가 경기에 졌다고 여겼다. 지금 생각해보니, 그때 기장이 경기 결과를 알려주었다면 우리 비행기는 착륙할 때 취객들처럼 이리저리 흔들렸을 것이다.

잉글랜드 축구 팬들은 세계에서 가장 유명한 '축구 홀리건'이다. 그들이 불을 지르고 서로 싸우는 뉴스를 자주 신문에서 보지만, 내 인상 속 잉글랜드 축구 팬은 아주 귀엽다. 왜 잉글랜드 축구 팬이 '세계 축구 홀리건' 중 첫째로 꼽힐까? 아마도 언론의 영향일 것이다. 축구에 열광하는 나라라면 어디나 불을 지르고 서로 싸우는 축구 팬이 있다. 문제는 세계 언론이 잉글랜드 축구 팬에게서 트집을 잡는 데 습관이 들었고, 그래서 다른 나라의 '축구 홀리건'들은 늘 여론의 법 밖에서 유유자적하다는 것이다.

10여 년 전에, 내가 처음 미국에 갔을 때 미국 노턴 출판사의 이사장 램 선생이 내게 말했다.

"언론이 무엇인지 아세요?"

그는 집 소파에 앉아 검지를 펴면서 내게 설명했다. "예를 들어 당신 손가락이 화상을 입었을 때 언론이 보도를 하면 그것은 진짜고, 언론이 보도를 하지 않으면, 그것은 가짜지요."

이집트 일기

2011년 1월 25일 카이로에 도착해 29일 떠나는 사이에 이집트의 소요를 경험했다.

처음 경찰이 도로를 봉쇄해 거리 시위를 격리시켰고, 유격대 비슷한 것이 출현했다. 우리가 본 시위대는 수십 명 혹은 수백 명 규모였고, 시위 중심인 해방 광장에도 수천 명뿐이었다. 하지만 국면은 여전히 통제가 되지 않았고, 그뒤 야간 통행금지가 실시되었다. 우리가 비행기로 룩소르에서 카이로로 돌아왔을 때는 벌써 늦은 밤이어서, 공항의 차갑고 딱딱한 땅바닥에서 하룻밤을 보냈다. 이 경험은 내게 통금이 계엄보다 더 비열하다는 것을 알려주었다.

이집트 경찰은 몹시 부패해 돈으로 매수할 수 있다. 내가 카이로 거리를 걷고 있을 때 한 경찰이 내게 담배를 달라고 했다. 내가 한 개비를 건네자 한 갑을 가지고 가버렸다. 저항하는 사람들이 왜 제일 먼저 법원을 불태웠겠는가? 사법의 부패는 국가 부패의 상징이다.

이집트 여행을 하면서 무바라크의 동상과 초상화를 도처에서 볼 수 있었다. 시위대가 경찰차를 태워 까만 연기가 끊임없이 솟는 것도 도처에서 볼 수 있었다.

29일, 우리가 귀국하기 위해 공항으로 갈 때는 무바라크와 누가 먼저 이집트를 떠나는지 시합을 하고 있는 듯한 느낌이 들었다. 하지만 30년 동안 집권한 이 대통령은 튀니지의 벤 알리와 누가 늦게 조국을 떠나는지 시합을 했다.

사이드라는 이름의 무고한 사람이 경찰에게 멀쩡하게 맞아 죽은 것이 시위의 원인 중 하나다. 시위대는 우렁차게 외쳤다. "우리는 모두 사이드다!"

마이애미와 댈러스 일기

2011년 5월 31일

베이징에서 시카고를 거쳐, 마이애미까지, 길고 긴 비행이었다. 마이애미 호텔에 들어갔을 때는 이미 새벽 2시였다. NBA 결승전이 10여 시간 뒤에 열린다. 베이징을 떠나기 전에, 농구에 전혀 흥미가 없는 한 친구가 내가 고생스럽게 멀리 미국까지 가서 결승전을 보려는 걸 알고 놀라서 나한테 말했다. "직접 간다고? 그렇게 멀리 농구 경기를 보러 간다니 정말 바보네." 내가 인정했다. "그래, 바보야. 그래도 남더러 나 대신 가서 보라고 할 만큼 바보는 아니야."

2004년 3월로 기억한다. 나는 애틀랜타 호텔에서 휴스턴 로키츠와 애틀랜타 호크스 정규 시즌 경기를 텔레비전으로 보았다. 연장을 세 차례나 했다. 스티브 프랜시스는 퇴장당했고, 야오밍은 포위 속에서

197

한 골을 넣었다. 당시 로키츠는 강팀이 아니었다. 경기가 끝난 후에도 제프 밴 건디는 여전히 불만이었다. 호크스 같은 약체하고도 연장전을 해야 하느냐고 말했다. 지금 로키츠와 호크스는 완전히 달라졌다. 그래서 자신을 볼 필요도 없이 남의 운명의 부침만 봐도 세월의 변화를 알 수 있다.

2011년 6월 1일

베이징 집에서 NBA 파이널 결승을 볼 때 들리는 것은 쑨정핑孫正平과 장웨이핑張衛平의 소리뿐이었다. 미국 현장에서 농구를 볼 때는 거의 2만 명의 함성소리가 들린다. 왜 현장이 중계방송보다 좋은가? 이유는 당연히 많다. 그중 중요한 하나는 바로 발언권이다. 텔레비전 중계에서는 두 사람만 발언권이 있지만 현장에는 2만 개의 발언권이 있다.

시카고 불스는 나흘 전에 무너졌다. 마이애미 히트는 계속 타오르고 있다. 이번 시리즈는 마치 한 시즌처럼 길어서 사람을 질식시키고, 타임아웃처럼 짧아서 사람을 흥분시킨다. 불스는 마지막에 경기를 컨트롤하는 사람이 히트처럼 많지 않다. 올 시즌 동부 콘퍼런스 결승전은 우리에게 무엇이 민주집중제民主集中制, 중국의 정치제도를 풍자한 표현. 소수의 다수에 대한 복종, 개인의 집단에 대한 복종 등을 뜻함인지를 알려주었다. 단체 농구는 민주이고, 스타가 게임을 컨트롤하는 것이 집중제다.

2011년 6월 2일

　마이애미의 바닷물은 햇볕 아래서 그 단계가 분명하다. 먼 곳은 신비한 검은색이고, 가까운 곳은 친근한 녹색이며, 모래사장에 부딪치는 것은 흰색 파도다. 타오르는 불길 때문에 우리는 붉은색을 열정적인 색이라고 생각하고, 겨울의 쌓인 눈 때문에 흰색을 냉정한 색이라고 생각하는 것 같다. 하지만 열정으로 솟구치는 파도를 보면 이것은 바다의 영원히 쉬지 않는 맥박이고, 흰색도 마찬가지로 열정적이라는 것을 느낄 수 있다. 내가 해안에서 본 것은 솟구치는 흰색 불꽃이었다.

2011년 6월 3일

　베이징에서 텔레비전으로 경기를 볼 때, 히트 팀의 승리가 확정적이면 경기장에 온통 흰색이 휘날리기에, 나는 그것이 하얀 손수건인 줄로 알았다. 마이애미에 와서야 그게 시트 커버라는 것을 알았다. 최종 결승전 첫번째 경기 마지막 3분이 남았을 때 팬들은 서로 시트 커버를 던졌다. 승리가 다가오자 모든 시트 커버가 날아다녔다. 오늘 두번째 경기에서 마지막 7분쯤에 시트 커버가 날기 시작했는데, 불스가 따라붙어 점수를 내더니 이겼다. 시트 커버는 잠잠해졌다. 시트 커버는 비록 미미하지만 승리와 패배의 상징이다.
　스포츠 뉴스를 훑어보다가 노비츠키Dirk Nowitzki가 댈러스 이외 미국 기타 지역에서는 유명하지 않다는 것을 읽었다. 코비Kobe Briant나 제임스Lebron James와도 차이가 크고, 같은 팀 동료인 키드Jason Kidd 와 비교해도 발밑에도 미치지 못한다. 이것이 양키다. 노비츠키가 독일인이 아니라 미국인이라면 분명 미국에서 더없이 유명했을 것이다. 몇 년 전 내 친구인 덴마크의 교수가 미국에 갔다. 입국 심사관이 그녀의 여권을 보더니 의심하며 물었다. "덴마크가 미국의 어느 주죠?"

어제 샤킬 오닐이 은퇴를 선언했다. 이 녀석은 거친 덩크슛으로 농구대를 무너뜨렸고, 싸움도 많이 하고 스캔들도 적지 않았으며 노래도 부르고 춤도 추고 권투 시합에도 나갔다. 별명을 셀 수가 없고, 문제점도 셀 수가 없다. 하지만 못된 행적투성이인 이 자는 사람들에게 즐거움을 주었다. 이 세상에는 다른 종류의 인간도 있다. 그런 사람은 아무런 문제점이 없지만 사람들에게 즐거움을 주진 않는다.

아무 문제도 없는 사람과 사귀는 것은 무서운 일이다.

2011년 6월 5일

주말, 마이애미 해변에는 수많은 남녀가 쓰러진 도미노 조각처럼 누워 있다. 형형색색이다. 많은 가정이 파도 속에서 휴가를 보낸다. 그들이 잡담하는 소리가 마치 고함을 지르는 것 같다. 멀리 있는 남자가 카이트서핑을 하고, 가까이 있는 아가씨는 바다에서 연을 날린다. 공기를 넣은 대형 연과 작은 나비 모양의 연이 하늘을 난다. 헬리

콥터와 애드벌룬이 맴돌고, 흰 구름 깊은 곳에 보이는 것은 아마도 국제선 비행기일 것이다…… 이때 문득 나는 집이 생각난다.

2011년 6월 6일

오늘 댈러스에 왔다. 불 같은 날씨와 불같은 농구 팬들. 경기 전에 팬들이 경기장 밖에서 속속 개인기를 펼치고, 미라 같은 널빤지 제임스는 그들에게 능욕을 당할 만큼 당한 뒤 다시 구두와 운동화, 슬리퍼에 돌아가며 머리를 밟힌다. 전쟁이 터진 것 같다. 댈러스 매버릭스가 경기에서 지자 댈러스 팬들이 극도의 흥분을 거두고 예의 바르게 체육관을 나갔다. 노비츠키 유니폼을 입은 친구와 제임스 유니폼을 입은 친구가 다정하게 나갔다. 그들의 뒷모습이 말했다. 이것은 전쟁이 아니야. 이것은 스포츠야.

경기 마지막에, 찰머스Mario Chalmers가 공격하다가 실책을 했고, 제임스는 찰머스를 비난했다. 이어 웨이드Dwyane Wade와 제임스가 다투었다…… 나는 한 단어를 떠올렸다. '친구'. 경기를 이기고 나서, 제임스와 웨이드, 보시Chris Bosh가 경기장에 남아서 인터뷰를 했다. 제임스는 끝난 뒤 웨이드 뒤에서 기다렸다. 인터뷰를 마친 웨이드가 제임스와 같이 보시를 기다렸고, 그런 뒤 세 사람이 탈의실로 갔다…… 나는 역시 한 단어를 떠올렸다. '친구'.

2011년 6월 7일

　댈러스의 건조하고 무더운 사흘째 날, 트렁크의 옷은 아직도 마이애미의 습기를 뿜고 있었다. 나는 마이애미로 돌아가기를 바랐고, 파이널 결승이 7차전까지 가길 바랐다. 이런 신념 때문에 매버릭스가 4차전을 이길 거라는 생각이 들었다. 그렇게 되면 마이애미로 돌아갈 수 있다. 하지만 ESPN의 전문가 5명 가운데 4명이 매버릭스가 오늘 밤에 이길 것이라고 예측하면서 나는 안절부절 불안해지기 시작했다. 그저 전문가들이 우연히 맞추기를 바랐다. 전문가란 무엇인가? 우리 네티즌이 답했다. '전磚문가'중국어로 전문가는 '좐자(專家)'인데, 이 '專' 자와 벽돌을 뜻하는 '磚' 자는 발음이 같다라고. 에피쿠로스가 대답했다. "사람에게 자기 고유의 것이란 없다. 자신만이 옳다고 생각하는 것 이외에는."

2011년 6월 8일

　댈러스의 아메리칸 항공 센터는 파란색이다. 경기가 시작되기 전 카메라는 파란 티셔츠를 입지 않은 팬들을 잡았다. 이들 팬은 자기가 대형 화면에 나온 것을 발견하고는 저마다 기뻐하면서도 알겠다는 듯이 티셔츠를 입는다. 마이애미 아메리칸 항공 센터는 흰색이다. 히트가 이기면 마이애미는 흰색을 더해 축하한다(흰색 시트 커버를 던진다). 매버릭스가 이기면 댈러스는 2만 팬들이 두 팔을 높이 쳐들고 축하하므로, 푸른색이 돌연 줄어든다.

2011년 6월 11일

오늘 마이애미로 돌아왔다. 댈러스의 광적인 팬들은 '히트'라고 부를 만하다. 그보다 아래인 마이애미 팬들은 그저 열정적인 '매버릭'이다. 뉴스는 온통 제임스에 대한 공격으로 가득하다. 2006년 매버릭스가 이기다가 졌을 때는 노비츠키도 마찬가지로 공격을 당했다. 이것이 인생이다. 관심을 받는 것과 공격을 받는 것은 늘 정비례한다. 찰스 바클리Charles Barkely가 다시 내기를 걸었다. 매버릭스가 지면 그가 수영복을 입고 백사장에 서서 인터뷰를 하겠다고. 바클리 같은 거구가 수영복을 입으면 분명 〈쿵푸 팬더 3〉이 연상될 것이다.

어젯밤 댈러스의 아메리칸 항공 센터에서 댈러스 팬이 제임스가 우는 사진을 치켜들고 있었다. 그들은 온갖 치욕을 제임스에게 집중시켰고, 이 녀석이 보스턴 셀틱스와 시카고 불스에 어떻게 대응했는지를 잊지 않았다. 제임스는 경기 전에 결심을 표했다. "지금 아니면 영원히 못한다." 경기가 끝난 뒤 웃음거리가 되었다.

2011년 6월 14일

뜨거운 댈러스와 습한 마이애미를 거쳐 상쾌한 시카고에 왔다. 기온과 마음이 서로 딱 맞다. 파이널 결승의 폭발적인 열정을 경험한 뒤 이제 안정을 찾았다. 생의 한 단락이 이제 끝났다. 완전히 다른 단락의 생이 이제 시작될 것이다. 기나긴 인생을 사람들은 왜 짧다고 느끼는 것일까? 아름다운 생은 하나하나 작은 단락일 뿐이기 때문이리라. 처음 마이애미 아메리칸 항공 센터에 들어서던 때가 기억난다. 우리 가운데 누군가 말했다. "나는 내가 부러워."

뉴욕 일기

2011년 10월 31일

오늘 뉴욕 현대미술관에 갔다. 5층에서 모네, 피카소 등의 걸작을 보고 3층에서 벽에 종이를 걸어놓은 예술작품을 보았다. 예술은 갈수록 자유분방해진다. 어렸을 때 장면이 떠올랐다. 천장의 기와 조각이 보이지 않게 하려고 아버지는 헌 신문지를 천장에 발랐다. 나는 지금껏 아버지가 의사라고 알았는데, 예술가였다는 것을 오늘에야 알았다. 친구가 한 말이 생각났다. 100명의 학생에게 수업하는 것이 수업이고, 100개의 의자에게 수업하는 것은 행위예술이다.

2011년 11월 2일

에밀리와 저녁을 했다. 그녀는 일찍이 월스트리트저널 베이징 주재기자였고, 내가 그녀를 알았을 때는 뉴욕타임스 평론 면의 에디터였다. 그때 그녀는 내 글을 실었다. 나중에 그녀는 워싱턴의 국무부로 갔고, 이번에 뉴욕에서 다시 만났을 때 또 일이 바뀌어 있었다. 우리는 내가 막 출판한 새 영문판 책 이야기를 나누었다. 그녀는 한 잡지사에서 서평을 청탁받았는데, 잡지사 쪽에서 그녀와 내가 친한 친구 사이라는 것을 알고는 바로 쓰지 말라고 했다고 말했다. 왜냐고 물었다. 그녀는 그 잡지사가 부패를 걱정했기 때문이라고 했다. 나는 웃었다. 나는 미국인은 이렇게 반부패를 위해 노력하지만 미국의 부패는 여전히 잡초처럼 무성하다고 말했다. 중국에서 반부패는 검찰의 특권이 된 것 같다. 그래서 중국의 작은 부패는 들꽃처럼 만발하고, 큰 부패는 수풀 속에서 웃는다.

2011년 11월 4일

미국 대학의 운영비는 주로 사회 기부에서 나온다. 내가 뉴욕 대학에서 들은 실제로 있었던 이야기다. 어떤 기증자가 맨발로 총장 사무실에 들어왔다. 기증자의 맨발을 본 총장의 첫번째 반응은 자기 양말을 벗는 것이었다. 그는 같이 맨발이 되었다. 맨발인 사람 둘이 함께 앉아서 진지하게 대화를 했다. 그런 뒤 기증자는 수표를 끊었고, 총장은 몰래 고개를 기울여 기증자가 1 뒤에 0을 쓰고 또 쓰는 것을 보았다. 그는 뉴욕 대학에 1억 달러를 기증했다.

내가 이 이야기를 한 친구에게 하자 그 친구가 말했다. "맨발인 사람은 신발 신은 사람에게는 기증하지 않아."

2011년 11월 27일

나는 8일 뉴욕을 떠나 먼저 미국 서해안으로 갔다가 다시 북부로 갔고, 그런 다음 다시 최남단인 마이애미로 갔다. 완전히 한 바퀴를 돌아서 뉴욕에 돌아와 뉴욕 대학이 제공한 넓은 아파트에 들어갔다. 그런데 한동안 인터넷을 할 수가 없었다. 매일 마이애미 도서전에서 준 화사한 가방을 메고, 안에다 컴퓨터를 넣고 인터넷을 하러 20미터를 걸어 뉴욕 대학 도서관에 갔다. 어떤 친구는 뉴욕에서 가장 꼴불견인 가방이라고 했고, 어떤 친구는 이에 반대하면서 뉴욕에서 두번째로 꼴불견이라고 했다. 그런가 하면 어떤 친구는 이렇게 말했다. "여기는 뉴욕이야. 가장 예쁜 가방을 메도 아무도 예쁘다고 말하는 사람이 없고, 가장 꼴불견인 가방을 메도 아무도 꼴불견이라고 생각하는 사람이 없다고."

마이애미에 있을 때 영국 출판사 사장인 마이어 선생과 술을 한 잔 했다. 75세인 이 노인네는 이야기가 끝이 없었다. 그가 너무 많은 말을 해서인지 묵고 있는 호텔에 돌아왔을 때는 한마디밖에 생각나지 않았다. 그가 말했다. "이 세상은 도처에 테러리스트예요. 어떤 자들은 폭탄을 들고 있고, 어떤 자들은 이데올로기를 들고 있지요."

2011년 12월 2일

뉴욕에서 추수감사절을 보냈다. 친구가 나를 데리고 5번 가와 매디슨 가의 유명 브랜드 가게를 돌아다녔다. 떼를 지어다니는 중국 관광객들을 보았고, 명품 가게마다 있는 중국어 쇼핑 안내원을 보았다. 티파니의 쇼핑 안내원은 중국인들은 돈이 많고, 중국인들이 아니면 이런 명품 가게들이 도산할 것이라고 했다. 속으로 생각했다. 소수 중국인들은 돈 벌기가 너무 쉬워서 돈을 어떻게 벌었는지를 모른다. 다수 중국인들은 돈 벌기가 너무 어려워서 돈을 어떻게 벌 수 있는지를 모른다.

2011년 12월 3일

미국에서 처음으로 산문집을 출판했다. 오늘날의 중국에 관한 것이다. 출국 전에 랜덤하우스에서 특급우편으로 보내온 하드커버 견본을 받았다. 크기와 두께가 소프트커버와 비슷했다. 여느 하드커버처럼 크고 두껍지 않아서 조금 놀랐다. 미국에 와서, 중국에 관한 책은 모두 크고 두꺼운 자료집과 이론서라고 말하는 논평을 읽었다. 이 작고 깜찍한 책은 사람들에게 친근감을 주는데다, 이야기도 가득하다. 나는 랜덤하우스 편집부에서 마음 써 고심한 것에 감탄했다.

오늘은 미국의 편집자인 루 앤과 점심을 먹었다. 한 친구가 통역을 해주었다. 우리는 먼저 물을 한 병 달라고 했고, 물을 마시면서 이야기를 나누었다. 웨이터가 요리를 놓고 돌아서면서 물병을 엎지르는 바람에 내가 빈 자리에 걸쳐놓은 외투가 젖었다. 지배인이 건너와서 연신 미안하다고 했고, 나더러 흰 냅킨으로 직접 닦으라고 하면서 자기들이 나 대신 닦으면 그들이 내 옷을 망쳤다고 고소를 할 수도 있어서라고 설명했다. 나는 노인이 길에 넘어져도 아무도 부축해 일으키지 않는 중국의 모습이 떠올랐다.

루 앤이 내게 미국에서 1년에 2만 종이 넘는 책이 출판된다고 말해줬다. 10여 년 전에 처음 미국에 왔을 때 미국은 매년 12만 종의 책을 출판했고, 중국은 10만 종을 출판했다. 그뒤 몇 년 동안 중국의 출판 종수는 빠른 속도로 미국을 앞질러, 올해는 30만 종 이상에 이르렀다. 금융 위기 이후 미국은 출판 종수가 자동적으로 감소했고, 현재 출판 종수는 1년에 2만 종밖에 되지 않는다. 하지만 중국의 출판 종수는 해마다 늘어나고 있다. 중국이라는 절제 없는 발전이 누군가가 했던 말을 생각나게 했다. 자신의 무지를 알면 완전한 무지가 아니다. 완전한 무지는 자신의 무지를 모르는 무지다.

아프리카

기억 속 아프리카에 관한 두 이야기가 손을 잡고 다가온다.

첫번째 이야기는 먼 유년에서 걸어나온 것이다. 당시 나는 문혁의 세월을 겪고 있었다. 마오쩌둥의 '세 개의 세계' 이론미국 제국주의와 소련 수정주의가 1세계고, 일본과 유럽이 2세계, 중국은 아시아와 아프리카의 작은 나라들과 함께 3세계라는 이론을 귀에 못이 박히도록 들었고, 우리는 다들 이런 입버릇을 지니고 있었다. "아시아, 아프리카, 라틴아메리카의 인민은 우리 중국 인민의 형제자매다." 아프리카 국가의 지도자들이 연이어 왔고, 그들이 마오쩌둥과 악수하는 사진이 런민일보 1면에 실렸다. 그런 대통령들은 대부분 대령이나 소령 계급장을 달고 있었는데, 한 대통령의 계급장은 준장이었던 게 기억난다. 우리 같은 아이들은 바로 달려가서 서로에게 알려주었다. "이번에는 마침내 장군이 왔어." 당시 나는 중국이 사심 없이 아프리카를 원조하는 것에 깊은 자부심을 느꼈고, 이 일로 우리 신문과 방송, 뉴스 다큐멘터리는 끊임없이 이 빛나는 업적을 반복해서 다루었다. 우리는 탄자니아의 철로 건설을 도왔고, 우리 의료진은 아프리카에서 병을 치료해 사람을 구했고, 우리 농업 기술인들은 아프리카에서 소출所出이 많은 쌀을 심었고…… 등등이었다.

　두번째 이야기는 파리에서 온 것이다. 2008년 봄에 나는 『형제』의 프랑스어판 홍보를 위해 프랑스 국제방송국의 토고 출신 여기자를 만났다. 마흔 살 어름의 그녀는 성격이 밝았고, 끊임없이 입을 크게 벌려 웃었다. 인터뷰가 끝나고 그녀가 내게 말하길, 자신이 어렸을 때 많은 중국인이 토고에 와서 벼 재배하는 것을 도와주었다고 했다. 멀리 집을 떠나온 그 중국 남자들은 대규모로 쌀을 재배하면서 역시 대규모로 토고 여인들과 사랑을 나누었고, 대규모의 혼혈아를 남겼다. 이 여기자의 사촌 남동생도 중국 농업 기술인이 남긴 아이였다. 끝까지 말을 마친 뒤 이 토고 출신 여기자는 큰 소리로 웃었다. 그는 토고에 이런 속담이 유행했다고 했다. "중국인이 남긴 아이가 남긴 벼보다 많다."

　아프리카에 관한 두 이야기는 그 길은 다르지만 목적지는 같다. 둘 다 중국과 아프리카의 우정 이야기다.

술 이야기

이 술 이야기는 오슬로에서 있었던 일에 관한 것이다. 스타방에르로 가기 전날 밤이었다. 노르웨이 출판사의 내 책 편집자인 아스비에른은 유머가 있는 사람이었다. 우리에게 통역을 해주는 사람은 그가 말을 마치면 늘 한참을 깔깔 웃고 나서야 그의 말을 통역했고 그런 뒤엔 내가 웃었다. 그는 내게 정통 노르웨이 밥과 정통 노르웨이 술을 사주겠다고 공언했다. 길을 걸으면서 나는 그곳이 어떤 레스토랑일지 생각했고, 당연히 오래된 색채의 오래된 집에, 중앙에는 바이킹 해적선이 진열되어 있을 것이라고 상상하기 시작했다. 결국 아스비에른은 나를 데리고 절인 생선과 고기를 파는 상점으로 들어갔다. 안에는 여러 종류의 고기와 소시지, 여러 종류의 햄이 걸려 있었고, 냉장고에는 온갖 말린 물고기가 가득했다. 나는 안쪽이 레스토랑일거라고 생각하고 안으로 들어갔는데 작은 사무실 하나뿐이었다. 컴퓨터와 서류함이 있고, 탁자에 고기

한 접시와 생선 조각이 놓여 있었고, 술도 몇 병 있었다. 나는 속으로 여기가 바로 레스토랑이구나 하고 생각했다.

아버지와 아들이 하는 가게였고, 우리는 그 사람들 사무실에 앉았다. 식사 전에 아들이 우리더러 노르웨이 지도를 먼저 보라고 했고, 아버지가 햄을 들고 들어왔다. 햄이 곧 노르웨이 지도였다. 아버지는 작은 칼로 햄의 다른 부위를 가리키며 노르웨이의 도시를 소개했다. 오슬로, 베르겐, 스타방에르…… 햄 위의 도시들을 소개한 뒤 아버지는 계속 햄을 가리키며 탁자에 있는 고기 조각이 어떤 부위인지를 소개했다. 그런 후에 아버지 손에 있는 작은 칼이 햄의 바깥쪽을 가리켰다. 거기는 바다였고, 그는 우리에게 탁자에 있는 생선 조각이 어떤 바다에서 왔는지 알려주었다.

아버지가 햄을 내려놓자, 아들이 우리들에게 햄을 손으로 비벼서 덥힌 뒤에 먹으라고 가르쳤다. 내가 농담으로 겨드랑이에 넣어 비벼 열을 내도 되는지 물었다. 그가 웃으면서 좋다고 했다. 내가 노린내가 날 거라고 말하자 그가 농담으로 답했다. 그러면 더 맛있지요.

그 아들이 내게 이런 절인 고기와 생선을 먹으면 위가 차가워지는 걸 느끼게 되고, 그래서 콩으로 빚은 노르웨이 소주를 마셔야 하는데, 이 소주는 제조해 완성한 뒤 나무통에 붓고 다시 배에 실어 남쪽 바다로 내려가 적도 쪽까지 가서 한 바퀴 돌고 온다고 했다. 그래서 북구의 추운 겨울에 적도를 돌아온 이런 소주를 마시면 위에 아프리카의 뜨거움이 깃들기 마련이라는 것이다.

나는 손으로 비벼서 고기를 덥혔고, 입에 넣고 씹으면서 작은 잔으로 노르웨이 소주를 마셨다. 순한 자극을 주는 액체가 식도를 타고 내려갈 때 확실히 뜨거운 느낌이 들었다. 나는 조심조심 고기와 생선을 먹었고, 조심조심 소주를 마시면서 위에 아프리카의 뜨거움이 나타나기를 기다렸다.

아스비에른이 고기와 생선을 한입 집어먹고, 한입 가득 적도에서 온 소주를 마시면서 목소리를 높여 스무 살 때 채식을 한 이야기를 했다. 그때 그는 파리에 살았고, 아름다운 프랑스 여자 친구가 있었다. 그는 1년 동안 채식을 했고 술도 마시지 않았고, 그런 뒤 성욕이 형편없이 약해졌다. 그는 초조하고 불안했다. 그녀의 여자친구도 초조하고 불안해져서 그를 데리고 의사 세 명을 찾아갔다. 앞의 두 의사는 병의 원인을 찾지 못했고, 세번째 의사가 먹는 것을 물었을 때에야 원인이 무엇인지를 알아냈다. 의사는 그에게 고기를 많이 먹고 술을 많이 마시면 된다고 했다. 그는 더이상 채식을 하지 않았다. 고기도 몽땅 먹고 술도 몽땅 마셨다. 성욕은 더없이 강해졌다.

나는 아스비에른의 성욕이 오락가락한 이야기를 들으며 한 잔 한 잔 작은 잔에 소주를 마셨고, 위에서는 한 번 한 번씩 '적도, 적도' 하는 소리가 났다. 그러나 위에 아프리카의 뜨거움은 없었고 도리어 북극의 차가움이 나타났다. 이것은 안에서 밖으로 치고 나오는 차가움이었고, 추운 겨울 눈보라 속에 서 있을 때 밖에서 안으로 파고드는 차가움에 비해, 빌어먹게도 훨씬 더 차가웠다.

저녁을 먹고 덜덜 떨면서 호텔로 돌아와 물 한 주전자를 끓여 뜨거운 차를 두 잔 마시고서야 위에 따뜻한 감각을 느꼈다. 하지만 이튿날 아침, 잠에서 깨었을 때, 위에는 여전히 은근한 한기가 남아 있었다. 나는 어젯밤에 먹은 술은 적도에 다녀오지 않은 게 아닐까 의심했다. 그 소주 통은 아마도 술기운이 오른 배에 실렸고, 선장부터 1등 항해사, 선원까지 다들 술주정뱅이어서, 곤드레만드레 취한 술주정뱅이들이 방향을 잘못 잡아 남쪽 적도로 내려가지 않고 북극 가까이 가서 한 바퀴 돈 게 아니었을까.

어렸을 때가 생각났다. 물자가 궁핍하던 시절에 우리집 이웃은 예순 살이 넘었는데, 일주일에 한 번은 백주白酒, 소주 계열의 중국 고량주를 마셨고, 백주 작은 잔에 오향두五香豆 한 알을 먹었다. 그는 만족스럽게 조금 한 모금 하고는 오향두를 핥고 잠시 멈췄다가, 다시 조금 한 모금 하고 다시 오향두를 핥았다. 오향두 껍질의 짠맛이 없어질 때가 돼서야 조심조심 하나를 먹었다. 백주 한 잔과 오향두 한 알이면 이 어르신은 두 시간 넘게 신선 같은 삶을 누렸다. 그의 얼굴에 넘쳐나는 것은 취객의 표정이 아니라 도취의 표정이었다.

요즘 일부 사람들은 소리를 지르며 비싼 백주와 와인을 맥주처럼 들이다 마신다. 그런 사람들은 가짜 술을 마셔야 한다.

아들의 고집

2004년 11월, 우리가 하버드 대학에 있을 때, 저우청인周成蔭 교수가 한 학생더러 위하이궈余海果를 데리고 보스턴 이곳 저곳을 돌아보게 했다. 그 학생이 나중에 웃으면서 내게 말했다. 위하이궈의 말이 특이하다는 것이다. 자기가 위하이궈의 팔을 잡았는데 힘이 셌던 모양이다. 그런데 위하이궈는 세게 잡았다고 말하는 게 아니었다. 그가 말했다.

"내 혈관을 꽉 쥐었어요."

위하이궈가 유치원에 다닐 때 기억이 났다. 이따금 나는 갑자기 그에게 소리를 지르곤 했다. 어느 날 그가 내게 진지하게 말했다. 이렇게 갑자기 소리를 치면 자신에게 상처가 너무 크다면서 비유를 들었다.

"리모컨을 들고서 찍, 텔레비전을 끄는 것처럼 내 생명을 끌 수 있어요."

내가 위하이궈를 안 지 11년이 되었다. 나는 예전에도 그의 이상하고 특별한 비유에 이끌렸다. 그가 초등학교에 들어가고 작문을 시작한 뒤로, 그의 비유는 늘 잘못 쓰는 글자와 비문 속에서 반짝반짝 빛을 발했다.

위하이궈는 줄곧 자기는 글쓰기를 좋아하지 않는다고 선언했다. 이번에 나와 천훙陳虹을 따라서 8개월 동안 미국과 프랑스를 돌아다녔고, 여러 가지 다른 스타일의 건물도 보았다. 이 때문에 자기는 건축에 매료되었다고 선언했다. 미국에서 우리는 10여 개 도시와 20여 개 대학을 다녔다. 그는 스탠퍼드 대학이 제일 좋다고 했고 스탠퍼드의 집도 좋아했다. 버클리에서 3개월을 묵어서 캘리포니아 버클리 대학도 좋아했다. 캠퍼스의 비탈을 좋아해서다.

위하이궈는 글을 쓸 때면 작은 방에 들어가서 자기를 가두고 잠시 후에 나와서는 몇 자를 썼다고 공표하고, 그런 뒤 다시 쓰고, 다시 조금 지나면 또 나와서 몇 자를 썼다고 공표했다. 그는 몇 자를 쓰고는 전체 몇 자를 썼는지 다시 세었다. 이것이 그가 작문을 할 때 최초로 느낀 성취감이었다.

「미국에서 낚시하기」는 위하이궈가 지금까지 쓴 가장 긴 글이다. 이 글은 그에게 의미가 크다. 이 뒤로 자수를 세는 것에 신경을 쓰지 않고 페이지 수를 세기 시작했다. 작은 방에서 나오면서 자기가 반 페이지를 썼다거나 또는 한 페이지를 썼다고 공표했고, 마치 장거리달리기를 한 것처럼 이제 쉬어야겠다고 말했다.

나와 천훙은 그가 미국에 관한 글을 좀 썼으면 싶었다. 우리는 아이오와 시티에서도 두 달 넘게 살았다. 핼러윈데이에 그는 동갑인 아이 둘과 함께 집집마다 다니면서 사탕을 얻었고 결국 큰 자루에 사탕을 메고 돌아와 탁자에 쏟으며 우쭐해했다. 그뒤 추수감사절을 우리는 로스

앤젤레스에서 보냈고, 그가 꿈에 그리던 디즈니랜드와 유니버설 스튜디오에 갔다. 우리가 묵었던 힐튼 호텔 노천수영장에서 수영도 했다. 그는 로스앤젤레스를 좋아했다. 겨울에도 노천에서 수영을 할 수 있는 도시이기 때문이었다. 성탄절에 우리는 샌프란시스코에 있었다. 저녁에 우리는 일부러 성당에 갔고, 엄숙한 분위기에 그는 좌불안석이었다. 신부가 강론을 할 때 그가 내게 넌지시 말했다. 우울증이 생길 것 같다고. 뉴욕 맨해튼과 시카고의 도심은 기운이 넘쳤고, 그곳 거리를 걷는 것은 협곡을 걷는 것 같았다. 노스캐롤라이나의 조용한 작은 도시도 있고, 불빛이 휘황찬란한 라스베이거스도 있고…… 작문을 할 만한 경험이 많았다. 아이오와 시티에 있는 호러스 만 초등학교와 버클리의 르콩트 초등학교에서 각각 두 달을 공부하며 미국 아이들과 같이 생활한 경험도 있다. 우리는 그가 써보기를 바랐지만 그는 고개를 저었다. 글이란 자기가 쓰고 싶어야 쓸 수 있다고 했다.

며칠 전, 그가 갑자기 글을 쓰고 싶다고 하더니 화장실에 가서 불도 켜지 않은 채 어둠 속에서 앉아 있었다. 문득 어두운 기분이 들었고 이런 느낌이 그를 크게 불안하게 했다. 화장실에서 나와서 그는 우리에게 말했다. 시 한 편을 떠올렸는데, 제목은 「지하 일층」이라 했다. 우리집은 20층이지만, 화장실의 어둠 때문에 「지하 일층」이란 시를 쓴 것이다. 그는 바지도 채 여미지 않은 채 서둘러 자기 시를 노트에 적었고, 그런 뒤 낭랑한 목소리로 시를 낭독하기 시작했다.

지하 일층, 영원한 고요
지하 일층, 자동차의 감옥

지하 일층, 햇볕을 볼 수 없는 비극

지하 일층, 지하에서 고사한 뿌리

내가 '감옥'을 '자동차' 뒤에 쓰는 것은 너무 무거운 것 아니냐고 말했다. '감옥' 대신에 부드러운 단어로 바꾸어야 한다고 생각했다. 아들은 동의하지 않았다. 자기가 표현하려는 것은 어둠 속의 느낌이라고 했다.

보스턴에서 그를 데리고 놀러다녔던 하버드 학생이 내게 말했다. 위하이궈는 비디오카메라로 여기저기 찍는 걸 좋아했고, 남이 그에게 뭔가를 찍으라고 하면 늘 고개를 저으며 말했다는 것이다.

"난 나만의 예술 감각이 있어요."

아들에게 쓰는 편지

사랑하는 아들에게

안녕! 어린이날 축하해! 즐거움이 가득하길!

매해 6월 1일은 전 세계 어린이들의 기념일이지. 이날은 아이들이 어른이고, 이날의 주인이지. 아들아, 이런 날은 너를 위해 수정으로 즐거움이 가득한 방을 지어 모든 걱정을 문밖으로 밀어내거라. 그런 티끌 한 점 없는 즐거움은 아이들만 가질 수 있단다. 그것은 하느님이 특별히 아이들에게 준 은총이다. 하지만 그것은 영원한 선물이 아니어서, 자라서 어른이 되면 바람 속에 사라져버리지. 그래서 너는 이것을 소중하게 여겨야 하고, 즐거움에 몰두해야 한다. 철저하게 즐거워하고, 자신을 하얀 구름 위로 던지며 즐거워하거라.

세상 모든 부모는 다 같아서 자기 자식 때문에 행복하다. 우리는 우리가 세상에서 가장 행복한 부모라고 생각한다. 태어나서부터 지금까지 너는 너무도 많은 기쁨과 감동을 가져다주었고, 너무도 많은 아름다운 기억과 다른 삶의 모습을 우리에게 가져다주었다. 너는 아빠와 엄마의 인생을 더욱 풍부하고 충만하게 했고 우리 가정을 완벽하게 했으며 더없이 단단하게 만들었다. 먼 유혹도, 가까운 아름다움도, 우리에게 다가올 수 없었다. 우리에게 네가 있기 때문이었다. 네가 있는 곳이 어디든, 그곳에 우리집이 있고, 그곳에 우리의 사랑이 있다. 너는 우리를 즐겁게 하는 재롱둥이이자 우리의 방향이자 목표다. 너는 우리의 핵심이고, 우리 행복의 뿌리이자 즐거움의 원천이다.

말하기 부끄럽지만, 네가 우리에게 너무나 많은 행복을 주었는데도 우리는 너에게 제대로 고맙다는 말도 못했다. 평소 생활하면서 너는 늘 낭랑한 목소리로 "엄마 고맙습니다, 아빠 고맙습니다"라고 말하지만 사실 우리도 너에게 감사해야 한다. 네가 우리에게 준 모든 것에 감사하고, 네가 우리 곁에 있는 순간순간에 감사하다.

하느님은 우리가 너를 얼마나 사랑하는지 알 것이지만 하느님도 말로 표현하진 못할 것이다. 우리가 너를 거칠게 나무랄 때도 있고, 심하게 질책할 때도 있지만 그 모든 것이 너에 대한 사랑에서 나온 것이란다. 여러 가지 이유로 너를 교육할 때, 마음이 통제력을 잃고 태도도 충분히 냉정하지 못하고 방법도 충분히 타당하지 않더라도 너에 대한 우리의 사랑을 의심하지 않길 바란다. 우리가 잘못한 것은 꼭 말해주렴. 우리는 진지하게 대할 것이고, 최대한 고칠 것이다. 혹여라도 그것을 마음에 원한으로 쌓고 그것이 점점 두꺼워져서 벽이 되어 우리 사이를 가로막아서는 안 된다. 이제 너는 중학교 2학년이 되는구나. 2학년이 되면 반발심이 더 강해져서 부모와 쉽게 마찰이 일어난다고 한다. 우리 함께 노력하고, 많이 소통하고, 많이 이해하고, 많이 용서하며, 이 다사다난한 가을을 같이 보내자. 어떠니?

아빠가 늘 너의 어깨를 껴안고, 너의 등을 두드리고 웃으면서, "우리가 오래전에 부자에서 형제가 되었지. 그렇지, 아들?"이라고 말한 것이 기억난다. 사실 아빠가 이렇게 말한 것은 너에게 평등의식을 전하려는 것이자 너에게 우리는 너의 부모일 뿐 아니라 모든 것을 이야기하는 너의 친구도 되고 싶다는 것을 말하려는 것이란다.

끝으로 네게 말하고 싶은 것은, 우리가 이 일생에서 내린 가장 중요한 선택은 네 아빠가 소설을 선택하고 네 엄마가 시를 선택한 것이 아니라, 13년 전 베이징 양방한방 합진 병원의 긴 복도에서 한 그 선택이란 거야. "우리는 이 아이를 원합니다." 그때 비록 우리는 아이를 맞을 준비가 충분히 되어 있지 않았지만, 땀이 줄줄 흘러내리게 하는 여름 햇볕이 쬐는 긴 복도에서, 우리는 손을 내밀어 천당에서 온 아이를 받았다. 그 아이가 바로 너고, 우리는 너를 위하이궈라고 불렀지.

어린이날 축하해, 아들!

2007년 5월 30일
너를 가장 사랑하는 아빠와 엄마

(주: 내 아들이 중학교 1학년일 때 학교 선생님이 각 집의 가장들에게 부탁하길, 아이한테 편지를 써달라고 했다. 이것은 당시 내가 해외에 있는 바람에 내 아내 천홍이 우리를 대표하여 쓴 편지다. 지금 내 아들은 미국에서 대학을 다니고 있다. 이 아름다운 편지로 산문집을 마친다.)

부록

『형제』 창작 일기

2005년 10월 27일

오늘부로 휴대전화를 정지시켰다. 『형제』 하권 수정 작업에 본격
적으로 돌입한 것이다. 집 전화는 9월 중순부터 받지 않았다. 그때부
터 수정 작업을 시작했지만 한 달여 동안 갖가지 일에 얽매였고 『형
제』 상권을 출간하기 전의 조용한 상태로 돌아갈 수가 없었다. 이것
은 교훈이다. 앞으로 다시는 상권, 하권으로 나누어 내지 않을 것이
다. 8월 초면 창작으로 돌아갈 수 있을 것이라고 생각했지만 9월이
되어도 끝이 없었다. 『형제』 상권과 관련한 모든 활동을 강제로 중지
시켰지만 다른 활동이 튀어나왔다. 이번 일을 통해 과거의 경험으로
앞으로의 생활을 미루어볼 수 없다는 것을 알게 되었다. 오늘 휴대전
화를 정지해 외부와 접촉을 끊었다고 생각하지만 물론 이 블로그는

끊을 수가 없다. 지금은 이 블로그로 이런 느낌을 받을 필요가 있다. 나는 여전히 세상에 있다.

2005년 11월 15일

『형제』의 서사 언어를 두고 일부 비평은, 당신의 생각과 마찬가지로, 우선 단숨에 잘 읽힌다고 말하고, 이어서 언어가 간결하지 않다고 말한다. 여기서 해명하겠다. 간결하지 않은 언어가 어떻게 단숨에 읽힐 수 있는가? 이것은 언어의 역할에 대한 이해의 차이라고 본다. 나는 이렇게 이해한다. 문학 작품의 언어는 자신의 존재를 전시하기 위한 것이 아니라, 서술의 힘과 정확성을 표현하기 위한 것이다. 간단히 비유해보자. 문학의 서사 언어는 예쁘게 생겼는지 아닌지, 감상 대상으로서의 눈을 사람들에게 제공하는 것이 아니다. 문학의 서사 언어는 눈길이어야 한다. 눈길은 무엇을 보았는지를 위한 것이지, 자신을 전시하기 위한 것이 아니다. 눈길의 존재 가치는 '보았다'는 것이다. 서사 언어는 눈길처럼 생활에서 무언가를 찾고, 독서를 이야기 속 인물과 사상, 감정 속으로 인도한다. 중국 전통 미학에 구름을 물들여 달을 표현하는 방법烘雲托月이 있는데, 이를 가지고 서사 언어의 역할을 설명할 수 있을 것이다. 달을 그릴 때는 구름만을 채색하고 달은 그리지 않지만, 사람들이 보는 것은 달뿐이고 구름은 없다. 내 생각에 소설의 서사, 특히 장편소설의 서사에서 언어는 공을 세운 뒤 물러나야 한다. 이와 별도로, 하권은 지금 시대의 이야기이고, 수정을 하고 있으니, 마음을 놓으시라. 나에게는 어떤 금기도 없다.

2006년 3월 18일

『형제』의 언어에 관한 논의가 가능하다고 본다. 하권이 곧 출판될 것이기 때문이다. 내 생각에 당신은 상권의 일부 유행어에 관심을 갖고 있다. 그런 유행어는 하권에서 더 많이 출현할 것이다. 내 과거작을 돌이켜보면 나는 유행어, 일상생활 유행어나 정치 유행어를 적게 사용했거나, 차마 사용하지 못했다. 그때는 서사체계에 그런 것들이 들어오는 것을 내가 거절했기 때문이다. 그런데 창작 경험은 내게, 서사의 순결성과 표현의 풍부함 사이에는 영원한 대립이 존재하며, 작가는 시시각각 서사를 보호할지 신선함을 담보할지를 취사선택해야 한다는 것을 말해주었다. 어떤 경우 둘은 하나로 융합되고, 어떤 때는 물과 불처럼 섞이지 않았다. 통상적인 의미에서 하나의 관점을 찾아 서술하는 소설을 나는 '관점 소설角度小說'이라고 부른다. 이는 왕왕 나머지를 버림으로써 서사의 순결을 선택한다. 그러나 정면 서사의 소설, 내가 '정면 소설'이라 일컫는 소설의 경우는 그렇게 하기가 힘들다. 그런 소설은 모종의 시대적 특징을 표현해야 하기 때문에 그 시절의 유행어를 회피할 수가 없다. '관점 소설'에서 시대는 영원한 배경이고, '정면 소설'에서 시대는 현장이다. 유행어의 장점은 늘 시대의 어떤 특징을 신속하게 표현할 수 있다는 점이고, 단점은 이미 진부하다는 점이다. 나는 『형제』를 쓰면서 유행어를 택하는 데 망설

였지만 나중에는 부득이했다. 자포자기할 수밖에 없었고, 유행어를 대폭 쓰기 시작했다. 왜 그랬는가? 20여 년 동안의 창작을 통해 나는 서사가 무엇인지 깊이 알게 되었다. 만약 조심조심하면서 유행어를 조금씩만 사용한다면 서사 속 유행어의 영향은 쥐 한 마리의 똥이 죽 한 솥을 망치는 격이 된다. 그렇게 되느니, 대규모로 유행어를 사용하는 게 낫다. 이른바 이가 많으면 무는 게 무섭지 않다고 하는 것이다.

2006년 3월 26일

옌펑嚴鋒은 나의 『형제』가 방만하게 씌었다고 했다. 내 생각에 주로 하권을 가리키는 것 같은데, 그의 말에 나도 동의한다. 내 과거 창작을 돌아보면, 내 모든 소설은 서사를 '거두어'들였는데, 『형제』만은 서사를 '놓아'보냈다. 특히 하권에서 그러했다. 나는 내가 겪은 두 시대가 이렇게 쓰도록 했다고 생각한다. 나는 처음으로 정면으로 다루는 것이 무엇을 초래하는지를 알았다. 당시의 어떤 특징이 더이상 배경이 아니라 현장일 때는 서사가 나도 모르게 개방되었다. 상권을 쓰면서 나는 서사를 풀어놓으려고 노력을 했지만 서술하는 시대에 지나치게 억눌렸고 서사는 늘 숨을 가누기 힘들었다. 하권을 쓰면서 지금 이 시대로 진입했을 때 내 서사는 마침내 진정으로 이완될 수 있었다. 왜인가? 우리가 방만한 시대에 살고 있어서다. 우리 현실의 황당함과 비교하면 『형제』의 황당함은 정말 아무것도 아니고, 나는 그것에 집중해 서술했을 따름이다.

2006년 3월 30일

『형제』 상권과 하권의 서사 차이는, 두 시대의 차이에서 왔다고 생각한다. 작년 8월 상권이 출판되고 편집부의 부탁을 받아 책 뒤표지에 들어갈 후기를 썼다. 상권에는 "정신은 열광하고, 본능은 억압되고, 운명은 참혹했다"라고 썼고, 하권에는 "윤리는 전복되고, 경박함은 끝이 없고, 모든 일이 다 일어나다"라고 썼다. 나는 '천양지차'라는 단어로 이 두 시대를 구분하면서 상권과 하권의 서사가 표현한 것도 천양지차이기를 희망했다. 내가 해냈다고 감히 말할 수는 없지만 상하권은 분명 다르다. 내가 말하고 싶은 것은, 천양지차인 두 시대가 서사 속에서 표현될 때 말에 차이가 없다면, 이는 마땅히 작가의 실패라는 것이다. 나는 옌펑의 말에 아주 동의한다. "오늘 우리의 최고의 현실은 바로 초현실이다."

2006년 4월 16일

『형제』 하권이 정식 출판된 지 한 달이 지났는데, 이렇게 많은 논쟁이 일어날 줄 몰랐다. 작년 8월 상권이 출간되었을 때 나온 논쟁은 하권이 초래한 논쟁으로 희석되었다. 나는 독자들이 하권을 더 많이 인정해주리라 생각했다. 우리가 지금 겪고 있는 시대이기 때문이다. 결과적으로 내가 틀렸다는 것을 알았다. 많은 독자들이 도리어 상권을 훨씬 쉽게 인정했다. 이제 나는 그 이유를 알았다. 『형제』 상권이

처한 시대, 문혁의 시대는 이미 끝났고, 완성되었으며, 이미 완성된 시대에 관해서는 모든 사람의 인식이 쉽게 일치하는 추세를 보인다. 하지만 『형제』 하권의 시대는 80년대부터 오늘까지 미완성인 채로 계속되고 있는 시대다. 모든 것이 매일 경신되는 이러한 시대는 서로 지리적 위치나 경제적 위치가 다르고, 인생의 길과 생활 방식이 다르고, 이런 식으로 더 많은 것이 달라 극단적으로 다른 느낌과 관점을 낳기 마련이다. 사회 형태로 보자면 문혁 시대는 사실 단순하다. 하지만 미완성 시대인 오늘은 참으로 복잡다단하다.

2006년 4월 17일

왜 작가의 상상력은 현실 앞에서 늘 창백하고 무력한가. 우리 모든 사람들이 하는 모든 말은 우리 역사와 현실만큼 풍부하지가 않다. 『형제』는 내가 개인적으로 겪은 두 시대에 대한 어떤 적극적인 느낌을 표현했을 뿐, 나의 전체적인 느낌을 표현한 것은 아니다. 나는 나 자신의 느낌이 열려 있고, 미완성이라고 믿는다. 내가 만일 내가 느끼는 전체적인 느낌을 써낼 능력을 가지고 있다고 하더라도 이 두 시대의 풍부한 현실 앞에서는 그저 수많은 소의 털 가운데 하나를 뽑는 정도에도 도달하지 못할 것이다. 『형제』의 출간으로 내 창작 인생에서 가장 거센 조롱을 받았는데, 진지하게 생각해보면 이것은 정상이다. 여러 해 동안 일부 문학계 사람들은 자기의 편협함을 자랑으로 여기면서 문학 이외의 다른 것에는 관심이 없다고 자랑하듯이 선언했다. 지금 문학계에는 이런 사람들이 여전히 적지 않다. 작년에 『형제』 상권을 출간하고 한 여기자가 나를 인터뷰할 때 내가 말하길, 위샹린余祥林이 당한 일1994년 아내를 살해한 혐의로 사형을 선고받았지만, 2005년 아내는 살아 있는 것으로 밝혀져 재조사와 재심을 통해 무죄를 선고받았다은 우리가 부조리한 세상에 살고 있다는 것을 충분히 설명해준다고 했다. 그러나 그 여기자는 거의 모든 사람이 다 알고 있는 위샹린 사건을 전혀 몰랐다. 화장품이나 패션 브랜드는 아주 잘 알고 있었을 것이라 생각한다. 지난 한 달 동안 나는, 오늘을 사는 사람은 다른 사람의 삶에 더 많은 관심을 가져야 하고, 특히 전혀 모르는 사람의 삶에 관심을 가져야 하며, 이는 다른 사람의 삶에 더 많은 관심을 가져야 자신의 삶을 더 잘 이해할 수 있기 때문이라고 여러 번 말했다. 동시에 내가 한 사람의 중국 작가로서 이런 천재일우의 시대에 살고 있다고도 여러 번 말했다. 엘리엇의 시구도 이야기했다. "새가 말한다. 인류는 너무 많은 진실을 견딜 수 없다고."

2006년 4월 21일

이 소설은 맨 처음에는 일인칭 서사 방식을 이용한, 한 무뢰한의 내레이션이었다. 나중에 일인칭, 그 무뢰한인 '나'로는 더 많은 서사를 표현할 수 없다는 것을 발견했다. 사실 상권의 쑹판핑이 죽은 부분부터 이미 '나'의 공간은 없었고, 하권에서도 '나'에게 여지를 주기가 어려웠다. 그래서 서사 방식을 위장된 삼인칭으로 바꾸었지만 말하는 스타일이 이미 형성되어 있어서 바로잡기가 쉽지 않았다. 그래서 나는 '우리 류진劉鎭, 소설의 무대가 되는 마을 이름'을 사용했다. 사실상 나도 이 이야기의 화자가 대체 누구인지 모르겠다. 어떤 때는 한 사람이고, 어떤 때는 여러 사람이며, 어떤 때는 수백, 수천 명이다. 내가 아는 것은 이야기가 진행되는 받침점인데, 그것은 2005년부터 쓰기 시작한 이야기라 유행어를 대량 사용하는 데 유리했다. 내가 느끼기에 이 '우리 류진' 화자는 세상을 냉소적으로 바라보며, 하권 대부분의 분량에서 이 '우리 류진'은, 개의 입으로는 개 소리밖에 낼 수 없듯이, 거의 모든 사람들을 조롱한다. 쑹강을 언급하는 단락에서만 '우리 류진'은 연민의 마음을 지니게 된다.

2006년 4월 21일

비록 『형제』를 썼지만, 나는 당신처럼 비관적이지 않다. 중국 백년 동안의 역사를 사회형태 측면에서 개략적으로 살펴보면 문혁이라는 시대는 가장 단순했고, 오늘 이 시대는 가장 복잡하다. 문혁은 하나의 극단이었고, 오늘 역시 또다른 극단이다. 극단적으로 억압적이던 시대는 사회형태가 급변하면 반드시 극단적으로 방탕한 시대로 반등하기 마련이다. 내가 기대하는 것은, 오늘 이 시대의 방탕과 부조리는 거의 정점에 이르렀고, 분명 서서히 다시 내려가야 한다는 것이다. 내가 믿는 것, 혹은 보다 정확하게 말해서 내가 희망하는 것은 향후 10년 혹은 20년 동안 중국 사회형태가 차츰 보수적 방향으로 나아가고, 또 부드러운 방향으로 나아가는 것이다. 왜냐하면 우리 모두 스스로를 구해야 하기 때문이다.

2006년 5월 13일

이번 주제는 "판도라의 상자는 열렸다"이다. 이것은 내 친구인 완즈萬之가 『형제』를 두고 한 말이다. 완즈는 중국 80년대 초반 중요한 소설가인데, 나중에는 서구 희곡을 전문적으로 연구했다. 해외를 떠돌다 스웨덴에 정착한 뒤로는 소설을 쓸 시간이 갈수록 줄어들었다. 나는 그를 10년 동안 보지 못하다가 이번에 스톡홀름에서 아침저녁으로 나흘을 만났다. 그는 늘 메고 다니는 검은 가방에 내가 준 『형제』 상권과 하권을 넣고 다녔고, 틈틈이 다 읽었다. 인터넷에서 이 소설을 두고 논쟁이 일고 있는 것을 알았고, 그것을 읽고 나서 내게 이 소설이 논쟁을 일으킨 것은 이상한 일이 아니라고 말했다. 그는 내 창작의 뱃심이 갈수록 두둑해진다고 말했다. 그는 훌륭한 분석을 많이 했는데, 여기서 다시 언급하지는 않겠다. 언젠가 그가 진지하게 말할 날이 있을 것이다. 그는 그렇게 많은 사람들이 『형제』 하권을 좋아하지 않는 이유가, 내가 하권에서 판도라의 상자가 열리고 난 뒤의 시대를 서술했기 때문이라고 말했다. 그 말은 나를 뒤흔들었다. 스톡홀름 공항에서 완즈와 손을 흔들며 작별한 뒤 나는 계속 유럽을 여행했는데, 날마다 그의 이 말을 떠올리곤 했다.

갖가지 사회 병폐를 볼 때, 오늘 이 시대는 온갖 마귀가 난무하는 시대다. 나는 판도라의 상자가 열린 이 시대에 나 자신은 어떤 역할을 해야 하는지 자문했다. 나 역시 난무하고 있는 것 같다. 나는 그저 작은 마귀일 것이다. 많은 사람들은 이미 판도라의 상자가 열린 뒤의 생활에 습관이 들어 있지만 얼마나 많은 사람이 이 사실을 인정하고 싶어할까? 나는 『형제』 상권과 하권에서 서술한 두 시대를 겪었다. 나는 내가 왜 이렇게 많은 병폐를 썼는지 잘 안다. 나도 책임이 있기 때문이다.

『제7일』 이후

    작가가 현실을 어떻게 서술하느냐에 공식은 없다. 서술이 현실을 가깝게 다루든 멀게 다루든 이는 작가와 창작에 따라 전부 다르다. 작가에 따라 그가 쓴 현실이 다르고, 동일 작가라도 다른 시기에 쓴 현실은 같지 않다. 하지만 반드시 거리를 지녀야 한다. 『제7일』에서는 사자死者 세계의 관점에서 현실을 묘사했는데, 이는 나의 서사의 거리였다. 『제7일』은 현실과의 거리가 가장 가까운 첫 창작이었고, 이후에는 아마도 이렇게 가깝지 않을 것이다. 이렇게 가깝고도 먼 방식을 다시는 찾을 수 없을 것이라는 생각이 들기 때문이다.

    『형제』 이전부터 줄곧 내게 어떤 욕망이 있었다. 우리 삶 속 부조리해 보이지만 실은 사실인 이야기들을 모아서 절제된 길이로 쓰는 것이다. 50만 자 혹은 100만 자로 쓰다보면 분량이 쉽게 많아져 시간과 체력이 소모되긴 해도, 내게 도전이 되지는 않을 것이다. 길지 않은 편폭으로 써내야만 도전이 될 것이다. 나는 7일의 방식을 찾아냈다. 방금 죽은 사람을 다른 세계에 진입시켜 현실 세계를 뒤집힌 그림처럼 촘촘히 드러내고 그림자를 선명하게 하는 것이었다. 『창세기』의 시작 방식을 빌렸다. 물론 중국에도 첫 7일에 관한 이야기가 있지만 중국 장례 풍속에 죽은 지 7일째 되는 날 죽은 사람의 혼백이 집으로 돌아온다는 이야기가 있다, 내가 쓸 때 머릿속은 온통 『창세기』였다. 왜냐하면, 『창세기』는 세상의 시작을 묘사했고, 이는 내게 필요한 것인데다 중국의 첫 7일 이야기만큼 그렇게 광범위하지도 않았다. 둘째는 『창세기』의 방식이 첫 7일 이야기보다 시적인 맛이 있었다. 제목이 '7일'이 아니라 '제7일'인 이유도 두 가지다. 우선 책 제목으로 '제7일'이 '7일'보다 좋았다. 두번째 이유는 내가 이번에는 역으로, 제7일의 '죽어서도 몸 누일 데를 찾지 못해 떠도는 곳'을 이야기의 시작으로 썼는데, 이 시작은 또한 전통적 의미에서 소설의 결말이기도 하기 때문이다. 왜 이런 죽음이라는 관점을 찾았는가? 창작의 시간이 길어질수록 야심도 갈수록 커지고, 모험도 갈수록 커져서일 것이다.

나는 1996년 『형제』를 쓰기 시작했다. 그때로 보면, 당시의 중국과 문혁 시절은 상상할 수 없을 정도로 변화가 컸다. 그런데 2012년과 2013년에는 2005년과 2006년에 비해 더 부조리하고 상상할 수 없는 현실이 펼쳐졌는데 결국 다들 천천히 익숙해졌다. 2006년에 『형제』 하권을 탈고했을 때, 소설 내용이 허구라고 말하는 사람이 있었지만 지금은 아무도 그렇게 생각하지 않는다. 이번에 내가 쓴 것은 모두가 아는 일인데도 많은 사람들은 꾸며낸 일이라고 말한다. 나는 이 시대를 상징하는 사건을 찾아서 길지 않은 편폭 속에 오늘의 중국을 담고 싶었다. 이른바 사회적 사건이나 현실 속 부조리한 일을, 사실 나는 너무 적게 썼다. 특정한 서사 속에 집어넣을 때 서사의 맥락을 따라야 했기 때문이었다. '나'와 '나'의 부친 양진뱌오楊金彪, '나'와 리칭李青의 묘사 이외에, 현실 사건을 진정으로 다룬 부분이 차지하는 양은 많지 않다. 내게 현실 세계의 것들은 거꾸로 선 그림자였고, 중심이 아니었다.

소설을 쓸 때 내게 한 가지 심리적 질병이 있는 것 같다. 한 단락이 만족스럽게 써지지 않으면 써나가지를 못한다.『형제』이전에 이미 나는 시작 부분을 다 써놓았었고, 잘 썼다고 생각했다. 그런데 왜 한동안 제쳐두었는가? 빈의관殯儀館, 소설에서 화장장을 일컫는 새로운 이름의 그 전화가 없어서였다. "당신, 지각입니다. 화장은 할 생각인가요?"이 세부 묘사가 빠져 있었고, 양페이가 직접 안개를 지나 소각장 대기실로 들어가게 하는 것은 내 느낌에 너무 빨리 들어가는 것 같은 문제가 있었다. 이 세부 묘사가 근 2년 동안 소설을 제쳐두도록 한 것이다. 그런데 문득 어느 날 아침에 일어났을 때, 소각장에 있는 사람이 그에게 전화를 거는 게, 그것도 두 번 거는 게 머리에 떠올랐다. 그리고 땅이 꺼져서 함몰되는 부분도 나중에 추가로 들어갔다. 초고를 완성하고 갑자기, 리웨전李月珍과 27명의 죽은 갓난아이들이 달빛이 아름답게 빛나는 밤에 영안실을 나서 '죽어서도 몸 누일 데를 찾지 못해 떠도는 곳'으로 가는 부분이 어딘지 이상하다는 생각이 떠나지 않았다. 양페이가 '죽어서도 몸 누일 데를 찾지 못해 떠도는 곳'으로 가는 것은, 그의 방식으로 수메이를 만나, 수메이가 그를 데리고 가기 때문이다. 그리고 그의 아버지도 가는데, 다른 방법으로 가기 때문이었다. 그런데 갑자기 어느 날 땅이 꺼졌다는 뉴스를 다시 보게 되었고, 나는 속으로 어떻게 이것을 잊어버렸지, 하고 생각했다. 땅을 붕괴해 영안실을 함몰시켰고, 땅이 흔들린 이후에 리웨전은 영안실에서 돌아와 그녀의 남편과 딸, 그리고 양페이까지 본다. 땅이 꺼져서 이 세부 묘사가 합리적으로 변한 것이다. 부조리한 부분이 합리적으로 변한다고 해도 만약 이 부분이 없으면 나는 부족하다고 생각한다. 이른바 부조리소설도 세부의 진실에 주의를 기울여야 한다. 이것이 전제다. 예를 들어 수메이가 몸을 깨끗이 씻을 때, 해골의 손에는 살가죽이 없는데 어떻게 물을 받쳐 드는가? 해골은 나뭇잎만 딸 수 있을 뿐이기에 해골이 손으로 나뭇잎을 받쳐 들면, 나뭇잎 속에 물이 있다. 어떤 때는 문제를 해결하기 위해 세부 묘사를 더해야 더 아름다울 수가 있다.

부조리소설과 사실소설의 가장 큰 차이는 그것과 현실의 관계다. 사실소설이 가는 길이 탄탄대로라면 부조리소설이 가는 길은 지름길이다. 천천히 가지 않고 보다 빨리 현실에 도달하기 위해서다. 나는 이런 방식만이 우리 시대 속 많은 부조리한 일을 집중시킬 수 있다고 생각한다. 『허삼관 매혈기』 혹은 『인생』의 방식을 사용하면 하나의 사건만 쓸 수 있다. 그런데 나는 뉴스에 그리 열중하는 편이 아니어서 정력을 집중하여 한 사람의 탄원이나 강제 철거를 쓰는 것에 흥미가 없다. 그때 왜 『허삼관 매혈기』를 썼는가? 매혈은 하나의 구실에 불과하다. 나는 주로 그들의 삶을 썼고, 나를 끌어들인 것은 바로 그것이다. 내가 『제7일』을 쓸 때는 강렬한 느낌이 있었다. 나는 현실 세계를 뒤집어서 썼고, 사실 그 중심은 현실 세계가 아니라 죽음의 세계였다.

우리 생활은 많은 요소로 구성되어 있다. 자신과 친구들에게 일어난 일, 자기가 살고 있는 곳에서 일어난 일, 뉴스에서 보고 들은 일 등등, 그것들이 우리를 에워싸고 있어 따로 수집할 필요가 없다. 그것들은 매일 생생하게 우리 앞으로 달려오고, 보고도 못 본 체하지 않는 한, 피하고 싶어도 피할 수가 없다. 내가 쓴 것은 우리의 삶이다.

나는 어떤 사람들에겐 현실을 주시한다는 것이 텔레비전이나 인터넷을 보고 가까스로 아는 것임을 발견했다. 『허삼관 매혈기』가 출판되고 2년이 지나서야 허베이河北의 에이즈 사건이 언론에 폭로되었다. 내가 쓴 매혈은 중국에서 벌써 반세기 동안 존재했다. 영아 유기 사건만 하더라도 나는 병원에서 자라서 80년대 가족계획 때부터 이를 많이 보았다. 이제야 그 실상이 조금씩 언론에 드러날 뿐, 실상 영아 유기는 거의 반세기 동안 있어왔다. 강제 철거 사건도 최소 20년은 되었다. 부동산 개발이 시작되면서부터였다. 이런 사건은 우리의 실제 삶에 오랜 시간 동안 존재해왔으며, 언론이 보도하지 않는다고 없는 일로 되는 게 아니다. 오늘의 중국 현실은 늘 부조리한 모습으로 출현한다. 천옌수陳硯書라는 네티즌이 내 웨이보에서 말했다. "『제7일』이 크게 논란이 된 근본 원인은, 민중이 부조리를 자주 접하다보니 이제 보통일처럼 익숙해져, 기이한 일을 보더라도 기이하게 생각하지 않고, 부조리를 용인해 부조리한 일을 보통일로 만든 데 있다." 나는 그가 말을 잘했다고 생각한다.

『형제』 뒤에 나는 산문집 『사람의 목소리는 빛보다 멀리 간다+個詞彙裏的中國』를 썼고, 영문판을 출판할 때 금융 위기를 만났다. 게다가 랜덤하우스 그룹이 합병을 하던 때여서 영문판 편집자가 일련의 문제에 부딪혔고, 번역 원고를 받은 지 2년 뒤인 2011년에야 출판했다. 당시 그는 통계 숫자를 갱신해달라고 했다. 많은 사례가 너무 오래되어서였다. 다시 보면서 나는 거의 모든 통계에 크나큰 변화가 일어났다는 것을 발견했다. 우리는 늘 문학은 현실보다 높다고 말하지만 그것은 사기다. 80년대 말에 윌리엄 포크너에 관한 글을 쓴 적이 있는데, 윌리엄 포크너는 문학이 현실보다 높기란 불가능하다는 것을 증명했다. 그 시대의 작가들이 하지 못했는데, 오늘날 우리 시대는 더 말할 것도 없다.

현실을 표현하는 문학의 의의는 어디에 있는가? 나는 누구도 가길 원하지 않는 곳, '죽어서도 몸 누일 데를 찾지 못해 떠도는 곳'을 통해 이를 표현했고, 이런 관점에서 우리의 현실 세계를 썼다. 만약 다른 방법을 써서, 『2666』의 제5장 '죄행'처럼 남미에서 발생한 백여 건의 강간 살인 사건을 전부 열거하면, 편폭은 지금보다 더 길어질 것이다. 내가 '죽어서도 몸 누일 데를 찾지 못해 떠도는 곳'이 아니라 로베르토 볼라뇨Robert Bolaño, 『2666』의 작가의 방식으로 현실 세계를 썼다면 아마도 문학의 의의는 진정 사라졌을 것이다. 이것이 내가 이 소설을 쓸 때 최초의 바람이었다.

마르케스는 『백년의 고독』에서 콜롬비아 신문에 실린 많은 사건과 화제를 썼는데, 거리에 나가면 그에게 이렇게 말하는 독자들이 있었다. "너무 진짜처럼 썼어요." 『제7일』은 『백년의 고독』과 비교할 수 없다. 마르케스가 쓴 것은 백년 동안의 고독인데, 20여 만 자만 사용했다. 나는 7일간의 고독을 썼을 뿐인데 13만 자를 사용했다. 참으로 부끄럽다.

사실 이 소설은 몇 년에 걸쳐 썼고, 『형제』 이후에 방치해두었다. 이렇게 늦은 이유 가운데 하나는 내가 항상 현실보다 낙후되어 있기 때문이지만 나의 늦음이 일종의 행운일 수 있다. 내 창작이 왜 늘 중단되는지를 몰랐는데, 내 시간이 조각나는 이유를 찾을 수 있었다. 늘 너무 많은 일이 내 창작을 끊어놓았던 것이다. 하지만 시간이 단절되는 것은 이유가 아니다. 내 결점은 부지런하지 않다는 것이고, 관심을 갖는 것이 너무 많아서, 늘 다른 것에 끌려간다는 것이다. 친구들은 나더러 돌아다니지 좀 말라면서, 지금 몸이 그래도 괜찮을 때 소설을 많이 쓰라고, 나중에는 몸이 안 되면 쓸 수도 없다고 했다. 내가 말했다. 나중에 몸이 안 되면 돌아다니지도 못한다고. 한 사람의 작가로서, 나는 이런 방면의 결점이 이미 구제불능의 지경에 이르렀다는 것을 안다. 나는 동시에 대여섯 편의 소설을 쓰고 있는데, 머릿속에 10년 이상 된 구상은 빼고 그렇다.

소설의 서사 언어는 자기 마음대로 정해서는 안 된다. 소설 자신의 서사적 특징으로 결정되어야 한다. 나는 『형제』를 쓰면서 어떤 때는 일부러 언어를 거칠고 저속하게 하려고 했다. 왜냐하면 거칠고 저속한 언어가 필요했기 때문이다. 리광터우李光頭가 고상한 말을 하면 분명 리광터우가 아니게 된다. 어떤 이들은 『제7일』의 언어가 너무 창백하고 무미건조하여 맹물 끓인 것 같다고 비판한다. 이것은 내가 생각하지 못한 것이다. 이 소설의 언어에 나는 무척 신경을 썼고, 고치고 또 고쳤고, 특히 첫번째, 두번째 교정을 볼 때도 고친 것은 모두 언어였다. 『제7일』 속 7일째 되는 날의 세 단락 가운데, 첫째 부분은 수메이를 빈의관으로 보내고, 수메이는 길게 자신과 우차오伍超 이야기를 하는 내용이다. 둘째 부분에서는 양페이와 아버지가 빈의관에서 만난다. 마지막 부분에서는 그가 '죽어서도 몸 누일 데를 찾지 못해 떠도는 곳'으로 돌아오는 길에 우차오를 만나고 우차오가 길게 이야기한다. 이 세 부분은 간결한 언어를 쓸 방법이 없었다. 왜냐하면 이것은 죽은 사람의 관점에서 하는 이야기이기 때문이다. 언어는 절제되고 차가워야 했고, 살아 있는 사람의 생기발랄한 말투를 쓸 수 없었다. 현실을 이야기하는 부분은 살아 있는 세계의 지난 일을 쓸 때라야 언어의 온도를 조금 높일 수 있었다. 나는 쓰면서 현실 세계의 냉혹함을 느꼈고, 사납게 썼다. 그래서 따뜻한 부분이 필요했고, 지극히 선한 부분이 필요했으며, 이는 내게 희망을 주고, 독자에게 희망을 주었다. 현실 세계가 사람들을 실망시킨 뒤 나는 아름다운 죽은 자들의 세계를 쓴 것이다. 이 세계는 유토피아도 아니고, 도화원도 아니다. 하지만 무척 아름답다.

20여 년 전 티베트에 갔었다

나는 20여 년 전 티베트에 갔었다. 하지만 티베트 역사에 대해서는 우리 관료들과 마찬가지로 이해하는 것이 적었다. 2008년 베이징 올림픽 전야, 파리에선 봉송중이던 성화가 약탈당했고, 샌프란시스코에선 봉송 경로가 암암리에 바뀌었다. 티베트 문제는 이때부터 서구 세계에서 비등했다. 그때 나는 『형제』 출간 홍보 활동 때문에 프랑스와 이탈리아, 독일에 가야 했다. 인터뷰를 할 때 분명히 티베트 문제에 직면하리라는 걸 알았고, 이는 회피할 수도 없고, 회피해서도 안 되는 것이었다. 출발 3개월 전, 나는 궁하면 부처를 찾는 심정으로 티베트에 관한 책 몇 가지를 읽었다. 그 가운데는 유명한 티베트 독립운동가인 샤캅파Tsepon W. D. Shakabpa의 『티베트 정치사*Tibet: A Political History*』(비공개 출판)도 포함되어 있었다. 이것은 린뱌오林彪가 내게 가르쳐준 방법이었다. 린뱌오가 말했다. "문제를 지닌 채 배워라", 그런 뒤 "배우면서 활용하라."

그해 봄과 여름 사이, 나는 이탈리아 페라라에서 달라이 라마의 정치 고문과 대담을 가졌다. 대담 하루 전날, 주최측에서 내 의견을 구할 때 나는 그 라마승이 먼저, 많이 말하길 희망했다. 주최측에서는 선의로 내게 대다수 이탈리아 사람들은 달라이 라마의 주장에 쏠려 있고, 그래서 대담하는 동안에 내게 물병을 던지는 사람이 있을 수도 있다고 일깨워주었다. 이튿날 많은 이탈리아 사람들이 왔고, 중국 유학생 수십 명도 나를 지지하러 왔다. 나는 중국 유학생들이 앞쪽 자리를 점령하게 했다. 만일 물병이 날아오면 내가 피할 충분한 시간을 벌 수 있도록…… 그러나 물병이 날아오는 것은 보지 못했다.

나와 달라이 라마의 정치 고문이 대담 장소에 들어가자 이탈리아 방송국의 카메라 두 대가 각각 우리 두 사람을 잡았고, 나는 그가 무슨 말을 하는지 알 수 없었다. 방송국 기자가 먼저 내게 중국 작가는 티베트 라마승과의 대화를 어떻게 보느냐고 물었다. 나는 이런 질문에 이미 익숙했다. 왜냐하면 서구 맥락에서는 늘 티베트와 중국을 나란히 두기 때문이다. 나는 분명하게 그에게 말했다. 이것은 중국 작가와 티베트 라마승 사이의 대화가 아니라 한족 작가와 티베트 라마승 사이의 대화다. 기자가 중국과 티베트는 어떠냐고 다시 물었다. 나는 우리는 중국과 티베트라고 말하는 데 습관이 되어 있지 않다고 말했고, 우리는 습관적으로 베이징과 티베트, 광둥과 티베트, 저장과 티베트 등으로 말한다고 했다.

설명이 필요한 것은, 입장은 달랐지만 달라이 라마의 정치 고문에 대한 내 인상은 좋았다는 점이다. 그는 매우 우호적이었고 시종 미소를 지었다. 진행자가 그에게 왜 줄곧 미소를 짓느냐고, 화를 낼 줄 아느냐고 물었다. 그는 승려였다. 그는 여태껏 화를 내지 않았다고 말했다. 왜냐면 화를 내면 남을 다치게 하고, 자기도 다치기 때문이라고 했다. 그 뒤 진행자가 내게 평소에 화를 내냐고 물었다. 나는 속인이다. 나는 늘 화를 내고, 화를 내는 것은 좋은 일이며, 나쁜 감정을 배출할 수 있고, 마음 건강에 유익하다고 말했다.

대화가 시작되고 그 라마 승려는 거의 한 시간 동안 이야기했다. 나는 동시통역을 통해 그의 말을 자세히 들었다(그는 중국어를 할 줄 몰랐다). 티베트 역사를 이야기할 때 그는 선택적으로 거론했다. 자기에게 유리한 역사만 이야기했고, 사실 어떤 것은 전설이었다. 당연히 그도 문성공주文成公主, 당 태종의 딸로 토번(吐藩, 티베트) 송찬간포의 왕후가 되었고 불교를 토번에 전파했다고 알려져 있다를 찬양했다. 오늘을 거론할 때, 그는 주로 우리 언론이 어떻게 달라이 라마를 공격하는지 말했다.

그가 말을 마치고 나서, 나는 단지 10분만 말했다. 티베트 역사에 관한 지식 배경도 내 10분 동안의 발언만 지탱할 수 있을 뿐이었다. 내가 말한 것은 세 가지 가운데 앞의 두 가지였는데, 그가 말하지 않은 것이었다. 그가 아마도 일부러 택하지 않은 역사였다.

첫째, 나는 금성공주金城公主, 당 중종의 딸로 토번에 출가했다.『좌전』『예기』『문선』 등을 토번에 전파했다 이야기부터 시작했다. 설명이 필요한 것은 내가 문성공주를 이야기하지 않는 것이 문성공주의 역사적 역할이 중요하지 않다고 여기기 때문이 아니라는 점이다. 원인을 둘이다. 하나는 유럽 역사에서 각국 황실 간에 통혼하는 것은 흔한 일이고, 유럽 민중들에게는 그게 무슨 대단한 일도 아니다. 그래서 유럽의 맥락에서는 문성공주가 멀리 송찬간포에게 시집간 것이 우리 맥락과는 다르다. 다른 하나는, 불교는 인도에서 중원中原으로 전해졌고, 다시 중원에서 티베트로 전해졌다. 이것은 이미 공인된 사실이다. 물론 문성공주가 가장 먼저 불교를 티베트에 가지고 갔는지에 대해서는 서구와 티베트 학계에서 여전히 논쟁이 있다.

당연히 나는 개인적으로 금성공주의 역사적 역할이 문성공주보다 중요하다고 본다. 금성공주는 토번에 시집가서 30년을 살았다. 금성공주의 최대 공헌은 토번과 당나라 사이에 장인과 사위의 관계를 세웠다는 것이다. 게다가 금성공주는 적송덕찬赤松德贊의 생모라고 전해지며, 적송덕찬은 티베트 역사에서 송찬간포, 적덕조찬赤德祖贊과 병칭되는 토번의 3대 법왕이다. 적송덕찬 시기는 토번 왕조의 전성기였고, 티베트에 전해진 불교의 지위도 그의 손에 의해 육성되었다.

둘째, 중앙정부의 군대가 티베트에 들어간 것은 1950년대 이후의 일이 아니다(서구 사람들은 일반적으로 이 일이 1950년 이후의 일이라고 여긴다). 먼저 종객파宗喀派의 종교개혁에 대해 간단히 말했는데, 바로 황교黃教, 격노파를 소개한 것이다. 이어 명나라 때 티베트의 교파 분쟁을 이야기했다. 당시 갈거파噶舉派의 세력이 강해서 격노파格魯派는 사지로 내몰렸다. 격노파는 몽고 지역에서 종교를 전파하며 사람의 마음을 깊이 파고들었고, 제5대 달라이 라마와 제4대 판첸 라마는 위태로운 난국에 칭하이青海에 있는 몽고족 대칸 쿠빌라이에게 군대를 이끌고 티베트에 들어와 갈거파를 쳐달라고 청했다. 만약 쿠빌라이가 군대를 이끌고 티베트에 들어가지 않았으면 지금 아마도 달라이 라마는 없을 것이고, 판첸 라마도 없을 것이다. 쿠빌라이가 1271년에 원나라를 건립했지만 활단闊端의 군대가 1240년에 티베트에 들어간 것을 원나라의 군대로 볼 수 있을 것이다.

셋째, 나는 우리 언론의 달라이 라마 보도가 공정성을 잃은 것을 인정한다(중국인으로서 나는 달라이 라마가 주장하는, 형식만 다를 뿐 실제로는 독립인 자치 주장을 받아들일 수 없지만, 우리 언론이 달라이 라마를 악마로 만드는 것도 받아들일 수 없다. 우리가 날마다 미 제국주의 타도를 외치던 그때, 그래도 마오쩌둥은 닉슨과 악수를 했던 게 생각난다). 그런 뒤 나는 이탈리아 청중에게 나는 중국인이고, 나는 오늘의 중국 사회제도의 병폐에 대해 여러분보다 많이 알지만, 그렇다고 하더라도 티베트는 과거의 농노제도 때에 비해 너무 많이 발전했다고 말했다. 나는 1969년 100만 농노를 해방시킨 뒤 티베트에 이런 말이 유행했다고 말했다. 달라이 라마의 태양은 귀족을 비추고, 마오쩌둥의 태양은 노예를 비춘다.

페라라에서 이렇게 말한 뒤 이탈리아 사람 몇 명이 다가와 진지하게 내게 감사하다면서 자신들이 전에 몰랐던 티베트 역사를 알려주었다고 말했다. 그 이전과 그후에 프랑스, 이탈리아, 독일 세 국가에서 인터뷰를 하며 내가 놀란 것은, 티베트 문제에 관심을 갖는 사람들은 식견이 넓을 수밖에 없는 기자들임에도 불구하고 모두 금성공주나 티베트와 당나라의 장인 사위 관계 등을 처음 들었다는 점이다. 그들은 5대 달라이 라마와 4대 판첸 라마가 몽고족 수령 구스칸에게 군대를 이끌고 티베트에 들어와달라고 몰래 요청한 역사도 처음 들었다.

나는, 서구 맥락에서 달라이 라마와 관련해 이야기할 때, 어떻게 선택적으로 이야기할지, 어떻게 보다 듣기 좋게 이야기할지를 이해했다고 속으로 생각했다. 우리 관료들은 티베트 문제를 대할 때 아마도 "티베트는 뗄 수 없는 중국 영토의 일부이고, 달라이 라마는 분열주의자다"라는 상투적인 말만 할 것이다. 만약 자신이 어리석어서 상대방이 어떻게 교활하고 어떻게 나쁜지만 이야기하려 한다면 자기는 계속 어리석은 사람으로 남을 수밖에 없다. 나는 티베트의 역사에 대한 나의 이해가 얼마나 천박한지를 분명히 알았다. 슬픈 것은 우리의 많은 관료는 이런 천박함조차 없다는 것이다. 우리 관료들이 마오타이 주를 덜 마시고 책을 몇 권이라도 더 읽는다면 티베트 문제를 언급하면서 상투적인 말을 덜 할 수 있을 것이다.

20여 년 전 봄에 티베트에 갔던 때가 생각난다. 우리 일행 다섯 명은 거얼무格爾木에서 장거리 버스를 타고 라싸로 갔다. 우리가 탄 버스는 한족 기사가 운전하는 국산차였는데 낡은데다 느렸고, 칭짱靑藏 고원으로 가는 길은 낮에는 땀이 쏟아지도록 뜨거웠고 밤에는 떨리도록 추웠다. 30여 시간 만에 라싸에 도착했다. 그런데 티베트인 기사가 운전하는 버스는 일본에서 수입한 이스즈Isuzu였다. 우리는 그 사람들이 탄 버스가 한 대씩 우리를 추월하는 것을 쳐다보았다. 그 사람들은 23시간 만에 라싸에 도착했다.

여러 해 동안 중앙정부는 이 같은 티베트의 경제 건설, 교육과 위생, 문화와 종교 등에 돈을 얼마나 투입한 것일까? 하지만 돈은 결코 모든 문제를 해결할 수 없다. 얼마 전, 서구 기자가 내게 전화를 걸어, 티베트 자치 정부가 4대 지도자마오쩌둥, 덩샤오핑, 저우언라이, 주더의 초상을 모든 절에 걸겠다는 것을 어떻게 생각하느냐고 물었다. 이렇게 대답했다. 나는 그렇게 하는 것에 반대다. 하지만 내 반대는 소용이 없을 것이다.

쥐루로 675호

　처음 『수확』 잡지사에 갔던 때를 잊을 수가 없다. 20년 전 초가을 어
느 날 오전이었다. 나는 조심조심하면서 쥐루로巨鹿路 675호의 마당에
와서 원형 계단을 따라 3층으로 갔다. 한 여자 편집자가 열심히 원고를
보고 있었고 열려 있는 문에는 『수확』 잡지의 표지가 붙어 있었다. 내가
맞게 찾았다고 확신하고는 원고를 보고 있는 여자 편집자에게 가만히
물었다.

　"샤오위안민 씨 계신가요?"

　여자 편집자가 고개를 들면서 말했다. "전데요."

　여기 오기 전에, 샤오위안민은 내게 편지를 보내 『수확』 5, 6호 두 호
에 내 중편소설 두 편을 실을 준비를 하고 있고, 그중 한 편은 수정이
좀 필요하다고 말했다. 샤오위안민은 원문과 수정한 것을 모두 편지지
에 열심히 베껴서 내 의견을 물었다. 이것은 내가 처음으로 느낀 편집

자의 필자에 대한 존중이었다. 당시 나는 무명소졸無名小卒이었지만 샤오
위안민의 편지는 나를 우쭐하게 했고 나는 내가 대작가인 것처럼 생각
했다. 나중에야 알았지만, 이것은 바진과 진이靳以가 『수확』을 창간할
때부터 시작된 전통으로, 명성이 높은 작가든 낮은 작가든, 『수확』에서
는 똑같이 존중을 받았다.

왜 나는 거의 4분의 3에 달하는 작품을 『수확』에 발표했는가? 이것
이 바로 그 이유다. 이제 『수확』 잡지 창간 50주년이다. 나는 두 가지가
기쁘다. 첫번째는 20년 동안 나와 관계를 맺은 것이다. 두번째는 『수
확』이 여전히 젊다는 것이다. 고작 나보다 세 살 많을 뿐이다.

　한 사람의 독자 입장에서 볼 때 소설가가 쓴 산문의 매력이란, 소설 세계의 별다른 매개 없이 저자에게 다가갈 수 있다는 것이다. 많은 독자들이 저자의 내면과 대면할 수 있는 산문을 통해 그의 육성을 직접 듣고 싶어한다. 소설로 받은 감명이 클수록 더욱 그러하다.

　위화의 산문집 『우리는 거대한 차이 속에 살고 있다』에서 우리는 위화의 내면에 한결 가깝게 다가갈 수 있고, 소설가이자 한 사람의 인간으로서 위화의 다양한 모습을 마주하게 된다. 이 산문집은, 세계 곳곳의 여행기에서부터 독서 일기, 자신의 소설에 대한 스스로의 해설, 그리고 마오쩌둥 시대라는 하나의 극단의 시대에서 시장경제라는 또하나의 극단의 시대로 가고 있는 기형적인 오늘 중국에 대한 거침없는 비판, 부모로서 보여주는 아들에 대한 사랑, 그리고 축구와 미국 프로농구 '광팬'인 위화의 발랄한 모습까지 다채로운 이야기를 망라하고 있다. 위화의 소설을 더 잘 이해하는 데 도움이 될 뿐만 아니라 위화 개인에 대해서도 한층 깊이 이해할 수 있다.

위화는 중국 작가 가운데 한국인의 관심과 사랑을 듬뿍 받는 작가다. 그의 모든 작품이 한국어로 번역되었고, 대표작 『허삼관 매혈기』는 중국이 아니라 한국에서 영화로 만들어질 정도로 사랑을 받았다. 위화가 산문으로 한국 독자를 만나는 것은 이번이 두번째다. 이전 산문집 『사람의 목소리는 빛보다 멀리 간다』가 주로 중국 현실에 대한 촌철살인의 고발이었다면, 이번 산문집은 그것은 그것대로 여전한 가운데, 위화의 내면을 드러내고 문학과 창작에 대한 그의 깊이 있는 성찰을 담은 글들을 더했다. 그가 아낀 책과 작가에 대한 글을 읽다보면 위화를 따라 그 소설을 읽어보고 싶고, 그의 여행기를 따라가다보면 그곳을 여행하고 싶어진다.

중국 현대문학을 대표하는 작가인 루쉰은 중국인의 영혼을 치료하기 위해 소설을 쓴다고 했다. 이런 루쉰의 말대로라면, 위화는 오늘 중국에서 루쉰의 전통을 가장 잘 잇는 작가다. 그는 지금 중국 작가들이 "자기의 편협함을 자랑으로 생각하면서 문학 이외의 다른 것에는 관심이 없다고 자랑하듯이 선언"하는 중국의 문학 풍토를 비판하면서, "나는 이야기를 하는 사람이기보다는 차라리 치료법을 찾는 사람이다"라고 말한다. "우리 모두 환자"인 병든 중국 현실에서 "나는 한 사람의 환자"라고 자처하면서, 글로써 병든 중국의 현실을 치유할 치료법을 찾는 것이다. 위화가 오늘 중국 문학계에서 차지하는 특별한 위상이 위화의 이러한 작가적 자세에서 연유한다는 것을 독자들은 이 산문집을 통해서 여실히 확인할 수 있을 것이다.

절망스럽게도 번역은 해도 해도 늘 새롭고, 늘 어렵다. 처음 이 산문집 번역을 시작할 때, 이번에는 거칠고 어색하더라도 최대한 직역을 해보려 했지만, 결국 물러섰다. 귀찮은 이메일 질문에 빠르고도 친절하게 답을 해준 위화에게 감사한다. 그의 소설을 언젠가 한번 번역하겠노라고 했는데, 결국 산문집을 먼저 하게 되었다. 거친 문장을 애써 다듬고, 누락된 구절마저 꼼꼼히 찾아준 문학동네 편집부의 류기일, 구민정 씨에게 깊이 감사드린다. 그리고 위화 문학에 한결같은 관심을 갖고서 꾸준히 소개를 하는 문학동네에도, 위화 독자의 한 사람으로서 감사드린다.

2016년 새봄
옮긴이 이욱연

이욱연

서강대학교 중국문화전공 교수. 루쉰의 소설 『아Q정전』『광인일기』, 산문집 『아침꽃을 저녁에
줍다』, 모옌의 『인생은 고달파』, 중국근현대소설선 『장맛비가 내리던 저녁』 등을 번역했고,
『중국이 내게 말을 걸다―이욱연의 중국문화기행』『포스트 사회주의 시대의 중국문화』『곽말
약과 중국의 근대』 등을 저술했다.

우리는 거대한 차이 속에 살고 있다

1판 1쇄   2016년 5월 23일
1판 4쇄   2017년 7월 19일

지은이 위화
옮긴이 이욱연
펴낸이 염현숙

책임편집 류기일 | 편집 구민정 | 독자모니터 황치영
디자인 김선미 이주영 | 저작권 한문숙 박혜연 김지영
마케팅 이연실 김도윤 양서연 | 홍보 김희숙 김상만 이천희
제작 강신은 김동욱 임현식 | 제작처 한영문화사

펴낸곳 (주)문학동네
출판등록 1993년 10월 22일 제406-2003-000045호
주소 10881 경기도 파주시 회동길 210
전자우편 editor@munhak.com | 대표전화 031) 955-8888 | 팩스 031) 955-8855
문의전화 031) 955-1933(마케팅), 031) 955-2671(편집)
문학동네카페 http://cafe.naver.com/mhdn | 트위터 @munhakdongne

ISBN 978-89-546-4070-1 03820

www.munhak.com